龚肇兰 女，浙江嘉兴人，1936年11月出生。1959年毕业于北京师范大学中文系，1962年调入北京景山学校，直至1994年退休。退休前为中学高级教师。在书刊上发表有关语文教学的文章约二十多万字。

跋涉与徜徉

龚肇兰 著

中央编译出版社

目 录

自 序 / 001

第一辑 故土亲人

老宅子的记忆 / 003

我的伯父龚宝铨先生 / 017

一支残缺的镀金银凤钗 / 025

鸣鹤场的记忆 / 029

从未见过面的祖母 / 040

说说我们"肇"字辈 / 044

第二辑 行踪片影

永远的感激 / 055

我的高考琐记 / 063

难忘的一段大学生活 / 077

缺 憾 / 086

下放劳动生活散记 / 089

悠远的记忆 / 101

一张带有鲜明时代印记的照片 / 106

唯一的一次上课迟到 / 114

语文教学的回顾与断想 / 118

只要活着，希望总会有的 / 123

记忆深处的"鲜核桃" / 130

写给初中老同学应启新的信（六封） / 140

第三辑　拾微记趣

音乐课·音乐老师 / 153

有趣的小学地理课本 / 158

我们也曾追过星 / 163

由电视剧《西藏秘密》想起 / 168

神垕的龙纹小杯和小碟 / 171

洞庭君山之宝 / 176

金山寺的素包子 / 180

漫说金华火腿 / 184

说说吃螃蟹 / 190

茯苓·茯苓夹饼 / 196

萝卜丝饼 / 200

故乡的无角菱 / 205

躲狗记 / 211

蒙昧·实用·修身养性 / 216

第四辑 教学之余

略说《侍坐》的二三问题 / 227

《孔雀东南飞》中的疑难试答 / 235

精巧的白话美术文 / 238

备课札记二则 / 247

漫话"杂文四则" / 254

《简笔与繁笔》的一处引用错误 / 264

回顾与尝试 / 267

语文教学初步试验 / 273

对八二年高考语文试题的一点看法 / 278

语文学习方法杂谈 / 283

后　记 / 299

自　序

我一向喜爱散文，古今散文家的作品读过不少；作为语文老师，我喜欢为学生讲授散文；在教之余，也写过一些散文名篇的赏析文章，却从没有想到自己也会着手写散文。我所写的散文，含义是广义的，写人、记事、杂忆、随感，内容和形式都比较宽泛，不是专指那种文艺性很强的抒情散文。

《悠远的记忆》是退休后写的第一篇忆旧的短文，收录在北京景山学校《悠悠岁月教改情》一书中。后来又为《悠悠岁月夕阳情》写了《只要活着，希望总会有的》，表述了我病中的实情和心态。它们都是应命之作。真正出自我内心要求动笔写的第一篇回忆性散文，就是《老宅子的记忆》。2008年4月，姐姐来信告知，故乡嘉兴马厍汇的龚家老宅，当地政府已决定维修后作为龚宝铨故居开放。龚宝铨是我的伯父，一位辛亥革命的志士，恢复他在历史上应有的地位，是我们多年的愿望。而老宅子又是我曾经生活过的地方，儿时许多美好的生活情景不断在脑海中涌现，一股强烈的冲动促使我要把它们诉诸文字。此文写得较长，颇费工夫，之后又作过修订补充。接着又写了《我的伯父龚宝铨先生》、《记忆深处的"鲜核桃"》、《一支残缺的镀金银凤钗》等文章，后来一并收录在大学同窗的诗文集《今秋情未了》（北京师范大学出版社2011年1月第1版）一书中。有了这个开头，又得到亲友同学的鼓励，就很自然地顺着这条路子写下去了。

2011年夏秋之交，我写了《鸣鹤场的记忆》一文。此文酝酿的时间较长，写时心情也很不平静。它既是怀念童年生活，也是纪念我的父亲，可以称得上是《老宅子的记忆》的姐妹篇。父亲是医生，在慈溪鸣鹤场主持一所慈善性质的医院，长达十多年之久。女儿从网上查阅慈溪鸣鹤场的史料，意外发现至今还有人记得他，这位留日嘉兴籍的西医师龚宝键先生。据说他接手主持的慈善医院，是慈溪当地建立的第一所西医院，甚至还有人记得他为当地寺院方丈治病的情形。为此，我很希望这篇文章能在当地的刊物上发表，苦于没有熟悉的人相托，便冒昧地寄给了慈溪上林书社的社长童银舫先生，他曾给我的老伴寄过《上林》刊物，但并不相识。后来此文发表在《浙东》文艺季刊2012年春季号上，很感谢童先生，了却了我的一桩心愿。

2012年春，我写了《下放劳动生活散记》、《一张带有鲜明时代印记的照片》两文。前者是对1961年一段下放劳动生活的杂忆,后者写了"文革""大串联"的经历,也是为了纪念一位老朋友的。进入6月份,便着手写《我的高考琐记》,这段经历,对我一生至关重要。7月21日,北京暴雨成灾,午间我躺在床上,外面一片漆黑,真是风雨如晦,雷电交加,难以入眠,便起身写作。此时《我的高考琐记》一文已近尾声,在昏暗的灯光下,伴随着外面如注的大雨,想起当年我违背父亲的意愿,中断学业,决然入伍;想起这一举动对我的影响并不因为我考入大学而结束,1960年4月,我从北师大中文系调至军事科学院工作,起主要作用的就是我有一段在部队当文化教员的经历。可以说,它影响以至改变了我的一生。想到此,真是百感交集,内心的伤感,难以言述。一连几天,我很难从这种情绪中摆脱出来。从此,便决心不再写过于伤感的文章,也不再写长文,让话题变得轻松有趣一些。之后便写了《音乐课·音乐老师》、《我们也曾追过星》、《说说吃螃蟹》、《金山寺的素包子》、《故乡的无角菱》、《有趣的小学地理课本》等杂忆随感式的文章,或写人物的一个侧面,或截取生活中的某个场面、某些片断,更多的则是通过螃蟹、素包子、菱角、地理课本这些微小具体的事物,把过去与现在,把相关事情、相关知识与记情记趣融会在一起。它们篇幅比较短小,一般在两千字左右,写起来笔触较为轻松,行文也更加随意。

以上所述，是我写作的缘起，也对本书中的部分内容作了粗略的介绍。

写文章如同做人一样，我崇尚平实，力戒浮华，讲究真实，不喜虚构，力求从真实的生活中选取题材，写出自己的真情实感。文中所涉及的内容，如50年代初期肺结核病的肆虐、当年高考考场的情况、反右斗争，60年代初北方农村物质生活的极度匮乏、"文革""大串联"时的情景，等等，都是我所亲历、亲见、亲闻的。只有建立在真实的基础上，所写的感受、体验才是可信的、有说服力的。真实性，可以说是文章的第一要素，对于回忆性的文章尤为重要，这是我必须遵循的原则。至于写法上，从立意到布局，从结构安排到语言运用，以及记述描写的许多方法，毫无疑问，我自觉或不自觉地受到古今散文家的许多影响。当《下放劳动生活散记》写到"荠菜·黑豆芽"这一节时，我便想起了吴伯箫在《菜园小记》里的许多生动描写。我很喜欢明代归有光的《项脊轩志》、《先妣事略》、《寒花葬志》这类文章，看似琐屑的记述，却表达了作者对故居的怀念，对已故亲人的真挚感情；对人物的描写，一颦一笑，寥寥几笔，却生动传神。在《说说我们"肇"字辈》中，写到母亲怀念爱子的说话口吻，在《老宅子的记忆》中写到儿时的生活情景，都可以看出我所受到的影响。有一段时间，我读了杨朔的许多散文，《香山红叶》、《茶花赋》等篇，也在课堂上讲授过。他的散文，写得很精巧，不散漫，注重结构的安排，做到前后贯通，首尾照应；后来有些模式化了，这当然不好。但是写散文也决不能一味地"散"下去，漫无边际，杂乱无章，要做到可放可收，在变化中寻求一定的章法。这是我从杨朔散文中得到的感悟和启示，并在实践中进行探索和运用。在大量阅读散文、长期讲授散文的过程中，我和学生们一样，在潜移默化中受到熏陶，并从中汲取了丰富的养料。

至于说到我的文章写得怎样，那是见仁见智的问题。况且它们一经面世，便从属于社会，好坏得失，任凭读者批评，用不着我来赘言。不过，这些文章就我自身而言，的确有一些特殊的意义，它们的产生，是我的生命史上的奇迹。退休以前，我多年患有高血压病、血管硬化，心脏供血也不好。1994年退休后，病情急剧恶化，行动困难，几十米的距离都不能独自行走；接个电话上气不接下气，独自在家时，氧气袋不离左右，北京医院神经内科的大夫怀疑我得了肌无力综合症。但是，我没有气馁，没有躺在床上奄奄待毙，没有成为废人。十几年来，在著名中医大夫的医治下，我努力调整心态，有规律地生活，努力与疾病抗争，终于逐步恢复了行走的能力，逐步做到生活自理，竟然又奇迹般地拿起笔来写文章了。和健康的人相比，我依然体力不济，困难很多，一天最多只能写两小时，还不能天天如此，只好写写停停，于是便采用了零敲碎打、集腋成裘的办法。一篇文章有了大致的构思之后，用零散的时间，写出其中的一些片断，常常想到一点，就赶紧用笔记下，也不分文章的前后，待到时机成熟，便把它们缀连起来，梳理成章，敷衍成文。一般短文只需三四天，而长文则需分段分部分进行，常常需要十天半月甚至更长的时间。因为不会用电脑，所有文章都是一字一句用笔书写而成。坦率地说，对于自己在进入老年而又多病的情况下写出的文章，不免更为珍惜。

就这样，每年写上两三万字，几年下来，可以集结成书了。这些文章大部分写于古稀之年，以回忆性的文章为主。这里，有我童年的生活，有对故乡、亲人的怀念。这里，有我青春的记忆，也有师友同学的情谊，还有在漫长岁月中留下的生活印记。回望过去，感慨万千，思绪绵绵，在漫长的人生旅途中，值得怀念、值得书写的事情太多了，限于体力、也限于水平，这里只写出了其中的一部分。且不管写得是多是少，也不管写得是好是坏，总算留下一点文字的记述，也不枉自己来世一遭。

从上世纪70年代末到90年代初，我在教学之余，围绕着中学语文教学的话题笔耕不辍。文章大多发表在北京、上海、山西、江西等省市的中学语文教学刊物上；在《北京师范大学学报》（社会科学版）上，发表了近十篇文章。有一些文章，收录在一些专著中。内容涉及中学语文教学的方方面面，如作文教学、文言文教学、教材教法等，也涉及北京景山学校语文教学改革的一些问题，还包括一部分名家名篇的赏析文章，大约有二十多万字。如果精选一下，编辑成书，那是不成问题的。只是时过境迁、情随事移，语文教学对于我仿佛已经是很遥远的事情了，我已经没有那份心情了。这次在编辑本书时，力求在大散文的框架内，凡偏重论及作文、文言文教学以及景山学校语文教学改革之路的长文，一概不取，只从中选取教学随笔、札记、教材漫说等十篇文章，组成一辑，编入书中。内中那篇《语文学习方法杂谈》，是1989年应教育科学出版社的约稿，他们要出版一本《和中学生谈谈学习方法》的小书。因为是写给中学生读的，当时还颇费了一番心思，也可以说，它"浓缩"了我和一批批学生在几十年语文教学互动中累积的经验与感受，敝帚自珍，不忍割爱，一并选入。并给这辑文章加上了"教学之余"的小标题，权作对自己一生从事中学语文教学、参与北京景山学校语文教学改革的纪念吧！

最后，本书以什么命名呢？是"古稀回望"，还是"片痕碎影"，还是……我思索再三，依然举棋不定。一天，我梦见自己正忙着写文章，题目是"跋涉与徜徉"，还加了一个副标题，"人生苦乐的两种境界"。醒来后，梦中的景象竟是那样的清晰，我陷入沉思之中。是啊！在我漫长的人生旅途中，有艰难的跋涉，也有达到目的后的快乐的徜徉，闲适而自在；这两种境界的不断交替出现，不正编织着我们跌宕起伏、多姿多彩的人生吗！写文章又何尝不是如此，几年来在文字中跋涉，也是异常艰苦的，一旦思路打开，思绪不断地从笔端流淌，徜徉在这样的境界中，又是多么地欢快啊！真是含义双关。这来自梦中的灵感，使我豁然开朗。那么，就以"跋涉与徜徉"作为本书的书名吧！

2014年2月

第一辑 故土亲人

老宅子的记忆

近日，看了姐姐肇梅传来的《嘉兴日报》有关保护名人故居的报导，得悉在马厍汇的龚宝铨故居，当地政府已将它列入今年的抢救性修复计划。龚宝铨，字未生，浙江嘉兴人，是我的四伯父，1886年5月出生在马厍汇的这座祖宅里。他是清末重要革命团体光复会的创建人之一，是一位致力于推翻帝制、建立共和的革命志士。修复老宅子，恢复龚宝铨应有的历史地位，这是我们龚氏家族多年来的愿望，如今终于提到日程上了。作为曾在此生活过的龚家的后人，我很欣慰，也很激动，由此引出了对老宅子的许多记忆。当年生活中的浮光片影，慢慢缀连起来，于是就写下了以下这些文字。

一

我的父亲龚宝键，字希生，早年随其兄未生东渡日本。起初在东京习日文，后来考取了留日官费生，就读于日本九州帝国大学医学部，取得学士和硕士学位，也取得了在日本行医的资格。不过，毕业后父亲还是很快回到了祖国，先在上海某医院服务，后来又接受了一位叶姓大实业家的委托，到他的家乡慈溪鸣鹤场主持一所慈善医院，前后达十多年，姐姐和我都出生在那里。大约在1943年的冬天，家中遭到汪伪和平军的轮番抢劫，几乎被洗劫一空。父母遭此打击，决定带着我们姐妹回到故乡嘉兴。在住房和生活没有安排好之前，只能回到马厍汇老宅暂住。当时，寡居多年的二伯母，已在我们到达前不久去世，所以住在老宅的，只有小叔叔龚宝镇一家了。

马厍汇，这是一座临河而建的极其普通的江南小镇，与嘉兴市区相距约十二里，每天有航船相通。一条用石板铺成的小街，自西向东贯穿全镇，近东头是一所小学校。小街靠河的一边，除了河埠头外，有许多小铺，还有茶馆，为居民提供日常生活之所需。而民居宅院，则大多建在小街靠内的一侧，我家的老宅位居小镇之中部。八岁那年，我第一次走进了这座木结构的百年老宅。在我的记忆里，它的格局大致是这样的。

修葺后的嘉兴马厍汇龚家老宅(2011年已作为龚宝铨故居正式开放)

南面临街是一爿两开间的药材铺,一间做店堂,一间堆放药材,字号为"同善堂"。原是龚家祖产,当时已盘给了别姓。药材铺西侧另有一扇小门,可达内宅,当然也可以从药材铺进出。宅内靠西面,有一座三开间、带廊檐的二层小楼。楼上三间做卧室。小叔叔、小婶娘带着堂兄肇智、堂弟肇信住里间。大姐肇祥(小叔叔的长女)、还有小婶娘姐姐的女儿住外房,她从小失去父母,随姨母在此生活,我们称之为小姐姐,其实她比大姐还长几岁。我们一家就住在中房。楼下靠近楼梯的一间有隔断,放着马桶,还有一张大空床,上面堆放着杂物,其余两间没有完全隔开,有格扇门相通。外间最西头有个大灶台,一旁立着碗柜,进门处放着一张大饭桌。中间这一间,放着条案,还有两张八仙桌。记得条案上有两只大青花罐,里面放着茴香豆、熏青豆、盐水虾干等杂食,供孩子们取食。这两间既是饭厅,又是家人白天活动的场所,也就是现在所说的起居室了。宅内北边有两间平房,也带廊檐。靠东一间,是龚家祖传的书房,小叔叔是中医大夫,又吃素念佛,当时就兼做佛堂和诊室了。靠西一间,是二伯母的灵堂,每逢年节或忌日,家里总要祭奠一番。宅子的中间,有一个长方形的庭院,沿着东面,砌了一道砖墙,与邻院相隔。东墙南端有个大花坛,种着花草,几株黄杨,还有一架葡萄。沿东墙往北,有一排荷花缸。地上铺着石板。庭院虽然不算很大,倒也错落有致,自成一格。

在西楼和北面的平房之间，往里走有一条六七米长的小夹道，尽头有一扇小门，走进去就是堂楼了。小夹道的西侧有一间柴房，柴房旁边还有一扇腰门，可通户外，专供倒马桶、运柴草等进出。堂楼也是二层的，楼前有天井，正厅和楼上一直空着，西侧有厢房，住着隔壁开杂货铺的一家人。堂楼后面还有一排小平房，当时住着两位老人，我们称之为二伯伯和五阿妈。小平房的东侧，就是整座宅子的后门了，印象中总是紧闭着，很少开启。门旁放着一口黑漆的空棺材。

二

对于这个新的环境，最初我并不喜欢，觉得零乱、逼仄。庭院里还养着几只鸡，我最怕踩着鸡屎了，总是小心翼翼地踮起脚走路。不过一切很快就习惯了，因为这里很热闹。我们来时，已接近旧历年底，父亲接受的是维新教育，逢年过节，家里从不祭祀，而小叔叔，则一切都按传统的习俗办。从腊月二十三送灶起，小婶娘和姐姐们就忙着擦拭烛台，系桌围子，杀鸡宰鹅，准备祭品供果，祭神祭祖，一直要忙到年初四接完财神，才慢慢消停下来。我觉得新奇、有趣。我最喜欢做糖糕了。做糖糕要用模子，那是用坚硬的木头雕凿而成，长尺许，一头有把手。每副板上所刻的模子，大小不一，形状各异，数量也不等，大的两块，小的三四块。所刻花纹更是繁复多样，有花卉、瓜果、鱼鸟、人物，都是一些喜庆吉祥的图案。待糯米粉揉好以后，用刷子在模子里刷上一点油，放入大小相应的粉团，用手压紧、摁平，在案板上轻轻一磕，一块块精美的糖糕就这样成形了。看大人们做得热闹，我也吵着要试试。看似轻巧的糕模子，到了我的手里就不那么听话了，做出来的糖糕，不是花纹不清，就是凹凸不平。我让她们做上了记号，大姐笑着打趣说："那还用做记号！"待蒸熟后，吃着自己制作的糖糕，格外香甜。糖糕做得很多，祭祀作供品，家人要食用，还要留做布施。年节里，凡上门来乞讨的，总要给他们点钱，送上几块糖糕。

在浓浓的年的氛围中，我在老宅子里度过了这个旧历年节。红烛高照、香烟缭绕的祭祀，欢声笑语、热气腾腾的年夜饭，甜丝丝的糯米酒，香喷喷的炒米茶，红纸包裹的压岁钱，随小婶娘坐着小船去亲戚家拜年……都给我童年的生活带来许多快乐，留下了深刻的记忆。

到了夏天，又是另一番景象。那年暑假，堂姐肇英（二伯父之女）带着儿子周轮、女儿周奂来娘家小住。巧得很，周轮和我姐姐同岁，周奂则与我同岁。这下就更热闹了。

那年夏天，花坛里的葡萄架上结了不少葡萄，一部分顺着矮墙，长到了邻家的院子里。我们几个小孩子不甘心，又怕邻居不让摘，便由堂兄肇智挑头，我们排着队，拿着剪子，提着篮子，壮着胆向邻家的院子进发。其实他们对我们很客气,还帮着采摘,不一会儿,我们便兴冲冲地提着满篮子的葡萄回来了。洗涤后,吃到嘴里,那青葡萄太酸了,真是扫兴。勉强吃了一些,之后这些"胜利果实",也就无人问津了。

还有一次,不知听谁说的,可以用蛋壳荡瓶。这话带有方言色彩,荡,就是洗,意思是:用碎蛋壳放在玻璃瓶里,加水后不断摇晃,可以把瓶子洗得很干净。我很好奇,很想试试,便找来一只旧墨水瓶,如法炮制,开始在脸盆里洗,觉得脸盆里水太少,干脆出门到街对面的河埠头去洗了。河埠头的台阶比较高,那时我才八岁,短小的胳膊够不着水面,用力一欠身,竟一头栽倒在河里。幸亏旁边有大人在,立刻把我抱出水面,送回了家。我吓呆了,浑身上下湿漉漉的,真成了一只落汤鸡。谢过来人后,母亲赶忙找来了干毛巾,擦干后换上了干净的衣服鞋袜,好在是夏天,换洗都还方便,也不会着凉感冒。我当时确实很害怕,差点连小命都没有了,加上母亲的责备,我老实安定了好一会儿;但毕竟是孩子,很快又恢复了老样子,和小伙伴们玩闹去了。蛋壳荡瓶,结果还没有得到验证,那个随我一起落水的墨水瓶,自然沉入水底,或者顺着河水流走了。

夏夜,我们最喜欢在庭院中纳凉了。晚饭刚吃完,我们几个孩子就忙着去抢占那两张藤榻,把它们拖到院子里。夜晚,躺在藤榻上,手里摇着蒲扇,有时嘴里还吃着闲食,望着天上的星星,听着大人们的闲聊,晚风中不时还飘来淡淡的荷叶荷花香，真是惬意极了。我们总要在大人们的不断催促中，才肯回房睡觉。有时天气太热，大姐和小姐姐就带着我们这些孩子，去堂楼上睡觉。用几张席子铺在楼板上，打个大通铺。我们在上面翻筋斗，嬉耍玩闹，离开了大人的管束，玩得更开心了。待睡下以后，就该让姐姐们讲故事了。我最爱听鬼的故事，也最怕听鬼的故事。虽然父亲告诉我，鬼是不存在的。但是，当年乡镇里没有电灯，在黑漆漆的夜晚，空荡荡的堂楼上，想起堂楼后面的那口黑棺材，顿觉阴森恐怖，似乎聊斋中那个画皮的女鬼正向我们走来，就赶紧用被单蒙着头，不敢出声。

书房，我们很少涉足，但也有例外的时候。夏日昼长，小叔叔常去睡中觉，我们这些孩子就会乘虚而入了。东西两侧摆满了书柜，里面大多是线装书，也有一些父亲从日本带回的洋装书。正中的桌子上，供奉着一尊观音大士的白瓷塑像，像前放着香橼、佛手等供果，还有一只铜香炉。进门处放着书桌和藤椅，书桌上摆放着笔筒、砚台、水盂等文房用具，小叔叔常在此为乡人们看病。我们在里面东摸摸、西瞧瞧，闻闻佛手的香气，坐在蒲团上学老和尚打坐，相互取笑着、打闹着。老宅子的书房，其实是个很有纪念意义的地方。听说四伯父从小受祖母影响，喜爱文学和历史。遥想当年，他在书房中读书习字，翻阅典籍，柜子里的许多线装书，都和他有过接触，也留下了他的手泽吧！当时的我，实在太小了，当然不会想到这些。无论是线装书,还是洋装书,我都兴趣不大,更不懂得它们的价值。

就这样,我们在马厍汇大约生活了一年多时间,其间也和堂兄一起,在镇东头的马厍汇小学上学,父母则来往于嘉兴和马厍汇之间。他们不在时,经常照看我们的,就是那位又亲切又可爱的小姐姐了。待父亲在嘉兴开设了诊所,安排好住处,我和姐姐便先后回到了嘉兴。而每到寒暑假,还是喜欢去马厍汇小住一阵。

三

1949年5月7日,嘉兴解放了,当时姐姐和我都在省嘉中上学。不久,姐姐参加了湖嘉公学,本来就冷清的家就更加清冷了,一放暑假,我便迫不及待地回到了马厍汇。那时,老宅子里也有些变化。二伯母的灵堂已经撤除,屋里住着一位堂嫂和她的孩子,两个男孩已经七八岁,小的尚在襁褓中。听大姐说,堂兄肇邦(二伯父之子)刚从天津调到上海工作,暂时把家眷安置在这里。小堂弟肇信也快六岁了。姐姐们忙于家务,堂兄肇智到杭州考学没有回来,能够跟我一起玩闹的,也只有这三个小男孩了,不免有些扫兴。

一天,拉开外房桌子的抽屉,随意翻弄,一只精巧的小药瓶（后来才知道是鼻烟壶），引起了我的兴趣。于是突发奇想，要在这里寻找我喜欢的小玩意儿，用一句当今时髦的话，就是要在老宅子里"淘宝"了。三个男孩子跟着我，从外房到中房，从桌子到柜子，除了那些搬不动的大箱子，我们翻遍了每一个角落、每一个抽屉。翻出许多小帽子、小鞋子，绣着花，有的还缀着银片，但我不喜欢；还有荷包香囊、各色丝线以至于描花的样本，我也不喜欢；一次从抽屉里找出许多老刀牌香烟的洋片，男孩们很高兴，而我还是不喜欢。终于有一天，在中房的柜子里，拉出一只小抽屉，我如同打开了神话故事中的宝盒，那份惊喜，至今记忆犹新。一个银质的善财童子，赤着双脚，围着肚兜，双手捧着元宝，背上刻着"金斗满日"四个字，大小还不及一根婴儿的手指头，却能稳当地立在桌面上；一只小小的水晶菱角；两只镀金的小画舫，船身长不到一寸，船头、船尾各有一个划桨的小人；一个拇指大小的珠贝弥勒；还有用红玛瑙刻成鸳鸯形状的小饰片……在大人的眼里，它们是不值什么的小玩意儿，但却是我所喜欢的。这些东西，连小婶娘也没见过，更不知道是哪位长辈的遗物。它们在中房的柜子里，沉睡了十几年以至于几十年，到了我的手里，又重见天日了。

孩子们在一起，总免不了发生矛盾，我们也不例外。一天中饭后，大家在廊檐下闲谈，我的衣扣掉了，小婶娘找来针线盒，带着花镜，为我缝缀。一向淘气的大堂侄善为见此便大声嚷嚷："没羞，没羞，这么大了还让小婆婆钉扣子！"一面用手指刮着脸皮，扮着怪相。我觉得他有点"犯上"，脸上很挂不住。一气之下，不顾别人的劝阻，就把他关进了柴房。他起初又哭又嚷，对着门手擂脚踢。我就是不理睬他，慢慢地他竟然安静下来，不再听到响动。后来细心的小姐姐趁我不注意，悄悄打开了柴房门，竟笑出了声。大家围过去看，也笑了。原来善为早已躺在柴草上呼呼大睡，一旁的地上还残留着一摊尿。望着他那憨态，我也忍不住笑了起来。一场小小的风波，就此平息。

事后，他依旧跟着我一起玩，一起闹。不过，几十年之后，他和我姐姐，还有许多亲戚，在闲谈中多次提到"被兰阿伯关进柴房"这事，连细节都说得很真切，足见其印象之深刻了。现在回想起来，当时心里最难受的，恐怕是他的妈妈、我的堂嫂了。堂嫂生性温婉贤淑，待人平和。她当然心疼儿子，又不便出面阻拦我。那时候的我，实在太任性、太不懂事了。

四

1957年，我在北京上大学，暑假回嘉兴，与当时也在上大学的堂兄肇智、堂姐肇英的女儿周奂不期而遇，便相约去马厍汇。小姆娘已经去世，小叔叔也到嘉兴工作了，老宅子已少有人住。我们乘航船到达，已经是下午四点多钟了。夕阳静静地照着庭院的一角,屋里空空的。我们的到来,打破了老宅子的静寂,带来了欢笑,带来了生气。小叔叔已先一天到达,请人备下了丰盛的晚餐。此时,我方知道小叔叔已不再吃素了。当晚,小叔叔和堂哥依然住在里房,我和周奂住在中房。睡梦之中,依稀又回到了儿时嬉戏的情景中。第二天吃过早饭,我们又乘船去栖真寺,看望在当地供销社工作的小姐姐了。匆匆一别,从此再也没有回去过。几十年后,听说有一场大火,已把堂楼焚毁。然而,定格在我记忆中的老宅子,依然是完整无缺的。

如今,我还保存着那只素色料质的小鼻烟壶。它高不盈寸,色泽柔和,有玉质感,两面分别刻着"作宝盘""更甲""大吉羊宜用"等铭文,落款为"壬寅仲秋泸氏"。当初,在孩童的眼里,它只是一个好玩的小药瓶,随着年龄的增长,对它的认识也在加深。父亲告诉我,这是鼻烟壶,以及老辈人吸鼻烟的习惯;后来知道那些铭文来自古代的青铜器;后来又从清乾隆进士阮元辑录的《积古斋钟鼎彝器款识》一书中,查到了每条铭文的出处,从落款中也能大致推断出它的制作年代。但是,我无法知道泸氏为何许人。小小的鼻烟壶,积淀着丰富的文化。每当我端详它、把玩它,总会产生许多遐想,引起我对老宅子里许多已故亲人的思念。想起诞生在老宅子的四伯父、我的父亲,想起在那里生活过的小叔叔、小婶娘、小姐姐,连同当年跟在我后面翻箱倒柜的小堂弟肇信、小堂侄善最,也已经去世了,愿他们安息吧!

我还珍藏着两部来自老宅书房的线装书，一部《诗经》，一部《楚辞》，扉页上"楚辞"二字，是曾国藩题写的。它们都是晚清的刻本，算不得珍贵，但是通过它们所表达的亲情，则是十分可贵的。1955年8月，我考入北师大中文系，一次给父母的信中，提到我正在学习诗经和楚辞。父亲为此特意带信给小叔叔，指明要这两部书；小叔叔从书房中找出来后，就托人带到嘉兴；从嘉兴又邮寄到了北京。书的传递，也是亲情的传递，寄托了父亲对女儿、叔叔对晚辈的关爱。如今，它们也成了老家书房留给我的最后的纪念了。

四伯父龚宝铨，1922年就去世了，年仅三十六岁。而我，1936年方降临人世，自然无缘与他相见。他早年参与创建光复会；他与徐锡麟、秋瑾等办大通学堂；他与陶成章布衣草履，跋涉于浙东山区，宣传反清思想，组织抗清力量。这些事迹，父亲不止一次地给我们讲述过。父亲还讲到，有一次情况特别危急，陶成章等还在龚家与四伯父说事，官府得悉后前来捕人，幸得知情人相报，他们连夜出逃，才幸免于难，而龚家还是招来了抄家之祸。我的四伯母是章太炎的长女。袁世凯当政时，章太炎因反袁而被扣留在北京多年。其间，四伯父和四伯母曾到京探视。当时太炎先生被软禁在东城钱粮胡同的一个院落里，为了表示以死抗争的决心，他手书"速死"两个大字，贴在寓所内的墙上。面对失去行动自由的父亲，四伯母忧愤难平、心力交瘁，竟至在此墙前自缢身亡。这对四伯父的打击该有多大啊!所以,从小到大,在我的心目中,他不仅是我的伯父,更是一位令人景仰的革命先辈。如今,随着故居的修复、开放,将使他的革命精神和高尚人格得到进一步的发扬,子孙万代会永远铭记这位辛亥革命的先行者。四伯父地下有知,当会含笑九泉吧!

2008年4月于北京寓所
(原载《金秋情未了》一书,
北京师范大学出版社2011年1月第1版,
编入本书时文字略有增补)

我的伯父龚宝铨先生

辛亥革命的先行者龚宝铨（1886—1922）先生，是我的四伯父。

我家祖籍上海南汇，大约在清乾隆时，迁居浙江嘉兴马厍汇。祖上世代以中医中药为业，相传有制药酒秘方，所制药酒闻名江浙。祖父寿人，祖母吴氏，出自文学绘画世家。他们生有子女十人，三人夭折，留有六子一女。龚宝铨行四，我的父亲龚宝键行七，我自然称他为四伯父。他原名国元，字未生，号薇生、味荪、味生，别号独念和尚。

四伯父自幼承母教，喜爱文史。曾就读于秀水学堂，1900年因反对美国传教士罢课而退学。1902年赴日本留学，先后在清华、振武两校读书。1903年，因反对俄国吞并我国东三省的阴谋，在东京与黄兴、陶成章等人组成拒俄义勇队，后改组为军国民教育会，与上海主张光复者相呼应。第二年，与陶成章一起回国，随即和蔡元培等人，在上海正式创立光复会。不久，光复会与同盟会联合，又加入了同盟会。这时的四伯父，年仅十八九岁，却已经是一位颇为成熟的革命者了。他与陶成章、徐锡麟关系最为密切。徐锡麟主张通过捐官取得清政府的官职，以便掌握实权。于是他们筹集了一笔钱，徐锡麟就以捐官身份去日本、北京、安徽等地活动。四伯父与陶成章则深入浙东诸县，他们穿着草鞋，常常日行八九十里，历尽艰险，联络会党，壮大光复会的力量。后来他们三人又建立了绍兴的大通学堂，以此为据点，培养革命的骨干力量。1906年夏，四伯父与陶成章一起去安徽芜湖中学堂，以教员的身份为掩护，从事革命活动。不久，因为同盟会在江西萍乡一带起义失败，他们为了躲避官府的捕杀，被迫辞职。第二年，他们就再次东渡日本。

四伯父第二次到日本时，章太炎先生正在那里主编《民报》。《民报》是同盟会总部的机关刊物。这段时间，有几件事情常听父辈们说起。到东京后，四伯父与太炎先生的关系日益密切。由陶成章做媒，他与太炎先生的长女结为夫妇，这就是我的四伯母。太炎先生在民报馆讲授《说文解字》，经四伯父的介绍与组织，鲁迅、周作人、钱玄同、许寿裳、朱希祖等多人，都来听讲。这些章门弟子，在20世纪20年代的北京学界，产生过很大影响。1908年在日本发生了"民报案"，日本政府借故查封了民报馆，随后清政府又同日方

四伯父龚宝铨（1886—1922）
1904年摄于日本

章太炎书写的龚宝铨（未生）墓碑

勾结，派遣了大批密探去日本搜捕革命党人。当时，浙籍同盟会会员名册，由四伯父保存着，他及时将其销毁，使革命力量免遭损失。也在这一时期，四伯父和一部分同盟会会员，受南洋侨界约请前往办学，在华侨中扩大革命力量，筹集革命经费。随同前往的还有他的五弟厚生、七弟希生，即我的五伯父和我的父亲。小时候，常听父亲说起南洋群岛的风土人情，他们为华侨子弟授课、募集捐款的许多事情。总之，辛亥革命以前近十年中，四伯父龚宝铨从事革命工作，堪称艰苦卓绝，正如他在《龚味荪自叙革命历史》中所说："见利不惑，临强不挠。"

辛亥之后，浙江光复时，四伯父回到国内。这时同盟会与光复会的矛盾日益尖锐，四伯父为顾全大局，努力进行调停，但始终不能奏效。就在这时，陶成章在上海遭同盟会的人暗杀。当初志同道合的结拜三兄弟，徐锡麟为刺杀安徽巡抚恩铭而被清兵杀死，早已为革命捐躯，而陶成章竟惨死在同一阵营人的手中。四伯父怎能不震惊、不悲愤、不失望呢？加之健康每况愈下，便决定脱离政治活动，研究佛学。并在四伯母的陪同下，去日本治病，作短暂的停留。从1912年开始，四伯父任浙江图书馆副馆长、馆长。这期间他刊印了章太炎先生的《章氏丛书》，并派人赴北京抄录《四库全书》，在文化方面作出了许多贡献。

1913年8月，章太炎到京，被袁世凯扣留。地点几经转换，最后幽禁在东城钱粮胡同的一个院落里。这期间，太炎先生在家书以及写给四伯父的信中，多次请夫人汤国梨来京，不知何故，汤夫人始终未北上。太炎先生甚为焦躁。1915年4月初，四伯父偕四伯母及妻妹来京探视，并陪伴在侧，太炎先生颇为欢愉。同年8月23日，筹安会成立，袁世凯积极加紧称帝活动，太炎先生悲愤异常。一日，以七尺宣纸篆书"速死"二字，悬于壁上。四伯母见此状，心急如焚，悲愤交加，以至于郁郁寡言，难以自拔。不久即在此壁前自尽身亡，虽然抢救，但已经来不及了。短短几年间，四伯父在失去了亲密的同志之后，又遭此丧妻之痛，打击之沉重，内心之痛苦，实在难以述说。

这次北来，四伯父也见到了鲁迅、许寿裳等许多东京时期的老朋友，他们都是章氏的同门弟子。翻看这时的鲁迅日记，可以看到"上午龚未生来部"，"往章师寓"，"龚未生来"等记载。四伯母去世后，鲁迅收到了讣告，日记上也记载着："得龚未生夫人讣……往钱粮胡同吊龚未生夫人，赙二元。"记述虽然简略，但仍然可以说明，四伯父与鲁迅先生的关系是比较密切的。

袁世凯的称帝，使淡出多年的四伯父，又重新回到了政坛。他从小反对帝制，为中华民国的建立努力工作。他们为之奋斗、为之献身的革命事业，怎能断送在袁世凯之流的手中呢！四伯父积极参加反袁活动。他参与谋划，驱逐了拥护袁世凯的浙江都督朱瑞。浙江宣布独立后，他任职督府外交顾问，并当选为省议员、副议长。1921年春，被聘为省自治筹备处评议员，同年夏天，当选为省宪法会议议员。正当四伯父为国民革命继续努力奋斗时，无奈健康状况日益恶化，多种疾病缠身，不幸于1922年6月因患脑病逝世，时年三十六岁，后安葬于杭州灵隐寺五字桥。太炎先生为他的早逝，极为痛心，为他写了《龚未生事略》，并亲自题写了墓碑："龚君未生之墓"。1931年，嘉兴建立辛亥革命烈士纪念塔，四伯父龚宝铨列为七烈士之一。

纵观四伯父的一生，从少年时期起，即怀抱"推翻帝制，建立共和"的理想，为革命颠沛流离、四处奔波、几经危险，很少有过安定的日子，终于积劳成疾，英年早逝。四伯母去世后，太炎先生亲自做媒，四伯父娶同为辛亥革命志士褚辅成的侄女褚明颖为继室，并无子女留下。每念及此，令我们晚辈痛惜不已。

"文革"中，四伯父的坟墓也难逃此劫。高高的水泥圆形墓顶，三米见方的墓基，连同墓碑全部毁坏。如今我们手中，只留下照片一帧。仓促中，曹氏看坟人将四伯父的遗骸放置在一个大陶瓮里，埋葬在附近的龙门山麓，并通知了也在杭州的姑母家，表姐克华曾在此作了标记。20世纪80年代，章太炎陵墓在苏州修建。当时堂兄肇邦还在世，他和我商量，想以女婿的身份将四伯父安葬在太炎先生的墓侧。我们递交了书面申请，也找了相关人士，终未果。后来姐姐肇梅、姐夫斌谐多次到嘉兴市民政部门，希望把四伯父移葬至嘉兴市革命公墓，最终还是以"革命公墓只埋葬共产党的干部"为由，拒绝了。直到2008年故居复修时，当地政府想同时修建四伯父的陵墓，曾两度派人去杭州寻找遗骸，终因土地变迁、看坟老人的去世，无法找到，永远湮没在山野丛草之中，留下了深深的遗憾。

所幸四伯父的出生地——嘉兴马厍汇的龚家祖宅，大部分建筑尚在。2008年4月，当地政府以"龚宝铨故居"的名义，正式启动修复工程，同年10月完工。其间，得到许多热心人士的帮助，堂兄肇智也直接参与此事。故居所在的小街，也由此得名为宝铨路。故居的门牌是：宝铨路41号。庭院内植树三棵：一棵桂树，纪念故居修复之日，正是桂子飘香的时节；一棵石榴树，表示故居所孕育的革命、文化火种，会像石榴子一样绵绵不绝，世代相传；一棵樱花树（计划如此，后所植为樱桃树），告诉人们龚宝铨曾多次东渡日本并在日本留学过。故居修复后，曾作为爱国主义教育基地试行开放，据说效果很好。目前筹备工作尚在进行中，不久的将来当会向公众正式开放。

故居的修复，圆了我们的梦，了却了我们家族多年来的心愿。它如同为四伯父龚宝铨树立了一座历史的丰碑，供子孙万代永远瞻仰，永远纪念。

请安息吧，四伯父！

2010年4月5日清明节
（原载《芳草地》2010年第3期）

[补记] 在纪念辛亥革命百年的2011年，9月20日"龚宝铨故居"正式开馆。门厅内，大理石的底座上安放着四伯父的铜像，背景板刻着太炎先生撰写的《龚未生事略》。几年前种植在庭院中的石榴树，已结出果实。据说当时有一位参观者还数了数树上的石榴，共有十四只。我没有机会亲往，得此消息，十分欣慰。九泉下的四伯父，也会莞尔而笑吧！

一支残缺的镀金银凤钗

这是一支残缺的镀金银凤钗。那是外婆给我的见面礼，当时只是陈旧，却并不残缺。

1947年暑假，我的姑父——浙江大学教务长、物理学家张绍忠，因患肠结核在杭州逝世。父亲为了帮助姑母料理后事，便带着全家一起去了杭州。我的母亲本是杭州人，也趁此带着我们姐妹，去拜谒从未见过面的外祖母。外婆是和舅父住在一起的。那天，舅母、姨母，还有表兄们，好不热闹。屋子正中的八仙桌旁，端坐着一位满头银发的老太太，那一定是外婆啰。我和姐姐向外婆行过礼，她便递给我们一人一个小红包，作为见面礼。现在回想起来，很有点林黛玉第一次拜见贾母时的味道。当然，我的外婆家并非豪门，不会有那种豪华的排场。外婆的模样，我实在记不清了，因为这是我们第一次拜见她，也是最后一次与她相见。第二年，她老人家就去世了。

我的小红包里,就是这支镀金的银凤钗。头尾两翼镶嵌了翡翠,只是很旧了,有的地方还用细细的金丝缠绕着,生怕它散了架。说实话,我并不喜欢它。姐姐的小红包里是一套翡翠镶件。回家后的一天,母亲把它们在桌上排开,四片翅膀,加上一些小零件,一只美丽的绿色蝴蝶,便呈现在眼前了。母亲把它们仔细包好,还说可以给姐姐镶个别针。我本来就不高兴,这下更生气了,便鬼使神差地拿起那个小红包,在桌上重重一拍,一片翅膀裂成了两半。姐姐都快给气哭了。虽然我挨了母亲的一顿骂,虽然我本意并不想把它们毁坏;不过,这样的结果反倒让我释然了,大概还是小小的私心在作怪罢。反正姐姐的别针是镶不成了,什么翡翠蝴蝶,什么银凤钗,我全把它们抛在了一边,从此不再过问。

等到我再见到这支银凤钗时,已经是十年之后了。1957年,我在北京上大学,趁暑假回嘉兴看望父母,看望姐姐,还有那没见过面的姐夫。返京前,母亲拿出一只盒子,里面装着我小时候的许多"宝贝",其中也有这支镀金银凤钗,它被安放在一个盛香水的小盒里。就这样,我把它带到了北京。到学校后,我无暇顾及,把它锁进了小皮箱。又过去了许多年,不知从什么时候,它竟成了我女儿的小玩意儿。待到女儿长大,它又被搁置在一边。时光流逝,直到我自己也进入了老年。一天,从抽屉里找到它时,尾巴已经从凤身上脱落，左翅镶嵌的翡翠尚在，银质的翅根早已不知去向。

五十多年来，我第一次这样用心地端详它。尽管我不懂得金银器的制作，尽管它已经残缺不全，但依然可以看出做工的复杂，也很精细。银凤的身子由两片合成，中间空，尾巴及两翼用盘绕的银丝与凤身相连。可以想见，当年外婆戴在头上，行走起来，镶嵌翡翠的两翼，还会微微颤动呢，别有一种流动的风韵。周身的羽毛可能用了点翠工艺，背部呈鱼鳞状，两旁几根长羽毛自然弯曲。羽毛与羽毛之间，镀金时用细金线界定。历经一百多年的时光，仍然蓝莹莹的，闪着幽幽的金光。它曾经有着华美的过去，它曾经是外婆心爱的头饰，戴着它度过许多岁月，不然何以会变得如此陈旧呢！当初，外婆为什么选中它给我作见面礼，我已无从猜测，不管怎么说，总是老人的一点心意，留给我作个纪念。而我却不领情、不珍惜，连同她送给姐姐的那只美丽的翡翠蝴蝶，也毁在我手中了。想到这里，心头总会掠过一丝悔意和歉意，觉得很对不起她老人家。

外公、外婆的事情，我知之甚少。只听说外公是前清的秀才，没有做官，曾经办过私塾，当过塾师，外婆在家主持家务。但是有一件事留给我的印象很深。我的母亲姓孙名婉如，我的姨母姓胡名梦苹。小时候我弄不明白，既然是亲姐妹，为什么有两个姓氏呢？后来母亲告诉我：她是长女，随父亲姓孙，姨母和舅父则随母亲姓胡了。并且说，这都是她母亲的主意。在清末以男性为中心的社会里,外婆此举的确不同凡响;即使在今天看来,也仍然是很"超前"的。

2010年3月25日

(原载《金秋情未了》一书,

北京师范大学出版社2011年1月第1版)

鸣鹤场的记忆

浙江慈溪鸣鹤场是我的出生地,直到七八岁才离开,所以也可以说,它是我的第二故乡。

1928年,父亲同母亲结婚后不久,就接受上海一位叶姓大企业家的邀请,到他的家乡鸣鹤场主持一所慈善医院。鸣鹤场是浙东的一个小镇。小镇的北面,一条大河流淌而过,至今我也不知道这条河的名称。这里的人们吃水、用水都要依靠它,它既是生命线,也是通往慈溪、宁波等地的水上交通要道。听说四明山就在附近,可惜我的童年是在战争中度过的,没有机会去一睹它的秀丽风光。我只记得镇东面有一片民居,以叶姓居多,镇西面是叶家大祠堂,父亲主持的这所慈善医院,就是由祠堂因陋就简改建而成的。

祠堂面积很大,呈长方形,四周围有高墙。改建后大致可以分为三部分。正门朝南开,那是两扇厚重的木门,很有

父亲龚宝键（1892—1961）
1957年摄于嘉兴（父亲的照片可惜毁于"文革"，此照是从我的老相册中一张家人的合影中截取的）

气势。进门后通过一个大天井，进入前厅，两旁有阁楼，当年可能是安放神像、牌位的地方，这时堆放着杂物。祠堂的后面有一排房子，是我们居住的地方。西边一大间做卧房，东边一间，一分为二，里间做厨房，外间是我们的饭厅兼起居室。它们之间有个小过厅，里面紧靠墙的地方，还保留着神龛和牌位，其余空隙处堆放什物，权做我们的储藏室了。东西两面各有一个小天井。由这前后两部分包裹着中间这大块，就是慈善医院的主体了，已作了西式的改建。诊室宽敞、明亮，南北各有一扇玻璃大门。南通前厅，门内左右各有一小间，分别为药房和手术室。北通我们的生活区。诊室东西两面都有玻璃窗，与两个小天井相对应，采光很好。西窗下安放一个大写字台，当年父亲常在此为乡民们看病。病人从前门进出，在前厅候诊。东面的小天井旁边，另有一道侧门，供我们一家人出入。走出门去，是一条整齐的石板小路，往北走不远就到了河埠头，往南走就到了居民区了。再往前走几十步，往右拐进一条小道，就到鸣鹤场小学了，好像是由庙宇改建的。这条石板小路还在继续向前延伸，它究竟通向何处，我已经记不清了。

时间飞快地流逝，转眼间半个多世纪过去了，我已进入古稀之年。我很怀念故乡嘉兴，也很怀念我的出生地鸣鹤场。当时年龄实在太小，对鸣鹤场的很多地方、许多事情印象已经很模糊了。但是，仍有一些事情，虽经时间的洗涤，依然鲜活地留在我的记忆里，难以忘怀。

红艳艳的杨梅

小孩子最能记住的，可能是那些好吃的东西。鸣鹤场靠近宁波，离海也近，自然物产丰富、美味极多。我曾吃过一种鲜鱼子，长近一尺，宽约一寸，蒸熟后切成薄片，用姜醋蘸着吃，味道鲜美极了，我始终不知道这是什么鱼的鱼子，在别处也没有吃到过。不过留在我记忆中最清晰、最喜欢的，还是那红艳艳的杨梅。

在鸣鹤场的周围，漫山遍野种着许多杨梅树。这是一种高大的绿叶乔木，每当春夏之交，果实成熟了，一丛丛的杨梅如同一片片的云霞，飘落在绿叶丛中，人们把它们采摘下来，一筐筐、一担担运下山来，那情景一定颇为壮观。可惜我只是耳闻并没有亲历过，我见到的只是母亲从市场上买回来的，或是淳朴的山民给父亲送来的整筐的杨梅。

杨梅的品种很多，有粉色的、红色的、紫色的，甚至是白色的，那是一种稀有品种，全身雪白，突出的小果肉晶亮亮的，吃起来有些松脂的味道，当地人称之为"松香杨梅"，我也只吃过一两回。最常吃、也最好吃的还是紫杨梅，颜色紫到近乎发黑，如同一个个小乒乓球，肉厚，核小，一口咬下去，满嘴的杨梅汁，甜甜的，鲜鲜的，果肉软软的。父亲告诉我们，杨梅虽好吃，可不宜多吃。我和姐姐却忍不住地一个接着一个地吃，吃得肚儿溜溜圆，嘴唇紫紫的，小手紫紫的，连衣服上也是紫迹斑斑。杨梅渍是很难洗净的，为此少不了挨母亲的数说。

杨梅成熟后，很难保存，当时也没有冷藏设备，所以通常用酒浸泡起来，制成杨梅烧酒。母亲把杨梅洗净，沥干水，放在几个玻璃瓶里，注入烧酒，把瓶口密封起来，放在阴凉处。大约一个月后，杨梅烧酒就制成了。透过瓶子，那浅浅的玫瑰红颜色，非常诱人。父亲在午饭、晚饭时，喜欢喝一点酒。每当喝杨梅烧酒时，常常让我们抿上一小口，味道很好，可小孩子不能多喝，父亲就用筷子夹起一个杨梅，放入我们口中。经过酒的浸泡，含在嘴里，杨梅别有一番滋味。成年后读到郁达夫的小说《杨梅烧酒》，看来，这确实是浙江人保存杨梅的传统方法了，而对杨梅烧酒的情怀，更引起了我对父亲的许多温馨的记忆。

北方是不生长杨梅的，所以到北京学习、工作以后，几十年我没有吃过杨梅，它已经从我的生活中淡出。大约在80年代初，一天，我从学校回家，途经新街口，竟然在一家水果店里见到了久违的杨梅，虽然个头瘦小、颜色发暗，还带着冰碴，但是受儿时记忆的蛊惑，我还是买了一些，回家洗净后，吃起来却是又酸又涩，难以下咽。近年来，北京市场上的杨梅多起来了，个头有的也比较大，但是那形状、那味道，与我记忆中的杨梅，差别实在太大了，我已经无法找到在鸣鹤场吃杨梅时的那种感觉了。

额头上的小浅坑

这事大约发生在我六岁的时候。那是初冬时节，因为南方冬天没有取暖设备,感觉有点冷,所以放学回来后,我一直没有脱下小披风,待到吃晚饭时,坐在凳子上觉得不大舒服,便站起来用两手把披风的下摆用力往上一掀,头一低,不知怎么那么巧,竟将左额头磕在桌子角上了,顿时鲜血淋漓。我吓呆了,连哭都不会了,母亲赶忙用药棉把伤口按住。幸亏我是医生的女儿,幸亏我家就住在医院里,父亲立刻领着我走进他的小手术室,洗伤口、消毒、用针缝合伤口,动作是那样地轻柔,那样地快捷,等到包扎起来,我活脱脱成了一个小伤兵。待我回过神来,觉得额头上很疼,便委屈地哭起来了。父亲望着我安慰说:"别哭,别哭,还好没有磕在眼睛上,要不可就麻烦了。"

小孩子的生长能力很强,不久伤口就长好了。起初还留有疤痕,慢慢连疤痕也消失了,用手摸起来有个小浅坑,别人不知情,是看不出来的。如今,每当我摸到额头上的小浅坑,儿时父亲包扎伤口的情景又清晰地呈现在眼前了。这成了鸣鹤场的生活留在我肉体上的永远的印记了。

救护游击队伤员

鸣鹤场是敌我双方拉锯的地区。新四军的三五支队,常在鸣鹤场这一带活动,与鬼子、汪伪军展开游击斗争。父亲常为游击队员治病疗伤，经常与父亲联系的，是一位叫杨崇喜（音写）的女同志。

一次送来了一位重伤员，是用担架抬来的。父亲和他的助手还没有来得及处理好他的伤口，放哨的队员来报告：鬼子来了！当时情况十分紧急，也来不及撤离了，只好把伤员藏在前厅放杂物的阁楼上。我和姐姐当时都在场，父亲嘱咐我们不要乱说。从大人们严肃的表情中，我们也知道事情的严重，便连连点头。果然不久，七八个鬼子就气势汹汹地进了医院的大门，父亲赶紧迎上去，用日语与为首的鬼子交谈，并把他们领进了诊室，我和姐姐趁此躲进了后面的住房。后来听父亲说，当他们听到父亲用日语交谈时，态度就和缓多了，可能连他们也想不到，在这偏远的小镇上，竟有日语说得如此流利的人。当他们看到墙上挂着的父亲九州帝大的毕业证书时，态度就更和缓了。他们各处看了看，并没有真正地搜查，临走时看到药房中的许多药品，小头目只说了句：一会儿让军医过来拿药。所幸他只是随口说说，日本的军医并没有来；所幸由于父亲的沉着应对，他们并没有认真地搜查；否则，一旦搜出游击队的伤员，那后果就不堪设想了。

此后杨崇喜仍然常来找父亲，父亲也尽其所能帮助他们。有一次，她从上海回来，还给我们姐妹带来了礼物，一人一套电木餐具。每套中，一只小碗、一个小碟、一把汤匙、一双筷子，外面套着白色的网袋。既可实用，也是玩具。在战乱的年代，在偏远的小镇，我们很少有像样的玩具，所以很珍爱它们。后来在回嘉兴的途中，丢失了一只网篮，这两套电木餐具，恰恰就放在这只网篮里，从此消失在茫茫的人海里，我和姐姐当然很不高兴，但也无可奈何。

遭伪军轮番抢劫

1944年初，天气还很冷。夜间我和姐姐同睡一床，盖着厚棉被，睡梦中突然被一种奇怪的声音惊醒了，在微弱的洋油灯光中，只见许多黄色的人影在晃动，如同鬼魅一般，我们不知道发生了什么事，就吓得大哭起来。这时，似乎听见有人对我母亲说："小孩子醒了，你去管他们吧！"母亲赶紧过来安慰我们，让我们不要害怕，穿好衣服靠在床上别出声，便又转身走了。我们惊魂未定，从帐子中望出去，柜子、箱子全打开了，满地堆满了衣物，我们似乎明白了，家里遭抢了。

就这样，一个晚上，这一批抢完刚走，又传来了猛烈的敲门声，新的一批又来了，后来母亲干脆连大门也不关了，一批又一批，前后不会少于四五批。家中凡能拿得走的财物，都被拿走了，说家被洗劫一空，一点也不过分。到最后，实在没得可拿了，连我们穿的小毛衣，盖被上的缎子被面，也都拿走了，这是我亲眼所见的。后来听母亲说，当时父亲急于去照看医院里的财物，告诉母亲把箱子的锁打开，家里的东西随便他们拿。但是，他们连这都等不及，把锁拧断了，连马桶、祠堂中残留的牌位后面也不放过，生怕我们把贵重的东西藏起来。事后才知道，这些抢劫者，是由一个外号叫"田胡子"统领的汪伪和平军。记得抗战胜利后不久，那时我们已回到嘉兴，一天父亲拿着报纸，从外面兴冲冲地回来告诉我们："田胡子"被枪决了！不过，那是后话。还是回到那一天，留在我幼小心灵中难以磨灭的那一天吧！

待到抢劫者一批批离去，天已经快亮了，家里一片狼藉。父亲、母亲经过一夜折腾，体力和精神都很疲惫，但又毫无睡意。望着父亲，他依然十分平静，脸上没有惊恐之色。当时家里没有现成的可以充饥的食物，父亲让母亲从鸡窝中掏出母鸡正孵小鸡的鸡蛋，做了一锅水潽糖荷包蛋。一家人静静地围坐在桌边，吃着热气腾腾的荷包蛋，才稍稍感到一点暖意。父亲一生中又一次的重大抉择——带着全家回故乡嘉兴，也许就在这一刻决定了。

此后的一段时间，父亲似乎更忙碌了，除了看病、处理日常事务外，经常和他的主要助手裘先生、还有产科大夫叶春华商量着什么，安排着什么，他真的决定要走了。终于有一天，我们一家收拾了简单的行李，从后门河埠头乘上了事先雇好的乌篷船，踏上了回乡之路。夜晚，在睡意朦胧中，伴随着摇橹溅起的水花声，鸣鹤场离我们越来越远了……

2009年国庆假日，姐姐、姐夫由女儿、女婿陪同，乘私家车来京旅游，许多年不见，我们当然很高兴。闲谈中说起宁波大桥建成后，由嘉兴开车到宁波，只需两个多小时，再也用不着像我们当年那样：从宁波先乘轮船到上海，再从上海乘火车到嘉兴了。这时，姐夫突然问我："你知道父亲主持的医院叫什么名字吗？"我真给问住了，对此我从不知道，也从没有想过。他接着说："叫鹤皋医院。"后来姐姐还告诉我，它原名雪航医院，父亲接手后才更名为鹤皋医院。近日查阅有关资料，方知鹤皋乃鸣鹤场的别名。父亲当时的想法，我已无从知晓，不过医院更名之后，与它作为当地慈善医院的性质，可能更为切合。当初，父亲告别了上海的名医院，到此偏远的小镇来从医，大概也寄托着他的某种理想吧！在鸣鹤场的十多年里，父亲有过欢乐，但也有许多悲伤。他唯一的儿子在六岁时就夭折了，那时我还没有出生。听说是眼中长瘤子，割掉了，又长了出来，恐怕就是眼癌了。作为父亲，作为医生的父亲，虽然尽了全力，却仍然无法挽救儿子幼小的生命，这是多么地无奈，多么地伤心啊！当遭受伪军轮番抢劫后，父亲作出了回归故乡的决定，但是面对十多年苦心经营的医院，感情上恐怕也是难以割舍的。父亲的身体一向不大好，早年得过肺结核病，肺上一直留有钙化点。留日期间，得过一次脑膜炎，昏迷十多天，性命是保住了，但右手活动却不那么自如了，只好由外科改学内科，从此写字、拿筷子等都得靠左手。然而，可以无愧地说，他已经把一生中最宝贵的年华，奉献给这里的平民医疗事业了。写到这里，我想本文的标题改为《鹤皋医院的记忆》，也许更为恰当。鸣鹤场虽说是个小镇，但对于当时只有七八岁的我来说，依然很大，许多地方都没有去过，对它久远的历史，更是一无所知。我所生活的环境主要在鹤皋医院，留在记忆里的事情，也大多发生在鹤皋医院。写此文，既是对远去的那段童年生活的追忆、怀念，也是为了纪念当年鹤皋医院的主持者——我的正直、善良而又慈爱的父亲龚宝键先生。

2011 年 9 月于北京寓所
（原载《浙东》文艺季刊 2012 年春季号）

从未见过面的祖母

我从没有见过祖母。父亲同母亲结婚时已经三十多岁了，随即离开故乡嘉兴，受上海一位叶姓实业家的委托，去慈溪鸣鹤场主持一所慈善医院。我是家中最小的孩子，待我在鸣鹤场出生，祖母已经在嘉兴去世多年了。我不可能拜见祖母，甚至连她的相片也没有看见过，直到今年，纪念辛亥革命百年。她的四子、也是我的四伯父龚宝铨，是光复会的主要创始人之一，是辛亥革命的志士。为此，当地政府已将我们在嘉兴马厍汇的祖宅修葺一新，作为龚宝铨的故居正式开放了，《秀洲文史》内刊还编辑了一期龚宝铨的纪念专辑。收到姐姐寄来的书，翻开首页，我才第一次见到了祖父母的照片。祖父的那张，有些模糊。祖母的照片，却很清晰，长圆形的脸上，宽宽的额头，直直的鼻梁，一双眼睛显得明澈慈祥。仔细端详，父亲长相酷似祖母，尤其是那双眼睛。不过，相比之下，祖母的眉宇间更透出几分精明、干练的气质。

我虽然从未见过祖母，但是关于祖母，我还是有话可说；当然，这主要来源于当年父亲的叙述。我家祖上以中医中药为业，制有药酒，在江浙一带颇负盛名，祖父寿人继承祖业。祖母出身于绘画世家，她是晚清画家吴爽亭的小女儿，从小接受良好的教育，喜爱文史，于绘画、刺绣等，也颇为娴熟。祖父母结婚后，共生有八子二女。一、六二子和八女早殇；余下六子一女，除四子宝铨外，二子宝镕、三子宝钧都承袭祖业，经营药店；五子宝铭毕业于东京医科专门学校；七子宝键（即我的父亲），毕业于日本九州帝国大学医学部，九女宝钺嫁给同乡的张绍忠，他曾任浙江大学教务长，也是著名的物理学家；十子宝镇，因体弱多病，在大学肄业后改习中医。听父亲说，祖父不善治理家产，祖母不仅含辛茹苦抚养众多的子女，对外还得支撑着家业，那肩上的担子该是多么地沉重啊！更不幸的是，后来祖父和三伯父竟染上了阿芙蓉癖，在吞云吐雾中，家产随之消减，嘉兴城里的两家药酒店，先后盘给了别姓，只有马厍汇的同善堂仍由二伯经营着。从此家道中落，祖母仍苦苦地支撑着。父亲留学日本，在考取官费之前，所有费用全靠祖母变卖首饰筹得。每说到此，父亲总是唏嘘不已，感念慈母之情，溢于言表，这给我留下了极深的印象。祖母实在是一位了不起的母亲啊！

我虽然从没有见过祖母，却穿过由祖母亲手织成的布缝制的衣服。记得八岁那年，父亲带着全家从鸣鹤场回到故乡嘉兴。嘉兴本有老宅，只是十多年一直租给了别姓，我们只好另觅屋居住。有一天，母亲从老宅中取回许多家用什物，其中还有好几匹布。父亲看到后告诉我们，这都是祖母亲自纺线织成的。这些布，母亲很快就派上了用场，还选中一款，为我们姐妹各缝制了一件春秋季穿的小旗袍。整个布面由黑白相间的小格组成，颇为素雅。只是我们当年不知好歹，认为那是土布，不免有点土气，不如洋布好看，虽然穿着它，心里却并不太喜欢。其实用今天的眼光来看，那才是真正原生态的，原料取之于天然的植物，无一丝一缕的合成纤维，从纺线到染织全部由手工完成。用它来缝制衣服，那才富有个性、才是真正的时尚哪，更何况那是祖母亲手所织，还包含着浓郁的亲情。只可惜那时我们实在太小了，是不可能懂得、也不可能想到这些的。

听父辈说过，祖母喜爱文学，擅长绘画，有两部极珍爱的书：一部是《圣叹外书·水浒传》，书上还有陈老莲绘制的《水浒叶子》绣像插图；另一部是《西游记》。放在她的案头，常常翻阅。祖母去世后，它们一直保存在马库汇老宅的书房里，后来却不知去向了。据说四伯父从小喜爱文史，耳濡目染，恐怕也深受其母亲的影响。2008年，马库汇老宅作为龚宝铨的故居重新整修，找出了许多绣品和画作。其中有的作品，大概也出自于祖母之手吧！她确实是多才多艺的。

如今，我还保留着一块祖母手织的小布，阔二尺，长不过一尺。上个世纪70年代初，母亲来京小住，从嘉兴带来的。她大概用惯了，觉得这布柔软、吸水，洗碗擦碗都很好用。母亲走后，就剩下了这块小布，我们随手把它搁置在一边。这一搁就是三十多年，母亲早已去世，我也进入了古稀之年。这块蓝白相间隐含十字花纹的小布，这块在不经意间保存下来的小布，它既不起眼，更不值钱。但是至此我才真正认识了它的价值、它的可贵。这是祖母亲手织的布啊！对于我，也是祖母唯一的遗物啊！我常常展开它、触摸它、端详它，想起祖母艰辛的一生。在沉思冥想中，我如同穿越了时空，眼前幻化出祖母在织布机前劳作的身影。

我虽然从没有见过祖母，但是对于她老人家，并不感到陌生。作为孙女，我依旧可以感受到她的可亲与可敬。

2011年11月19日于北京寓所

说说我们"肇"字辈

大姐龚肇祥,是小叔叔的长女,当年她是嘉兴南湖中学的生物老师。80年代,我常在《北京师范大学学报》(社会科学版)、《中学语文教学》等期刊上发表文章,南湖中学语文组的老师可能看到过,姓龚的人比较少,连"肇"字都相同,他们很自然联想到我的大姐,便问她:"你认识龚肇兰吗?"大姐告诉他们:"她是我的堂妹。"无独有偶,几个星期前,姐姐肇梅从嘉兴打来电话,问我还记得应启新这位老同学吗?姐姐是离休干部,近几年在老年大学学习电脑。这学期班上有位男同学,知道她叫龚肇梅后,径直问她:"你和龚肇兰是什么关系?"姐姐回答说:"是我的妹妹。"他非常高兴,说我们是初中时的同学,还记得我当年参军时的情景,这就是应启新。不久姐姐又传来了他的近照及通讯地址。我给他写了信,很快就收到了一封长长的回信,他为我提供了班上许多同学的信息,真是天南地北,命运各异。我很高兴,也不禁感慨时光之流逝,当年的同学少年,如今已是年逾古稀的老人了。我是初二时从省立嘉兴中学参军的,那是1950年4月。在分别了六十多年之后,竟能和老同学联系上,还是要归结于龚姓"肇"字辈的机缘。

对于家族的历史,我知之甚少,只知道父亲属于"宝"字辈,而我从出生就注定了属于"肇"字辈的,也不知道是哪位老祖宗定下的。肇者,始也,开端也。含义很好,但它是书面语,笔划又多,常有人把"肇"的"户"字头错写为"启",每遇及此,我只好苦笑说:"我又多了一张嘴了!"有人干脆就把"肇"写成了"兆"。"肇"与"兆",在古汉语里有时也许可以通假,而现代汉语里,它们绝对是意思不同的两个字。我起初表白、解释,久而久之,也只好听之任之了。有一次,我急需用钱,便动用了一张未到期的存款单,谁知我的工作证上"肇"也写成了"兆",任凭我怎么解释,银行工作人员也不肯把钱支付给我,只好跑回单位开了证明信,才算了事。类似的小麻烦,后来还遇到过。好了,这是闲话,还是回到本题,说说我们"肇"字辈吧!我们家族中,属于"肇"字辈的,大约有十二三人。

堂姐肇英,小名松宝,我叫她松姐姐。她是二伯父的长女,嫁到邻镇栖真寺周家。我八岁那年随父母到马库汇老宅暂住,她曾带着儿子周轮、女儿周奂也回娘家小住。周奂和我同岁,成了我儿时的玩伴。松姐姐身材瘦瘦的,脸庞瘦削,鬓角上戴着一朵白绒花,这是在为她的继母即我的二伯母带孝。虽说是继母,听说母女感情很好,每逢祭奠,常见她在二伯母的灵堂里哀哀哭泣。不久我们回嘉兴居住,后来松姐姐也把家搬到嘉兴,她的小女儿周青就在这时出生的。小时候,我在老宅的抽屉里捡来一把旧折扇,连同其他的小玩意儿带到北京。扇面是一幅水墨花鸟画,背面用毛笔题诗一首,并有"赠肇英侄女"的字样,方知是松姐姐的。2008年,周奂、周青姐妹来京旅游,便交给了她们,虽说已很破旧,但毕竟是她们母亲的遗物。

堂兄肇邦,小名复官,我们称他为复哥。他是二伯父的儿子,早年留学美国,回国后在北平、天津工作,解放后调至上海,他是电机工程师,为人厚道。四伯父龚宝铨,字未生,他是辛亥革命的志士,也是章太炎的女婿,他的坟在"文革"中被毁,骨殖被移到别处。为了恢复四伯父应有的历史地位,为了恢复他的墓地,复哥作过不少努力。当听说太炎先生的墓将在苏州重修时,他很想将四伯父的遗骸,以女婿的身份安置于章氏陵园。但此事最终没有办成,复哥颇为遗憾。1981年秋,我去上海一些中学参观、听课,抽空还和复哥一起去拜访了太炎先生的孙子章念驰先生。复哥待我,一向很好。1982年11月,我去苏州开会,顺道去看望许久未见的母亲和姐姐,那时姐姐还在湖州工作。先到上海,复哥当即决定陪我一起去湖州。我们一早乘坐长途汽车,到湖州已经是下午两点多钟了。姐姐上班了,只有母亲在家,她年迈多病,行动已很迟缓,见到我们自然很高兴。姐姐天天买螃蟹招待我们。夜晚,我们围坐在桌边,一面食螃蟹,一面聊天。我常年在北京,很少有机会和亲人团聚,短短的几天,让我感到很温暖、很快乐。1984年5月初,我在南京开会,会期三天。第二天下午,会务组就接到北京我家人的电话,说母亲已在湖州病故,他们当即替我买了去湖州的车票。那年天气奇热,姐姐也弄不清我的行程,等我到达湖州,母亲已于当日上午火化,在殡仪馆里,我面对的只有她的骨灰盒了。我默默流泪,伫立良久。为了不耽误学校的课程,停留一天后,我即从上海返京。这次见到复哥,他苍老了许多,精神也大不如前了,但依然热情地接待我,询问母亲的许多情况。在复哥家,还见到了三十多年没有见过面的松姐夫,彼此都很高兴。两位年迈的兄长,陪同我到火车票代购处买车票,又让堂侄善为送我去火车站。匆匆一别,从此和复哥再无相见的机会了。

复嫂君美,秀美而贤惠,相夫教子,操持家务,可惜七十年代就去世了。他们有子女六人,有的参军,有的插队,有一个上了中专,最小的两个留在上海当工人。阴差阳错,都失去了上大学的机会。复哥虽然没有说什么,但我知道他内心里还是有些遗憾的。其实孩子们都很好,复哥也是满意的。后来回城后,他们大都在上海工作,成家立业,对父亲照顾得细致而周到,兄弟姐妹之间也十分友爱。复哥临终前嘱咐要回嘉兴安葬，经子女们的操办，也经在嘉兴工作的姐姐肇梅、姐夫斌谐的相助，复哥、复嫂终于合葬于嘉兴公墓，实现了回归故里的遗愿。

另一位堂兄在德清，他是三伯父的儿子。他的职业甚至连名字，我都不清楚。最近询问姐姐，才知道他叫肇基。我们没有见过他，倒是他的女儿大新和小新，小时候在马库汇老宅，不仅见过她们，还在一起生活过。论年纪，我比她们小得多，论辈份，她们得叫我兰阿伯。姐妹俩秉性各异，大新很懂事，待人随和；小新很爱生气，老是撅着嘴。不久，小新回德清了，大新嫁给了同邑的朱家。喝喜酒，吃喜果，闹新房，记忆中婚礼办得很热闹。听说她一直生活在马库汇，大概早已儿孙满堂了。三伯父应该还有出嫁的女儿，也是我们"肇"字辈的堂姐，可惜我当时年纪太小，对家族中的许多事情并不清楚。

四伯父三十多岁就去世了，没有留下子女。太炎先生为他撰写的生平事略中说："无子，以弟之子肇文为后。"肇文是谁？复哥生前对我说过："我们'肇'字辈的兄弟姐妹中，没有一个叫肇文的。"他怎么就成了四伯父的嗣子？不知道章老先生何所据而云然，真是个谜啊！堂兄肇智是学历史的，对家族的历史也曾作过梳理，不知能否找到答案。

五伯父和父亲早年在日本留学，都学医。他后来娶了一位日本太太，回国后在武汉行医。长子肇仁，还有一个女儿，其名不详。抗战期间五伯父不幸病故，不久，这位日籍的伯母，带着我们"肇"字辈的一儿一女回国了，从此杳无音信。听父亲说过，她的娘家在长崎，不知道他们能否躲过原子弹的劫难。80年代，我有一位年轻的同事去日本长住，曾托其查找堂兄肇仁的下落，依然毫无结果。但愿他们还在人世，但愿他们在海外平安、幸福。

除了肇邦、肇基、肇仁、肇智这几位堂兄以外，我有一个亲哥哥，可惜在我未出世时就去世了，年仅六岁。小时候我们不听话时，偶而母亲会说："明儿交关（方言，即非常）乖，有好吃的总先让给妹妹（指姐姐肇梅）。"这是母亲在怀念她的爱子啊！哥哥取名肇义，小名明官。我还保存着他的一张照片，纸质已泛黄，影像尚清楚，坐在童车里，一副很乖巧的模样。这是母亲去世后，从遗物中找到的，一共两张，我和姐姐各取一张留作纪念。

最后该说到小堂弟肇信了，小名立官，我们常叫他"阿立"、"小立立"，他是小叔叔的小儿子。1944年秋，我第一次到马厍汇老宅，他还不到一岁。我很喜欢抱抱他，可是哪里抱得动呢！常常把小被、尿片子拖了一地，露出了白胖胖的小腿，大人们只好赶紧把他抱走。他五六岁时，暑假我去老宅，也常跟着我嬉耍、玩闹，他比较乖，也很听话。后来我参军了，几年后考上大学来京读书，近十年未见面，再见到时，他已经是一个个子高高颇为俊秀的高中生了。为了

前排左起龚肇兰、小姐姐吴静逸(肇信的姨表姐),后面中立者堂弟龚肇信 1961年摄于嘉兴

这难得的相聚，我们和小姐姐（小婶娘的外甥女）还去照相馆拍照留念，这张照片一直保存在我的相册里。后来他上了浙大，毕业后分配到唐山工作。1966年他出差来京，趁星期天来看望我。女儿朱遐刚四岁，那天和这位小舅舅玩儿得很开心。1976年唐山大地震，我们很为他担心，后来传来消息，因为住在旧式小楼里，一家四口才幸免于难，只受了点轻伤。后来小叔叔把他接回南方养病，稍好后仍回唐山工作，只是身体一直不大好。改革开放后，原已决定公派他去德国留学，还是因为身体的原因未能成行。十多年来，我们彼此忙忙碌碌，始终没有见面的机会。我退休后，写信询问姐姐关于阿立的情况，回信却说他已于九十年代初去世了。病危时，大姐肇祥、堂兄肇智曾去唐山看望。阿立一直是电力方面的技术人员，群众口碑很好，说他工作勤恳，没有架子，去世后煤炭工业部也派人前去吊唁。听到这消息，我很伤感。肇信是我们"肇"字辈中年龄最小的一个，竟先我们而去；谁能想到1966年的分别，竟成了我和他的永诀。

姐姐还告诉我，从肇仁开始，"肇"字辈的男性是以仁、义、礼、智、信排行的。照此说法，我应该还有一位叫肇礼的堂兄，只是从未见其人，也没有听亲戚说起过，难道又是未成年就夭折了？父辈早已离世，无从问询。对于我，这又是一个谜了。如今我们"肇"字辈的，在国内只剩下四个人了：大姐肇祥、姐姐肇梅在嘉兴；堂兄肇智在湖州，他是小叔叔的大儿子，退休前在湖州教书；只有我在北京。不久前，大姐寄来一张在马库汇老宅拍摄的照片，这里已作为四伯父龚宝铨的故居正式开放了，照片上还印着"回家看看"四个字。这是大姐在招呼我这个妹妹回家看看呢！有生之年，重回故乡嘉兴，这是我多年来的愿望，姐姐、姐夫也多次相邀。只因为我患有严重的心血管病，十八年来，每日一副中药，以极其规律的生活维持至今，纵使现代化的交通已使"天涯"成为"咫尺"，我还是迟迟不敢出行，难了心愿。写到此，倒令我更加怀念江南，更加怀念故乡的亲友了。

2012 年 12 月于北京

第二辑 行踪片影

永远的感激

——回忆我的一段养病生活

1951年年末,十五岁的生日刚过不久,我就病倒了,而且得的是当时还没有特效药的肺结核病。我所在的单位是三野后勤卫生部所属的第三后方医院,驻地在镇江,所收的病员,大多是来自朝鲜前线的志愿军伤病员。几个月来,"三反",即反贪污、反浪费、反官僚主义运动正在迅猛展开。就在这时,院内发生了一起严重的事故,一间刚修建不久的病室倒塌了,不幸压死了一位志愿军的伤员。这位战士,没有在朝鲜前线阵亡,却丧生在后方医院的事故中;而事故的原因,竟然是院部后勤处的孔股长接受承建商的贿赂而偷工减料所致。事情一经披露,人们的震惊、愤怒可以想见。正巧赶上"三反"运动,打击贪污分子被形象地称为"打老虎",那么孔股长无疑是一只大老虎了。大会小会,揭发批斗。我是院部的文化教员,作会议记录、整理材料也是工作之一,非常忙碌。我感到很疲乏,夜间盗汗,发低烧,面色潮红。起初我并不在意，一次，无意中发现痰中带着血丝。可能有人向领导汇报了，他们知道后很重视，立即让院部医务室的同志陪我去本院的三病区检查，这里是专治结核病的。通过X光的胸透，一切都明白了，我得了肺门淋巴结核，随即安排我住院了。肺结核病属于传染性疾病，当时又没有特效药，老百姓称之为痨病，人们对它的恐惧，不亚于当今的恐癌。那时的我，真有点"初生牛犊不怕虎"的劲头，想到父亲，他是医生，因得过结核病而肺部留有钙化点，几十年过去了，虽然身体不太好，但结核病始终没有再复发。所以我并不认为肺结核病有那么可怕。至于住院嘛，这一段时间

龚肇兰 1951 年摄于镇江

实在太累了，得此机会养养病休整一下，也不是坏事。然而，这一次住院，竟然持续了将近一年的时间，这是我始料未及的。

那天到病房后，护士就让我换上了病号服，不一会儿，又来了一位军医。他三十上下，中等个头，因为在传染病区工作，戴着大口罩，只露出一双眼睛，目光很温和，态度很亲切，他就是我的主治医师王富诚。作了常规性的听诊、问诊后，又详细询问了发病前后的情况，开出了拍X光片子、检查血、痰等的化验单，交给一旁的护士，沉思片刻后，又告诉护士，通知厨房，吃"半流"的饭食。这就是我和王医生的第一次见面。后来才知道，这里病人的伙食分为"大饭"、"半流"、"全流"三类，由医生根据病情的轻重来确定。轻病号吃"大饭"，即正常的一日三餐；重病号吃"全流"，即食用流质的食物；而"半流"则介乎二者之间，除三顿正餐外，上午十点、下午三点各加餐一次，大多为牛奶、鸡蛋、点心、水果类的食物。我的病情不算重，也可以吃"大饭"，王医生大概考虑到我的年纪小，正处于发育阶段，而结核病在无特效药的情况下，更需要营养的补充，所以从入院到出院，我一直吃着"半流"的饭食，从未更改过。饭菜很可口，营养也很全面。后来的事实证明，这样的安排，对我身体的康复，是很有好处的。几天之后，检查的结果出来了，王医生很正式地找我谈了话，分析了我的病情，得的是肺门淋巴结核，左侧肺门受结核菌的感染，淋巴肿得有鸡蛋那么大。

还告诉我，肺结核病分两种：一种痰中带菌，属开放性的，有传染性；一种痰中无菌，非开放性的，一般不会传染人。而我就属于后者，病情较轻。他和病区的几位医生研究过，认为我是属于儿童期的结核病，发现得又及时，只要好好休息，安心养病，是可以康复的。只是目前还有盗汗、低烧等症状，病情尚处在活动期，尽量多卧床休息，不要作剧烈的活动，天气好的时候，可以到楼下散步、晒晒太阳。还一再叮嘱我，尽量少和病区里的病人接触，更不要到别的病房去串门，因为现在抵抗力太弱，如果二次感染，那就麻烦了。真是一位细心周到的好医生啊！

我所在的传染病区是一座西式的三层楼房，X光透视室、化验室、药房、医生办公室在一楼，其余两层都是病房。四周种植花草树木，环境很幽静。我是本院的工作人员，是病区中年龄最小又是唯一的女病员，独自住在三层一间紧靠楼梯的病房里，对面就是护士办公室，他们对我照顾得格外周到。从紧张的工作环境、许多人聚居的集体宿舍到独处一室，最初很有新鲜感，加之身体不适，我还耐得住性子静心养病。我喜欢文学，托人从院部图书馆借了不少小说。读读小说，有时下楼晒晒太阳，日子过得还算自在。不过时间一长，天天一个人在病房里，我有点耐不住寂寞了，慢慢地就把王医生的告诫抛在了脑后。起初试探着到附近的病房串串门，找人聊聊天，后来和他们混熟了，竟打起了扑克，什么拱猪、打百分啊，好不热闹。一次，正玩儿得开心，王医生正巧从门口经过看到了，只说要查房，就把我带回了病室。进门后不由分说劈头盖脸就是一句："你不要命了！"一向亲切、温和的目光变得严厉了，我从没有见过他生这么大的气，一时手足无措，都快哭了。他见我如此，只好缓和语气对我说："这病房里住的都是开放性病人，这样近距离地打扑克，空气里、飞沫里、扑克牌上，哪儿没有结核杆菌？你光顾玩得痛快，就不怕再被传染了！"我自知理亏，只好无言以对。

自此以后，王医生也知道我太寂寞了，常嘱咐护士空闲时多陪陪我，尤其是夜班护士，晚饭后到睡觉前，得空就到病房来和我聊聊天。在我这里，他们还敢把口罩摘下来透透气，整天捂着它，也太难受了。他们告诉我，王医生主治的病人里，有的肺部已经有空洞，没有特效药，只好定期往胸腔打空气针。我对此似懂非懂，可能就是用物理的原理，给肺部以压力，促使空洞逐渐地愈合。有一定疗效，但并不很理想。还说肺结核病的发展可分为三期，到了第三期就很难治好了。这里有些重病人，发高烧、吐血，伴随着剧烈的咳嗽，食不下咽，靠着吃流质的食物维持生命，真可谓形容枯槁、骨瘦如柴、命悬一丝。看来之前我对肺结核的了解，实在只是皮毛，哪里知道它的厉害啊！我终于明白了王医生的良苦用心，他是在履行医生的职责，保护我的生命啊！我不再到别的病房去乱窜了，更不会去放肆地打扑克了。有时实在太闷了，就在楼道里找人说说话，或者到非开放性的病室去转转，但决不敢长时间地停留。这种情况，直到来了一位女病友，才彻底改观。她是孔门的后代,属"令"字辈,比我大好几岁。她的肺结核病也属于初起,症状和我相近,同处一室,很快就成了无话不谈的亲密朋友。她也是解放后参军的,家就在镇江。她来了不久正逢端午,便邀我去她家里过节,我受到了她的家人的热情款待。丰盛的饭菜,清香可口的粽子,驱邪的雄黄酒,还有那浓郁、温馨的家庭氛围,自从参军以来,第一次参加这种家庭式的便宴,给我沉闷的养病生活带来了欢乐。有一次,王医生在查病房时,对我的病友说:"你来了可真好,小龚有了伴,就再也不到别的病房去串门了。"我不好意思地笑了,看来王医生对我后来的表现并非不知情,大概觉得我的确收敛了许多,只要不出大格,就不再干预罢了。

当年结核病的康复,主要靠营养和休息,要学会养病,我在慢慢适应中。不久,又来了三位病友:一位姓夏,是我们之中年龄最大的,我们叫她夏大姐;一位姓王,文工团员,到过朝鲜前线;还有一位模样还记得,大大咧咧的,很开朗,姓什么却忘记了。我们换到了一间较大的病室里。听说还有几位重症的女病员,安排在其他病室,我从没有见过她们。不到半年,病区里仅女病员就增加六七位,可见当时结核病的肆虐。有这么多病友做伴,后来的这段养病生活,我过得很平静,也很愉快。病人增加了,王医生当然更忙了,除了星期日之外,每天按时查病房,听诊、问诊,耐心地听取病人的诉说,开具必要的药物,以解除病人的痛苦。在没有特效药的情况下，作为医生，他想方设法提高病人的免疫力，力图使他们从心理到生理都调整到最佳状态，激发起自身的抵抗能力，去抗击、去战胜结核杆菌。当时，钙片、鱼肝油是我经常服用的辅助药物。鱼肝油的种类很多，以清鱼肝油质量最好，可是腥得难以下咽，吃下去常常反胃，细心的王医生就会让我改服麦精鱼肝油或鱼肝油丸。随着病情的逐步好转，我又遵照他的嘱咐，减少卧床休息的时间，加大了活动量，延长了户外活动的时间。在养病中，我读了不少文学作品，包括《红楼梦》这部古典名著。在养病中，夏大姐还教我编织毛线。有位男病友请我织毛衣，有新毛线练手艺，我很乐于承担。在夏大姐的指点帮助下，织成了平生第一件毛衣套衫。

就这样，时间一天天地过去了，我们的病情也在缓慢地好转。最先出院的是小王，肺部的病灶钙化了，出院前还有个小插曲。小王长得很好看，大眼睛，梳着长辫子，不知被院里哪位干部看中了，由院组织部门出面找小王谈话，按政策，她应该复员，如果同意结婚，就可以在本院安排工作。小王是个很有上进心的女孩子，当然很生气，不会接受这种"交易"。对这种做法，我们都很反感，支持小王的态度，夏大姐、孔姐姐还给她出主意。虽然多次谈话，终因小王的严词拒绝而只好作罢，她复员回南京了。后来来信说，已经分配工作，在一所著名的公园当广播员了，我们很为她高兴。就在这时，我肺门上的肿块也渐渐地缩小，最后全部吸收了。

当时轻度肺结核病大都能治好，不过一般肺部都留有钙化点，而我竟然连钙化点也没有，真是个奇迹。我多么高兴！最应该感谢的人当然是王医生，没有他从营养、辅助药物、活动量的控制等方面的妥贴安排，没有他细心的呵护，结局恐怕不会这么圆满。我终于结束了近一年的养病生活，告别了病友，告别了王医生和护士们，重返工作岗位。

回到院部约两三个月后，我调离了镇江，到常州去工作了，从此再没有见过王医生。临出院前，他送给我一张小照，是他和小儿子的合影，背面写着：

肇兰同志：

抱着小崑的是谁，你还能记得他多久！

富诚

这张小小的照片，一直保存在我的老相册里。这么多年过去了，当年养病生活中的许多情景、许多细节，依旧存留在我的记忆里。我怎么会忘记，怎么能忘记这位在我生命中曾经付出了许多心血的主治医师呢？这段养病生活，对我的一生都有影响。且不说别的，没有结核病的彻底康复，我怎么可能去参加1955年的高考呢？对于王医生，我只有永远的感激。

2013年10月上旬于北京

我的高考琐记

明天是6月7日,一年一度的高考又将开始。我从中学教师的岗位上退下来已经十多年了,然而每到此时,心情依然很不平静。我的一生,和高考有太多的联系。从上世纪70年代末到90年代初,我和一批又一批的学生一起迎接高考,和老师们一起送学生走进考场,多次参与语文高考试卷的阅卷工作。这期间,也包括我的女儿的高考。说起来惭愧,我是一个负责任的教师,却不是称职的母亲。她是80届高中毕业生,她的高考,主要靠她自己,当然还有她的老师。1982年,我作为高考命题组的成员,参与了语文试卷命题的全过程,从更高的层面上了解了高考。但是,在我一生中,最刻骨铭心难以忘怀的,还是我自身的高考经历。我是1955年参加大学入学考试的,走过了一条颇为曲折的高考之路。当今的年轻人也许可以从我的回顾与叙述中,吸取一些教训或者受到某些启发吧!

从平坦之道到曲折之路

从六岁上小学开始，父亲就告诉我：上了小学之后上中学，以后再上大学。虽然当时并不太清楚上大学是怎么回事，但这种观念已经在头脑中扎下了根。1948年夏，我小学毕业了，以第三名的成绩考入了浙江省立嘉兴中学。父亲对我的期望很高，不仅要考大学，最好还能出国去留学。总之，一条平坦笔直的求学之路，展现在我的面前。然而，后来一个看似偶然的因素，改变了这一切。

1950年4月，华东三野后卫文工队到嘉兴演出，又趁此在中学里招募新成员。当时，我已经入团了，同一支部里两位和我关系很好的学长报名了，我自认为喜爱文艺，不甘落后，也报了名。原以为会遭到父母的强烈反对，而父亲在沉默良久之后，只说了句："这事你可要想好了。"难道年老多病的父亲，在时代的变迁中已感到无力把握女儿的前程了？抑或知女莫若父，知道我决定了的事情劝也无益？就在短短的三天里，我违背了父亲的意愿，毅然中断了学业，参军入伍了。看似偶然，究其原因，其实这是时代的变迁使之然，解放初期，学生中参军参干这是常事，我的姐姐解放不久就参加湖嘉公学了，这对我不可能没有影响。这更是我的性格使之然，正是我的热情、浮躁而又好冲动的性格，改变了自己的人生轨道。这就决定了我后来的高考之路，必定是曲折而多变的。

文工队的驻地在南京。一切都是军事化的，生活紧张而有序。我在舞蹈队，学习打腰鼓，参加了打莲湘节目的排练，也参加了到苏州一带的巡回演出。但是，我很快发现，这既非我所长，也非我所爱。大概领导也看得很清楚，几个月后，就把我和另外十几个同志安排在文教训练班。经过短期的培训，1951年初，我已经是三野后卫第三后方医院院部的文化教员了，驻地在镇江。从1950年4月参军到1955年参加高考，总共五年。以1952年为界，可以分为前后两个阶段，前期情绪平稳，工作积极，后期情绪波动，工作不大安心。因为1952年发生的两件事，对我影响很大。

第一件事，我病倒了。1951年末，我被诊断得了肺门淋巴结核，住进了本院专治结核病的三病室。当年的结核病，没有特效药，在人们的眼里，如同当今的癌症。而我却并不害怕，我是医生的女儿，父亲早年就得过肺结核，对此并不陌生，这恐怕也得益于我的"少不更事"吧！我安心地养病，主要靠营养和休息，吃着鱼肝油、钙片、牛奶、鸡蛋，伙食也很好，发低烧、盗汗等症状很快消失了，总共住院十一个月，等我出院的时候，肺部病灶已经全部吸收，连钙化点都没有留下，这真是个奇迹！在此养病期间，我读了大量的中外文学名著，《战争与和平》、《安娜·卡列尼娜》、《普希金文集》、《契诃夫短篇小说集》、《高老头》、《欧也妮·葛朗台》、《九三年》、《子夜》、《红楼梦》等，没有什么目的，只是出于爱好，我从小喜爱文学，也是为了解闷，解养病之闷。然而在不知不觉中我的文学素养也提高了，后来我戏称这段养病生活为我的"大学预科"。细想起来，也不无道理。

第二件事，1952年8月，我所在的单位连同三野后卫其他的后方医院，集体转业到地方，改为十所康复医院，归江苏省领导，所收病员仍为军人。当时我还在住院，属休养员编制，真正脱下军装是在我出院之后。1953年初，我出院后分配到第五康复医院工作，驻地在常州。虽然还是文化教员，工作的环境变化也不大，但是脱下军装后的感受是不一样的。这时父亲来信说："既然已经转业，还是回来读高中吧！"我也感到读书对自己是很重要的，但是我不愿走回头路，不想炒冷饭，更不想增加父亲的负担。他已卧病多年，无法行医，也就没有固定的收入，虽然我知道，只要我愿意，再困难他也会供我上学的，而我却不能这样做。我感到迷惘、苦恼，既不满于现状，又不知道出路在哪里，更不知道将来能干什么，我进入了人生的低谷期。思来想去，在无奈中便作出了自学高中课程的决定，不管怎么说，打好基础总是有用的，即使作为文化教员，也要水涨船高，提高自己的文化水平啊！

1954年高考招生章程中规定，允许调干生以同等学历报考。这给了我一线希望，从此萌发了考大学的念头。当即写了申请报告,除了院领导外,还要经过上一级组织的批准。回复为不同意,只允许我报考中国人民大学,而那年人大提前招生,当我得知消息的时候,报考工作早已结束了。我当然很不高兴,但冷静下来,觉得这也并非坏事,仓促上阵,应考准备不足,考不上反倒落下话把,以后报考就更困难了。我明白了关键在于做好应考的准备,于是抓紧一切空隙,努力学习高中数理化课程,并向领导表明,明年一定要参加高考的决心。

对此,我的直接领导态度比较宽容,起初也劝我,不一定非要考大学,在工作中边学习边提高,提干入党,一样有前途。但是见我执意要报考,还是帮着去争取的。群众的反应可就不大一样了,有支持、鼓励的,但在团内有时也会受到点名或不点名的批评,无非说我不安心工作、名利思想严重等,还有人在背后说:"只有初二的水平,还想考大学,好高骛远。"我既不反驳,也不辩解,依然我行我素,朝着应考的目标,努力准备。当然,日常的工作,该我完成的任务,我仍会尽力去做好。当时我们几个文化教员,除了在职工夜校上文化课之外,每人深入一个病区,帮助病区的指导员做好宣传、文娱工作,如办板报、写广播稿、排练节目等。我在一病室,工作还是繁忙紧张的。

1955年新春刚过,我又递交了申请报告。这回总算尘埃落定,很快批复下来,同意我参加当年的高考了。

从专业的确定到学校的选择

"是那山谷的风,吹动了我们的红旗。是那狂暴的雨,洗刷了我们的帐篷。我们有火焰般的热情,战胜了一切疲劳和寒冷……是那天上的星,为我们点上了明灯。是那林中的鸟,为我们报告了黎明。我们有火焰般的热情,战胜了一切疲劳和寒冷……"当年,这首《勘探队员》之歌,几乎风靡全国,唱得我热血沸腾、如痴如醉,于是性格中的狂热的一面又抬头了。我渴望自己也能成为一名地质勘探队员,背起行装,攀登那座座山峰,满怀着无限的希望,去为祖国寻找丰富的地下宝藏。我决定报考地质专业,这促使我加倍努力学习高中数理化课程。一病室有位小戴护士,和我很要好,她的丈夫是常州中学的数学教师,我遇到数学中的问题,经常登门求教,得到了他的不少帮助。学习理、化、尤其是物理,困难就更多了,理、化需要做实验,我没有这个条件,只能凭教科书去理解,把许多公式定理背得烂熟。我从小数学成绩很好,资质不笨,再硬的骨头,也要努力去啃。一边工作、一边学习,自然很辛苦,但是,有理想、有希望在支持着,我乐此不疲。就这样,几个月过去了。

就在这时,院政治处新来了一位政治协理员。一天吃午饭时,他坐在我旁边,问我:"听说你今年要考大学?"我点点头表示肯定。接着又问:"准备报考什么专业?"我说:

"想报考地质勘探专业。"他"嗯"了一声，不再说什么。吃罢饭，却把我留了下来，很耐心地对我说："听说你曾得过肺结核病，虽说已经好了，但身体可不算强壮啊！地质勘探，那可是野外作业，风餐露宿，你又是个女孩子，你的身体能经受得起吗！"我一时不知如何回答，心想，我连你姓什么还没搞清楚，你却对我了如指掌，真不愧是政治协理员啊！他见我没吭声，又接着说："你不是当了好几年文化教员吗，我看你很适合当教师，还是报考师范专业吧！你可要扬长避短啊！"话说得很直接、很恳切，也点到了要处，我答应要好好考虑他的意见。临走时又说："你很年轻，有机会继续深造，这是好事，可要好好把握啊！我们是不行了！"真是语重心长啊！我发热的头脑终于冷静下来。事后知道他姓李，他的名字却始终不知道。我一生始终感谢这位连名字都不知道的领导，在人生的关键时刻对我的忠告。

这天晚上我失眠了，思来想去，难以入睡。我的身体状况，虽说不上弱不禁风，但肯定是不健壮的，与地质勘探队员的要求相去甚远，在潜意识里我并不糊涂，只是头脑发热，不敢正视而已，经过协理员的点破，就再也无法回避了，况且我喜爱地质专业，的确带有许多浪漫的想象。"扬长避短"，这几个字深深地触动了我，从各种条件看，报考师范是我最实际的选择，只是从感情上，有点难以割舍。那么如果报考师范，接下来的问题是学文，还是学理？从1955年开始，文理分科考试了。几年来，我自学高中数理化课程，虽然很努力，能否和在校生相抗衡？能否通过高考这个关？我心里没有底。我的知识面比较广，从小喜爱文学，读过不少中外文学名著，在实际工作中又提高了文字表达能力。从实力看，报考文科可能更有把握。从兴趣说，教数学、物理多么乏味，我还是喜欢当语文老师啊！就这样翻来覆去，在朦朦胧胧中睡去，直至东方之既白。我终于作出了报考师范、报考文科的决定，这时距离高考报名时间，已经不到一个月了。

当天，我把数理化课本统统放进办公室的书柜，又把高中地理、历史课本一册一册地取出，放在案头，开始了新一轮的复习计划。语文、政治前一阵已经复习过，暂且不管它们；调干考生，免试外语，我的主攻方向，就是地理和历史两门课了。中国历史和地理，相对比较容易，最难啃的就数外国地理和历史了。史地复习中，要记忆的内容很多，但不能孤立地死记硬背，必须在理解的基础上，才能取得事半功倍的效果。我一般采用从总体到局部的办法。学习中国历史，先理清大的脉络，如朝代的更迭，每朝每代的重大历史事件，主要的历史人物等。学习外国地理，我对照世界地图，先把总体的布局弄清楚，如几大洲，几大洋，重要国家的地理位置，主要的山脉、河流、湖泊的分布等。总之，有了总体的了解，再由面到点、到细部，学起来就容易多了。我的办公室是个小套间，白天指导员也在这里办公，早晚就是我的一统天下了。推开窗户，面对清澈的池塘，水中鱼儿游动，水面浮萍点点，池塘上还有一座朱红色的木桥，通向病区大楼。我很喜欢在这里复习功课，尤其在清晨，周围静悄悄的，阒无一人，只有我在小台灯的光照下，聚精会神地复习着，效率特别高。有时候一册历史课本，我可以在一天之内读完，晚上躺在床上，将要点默记一遍，不清楚的地方，第二天再找补。临考前，领导上还放了我一个月的假，让我全身心地投入到高考复习中去。

专业确定后，接下来就是学校的选择了。报名表上需要填写三所学校，每所学校填写三个科系。我报考师范，又是文科，选择的余地不大。最后确定：三所学校即北京师范大学、华东师范大学、江苏师范学院；三个科系依次为中文系、历史系、教育系。北京是首都，又是文化古都，是我久已向往的地方，我当然希望到北京上学，但是能不能考上，我没有把握。报名时犹豫再三，还是把华东师大作为第一志愿填上了，北师大第二，江苏师院第三。刚刚把报名表交上去，我又自起矛盾了，把北师大放在第二，这不等于自动放弃，我不甘心。当即要回了报名表，在征得报名处老师的同意后，我用笔轻轻一勾，把两校的位置颠倒了过来：北师大第一，华东师大第二。我从不迷信，更不相信命中注定之说，不过有时候也觉得，人生真不可思议，如果我不作此改动，那么就不会到北京来上学，我将生活在另一个城市，和另一批同学相处，我的一生该是另一番模样了。但是冷静下来想想，此举也不难解释，还是我性格中不服输的因素在起作用，不作为第一志愿去填报，怎么就知道自己一定考不上北师大呢？性格决定命运，此话是不错的。从我这段人生经历里，它一再得到了印证。

从参加考试到等待发榜

那时常州属苏州考区，不设考点，报名、考试都得去苏州。报名好办，乘火车当天就可以来回。考试得两三天，没有住处怎么行呢？幸而我有一位考伴，她在院药房工作，中专毕业，这次准备考医学院，她有一位亲戚住在苏州城里，答应为我们提供住处，这帮我们解决了大难题。我们是在考试前一天的傍晚到达的。这是一所普通的民居，主人为我们提供了一间十多平方米的住房，室内有两张床，铺着凉席，挂着白蚊帐，朴素而整洁。第二天，热情、周到的主人，为我们准备了早点。早饭后，便各自奔赴考场。文科考场就在江苏师范学院，也是当初报名的地点。我这个调干考生，自然没人送考，而许多应届毕业生，也是自己来考场的，这与今天送考人多于考生的情景，迥然不同。考前半小时，查验了准考证后进入考场，按监考老师的要求把书包放在讲台前面，随身只带钢笔等文具，对号入座后把准考证放在课桌的右上方，然后监考老师宣布考场纪律，一切简单而有序。

第一门考语文。试卷到手，原本紧张的心情反倒平复下来。语文考题分文言文和作文两部分。文言文不难，记得其中一道大题，是《桃花源记》中一段文字的断句和翻译。作文题目记不清了，大概是围绕着怎样做好一个大学生的中心展开的。这也不难，我有话可说，从我高考的目的，联系我的文化教员的经历，表达了我准备怎样做好一个大学生的态度与心愿。文章说不上写得多好，但写了我的真实感受，没有太多的空话。考完第一门课，紧张的心情消失了。中午，在校园里找个阴凉的地方，就着白开水吃些点心、饼干，休息一会儿，等待下午的历史考试。这是我考得最顺利的一门课了，没有遇到什么难题，几乎是手不停笔地答完了试卷，又认真检查一遍，离开考场时，还不到下午四点钟。回住处后，稍事休息，把第二天考试的要点复习一下，吃过晚饭，闲聊了一会儿，早早地睡下了。我从小就养成了考前不开夜车的习惯，以保持清醒的头脑、充沛的体力。

第二天，主人又为我们准备好了早餐，我又早早地到了考场。上午考政治，似乎还很顺利，但考试的情景一点也记不得了。中午，和昨天一样，依然在校园里度过，就剩下最后一门课了。拿到地理试卷，当我答到那道关于土耳其的地理位置及首都的填充题时，会心地笑了，昨天下午刚复习过，"达达尼尔海峡"、"博斯普鲁斯海峡"颇为拗口的名称，没有难倒我，那时土耳其首都的称谓，还是"君士坦丁堡"，而非现在的"伊斯坦布尔"。答着答着，一道填图题让我犯难了，我把握不定，斟酌再三，不管对错，还是把它填写上了。参加高考，如同挑着一副重担，每考完一门，肩上的分量就减轻一些，现在终于可以卸下担子了。走出考场，望着灿烂的阳光，我呼出了长长的一口气，好轻松啊！

回到住处，谢别了主人。我与他们素昧平生、非亲非故，只因考伴的关系，就得此帮助、受此款待。我很想买些礼物，考伴却不让，说他们是诚心诚意的，决不肯收取，我无以回报，只有永记心间了。看时间尚早，我们又去了苏州最繁华的观前街，在采芝斋买了些瓜子、松子糖等当地特产，才乘车返回常州。是夜，和同志、朋友们在庭院中纳凉，嗑着瓜子，吃着闲食，喝着清茶，天南海北地聊着，度过了一个轻松、快乐、甜美的夜晚。

第二天，我就恢复了正常的工作，出黑板报、组织休养员的文体活动等，因为在盛夏，夜校停课了，暂时没有上课的任务。我必须做两手准备，考不上还要在此工作下去，还得为明年高考准备条件。就这样平静地过了一段时间。

随着发榜的临近，我的心又浮动起来，寝食难安，如同热锅上的蚂蚁。每天上午邮差送信前后，我都会到收发室去询问或等候。负责收发的小伙子，年龄和我相近，一双灵活的眼睛，流露出聪慧而狡黠的神情。他知道我着急，故意作弄我。有一次他把手背在后面，一本正经地说："你的通知书来了！"拿出来的竟是父母的来信。我气极了，又无可奈何。

等到通知书真的来了，连他也沉不住气了，那天我刚进门，他一手高举着信，大声地说："你看，谁给你来信了，北京师范大学！"我赶忙撕开这封厚厚的信，看到了盖着校章的入学通知书，我已被北师大中文系录取了。两年来的苦读、劳累、委屈、不安、烦闷、焦虑，都在这一刻化解了，我热泪盈眶，喜极而涕，我的努力终于有了回报。那天，我一口气写了七八封信，寄给战友、同学、老领导，当然，首先是我的父母，让他们分享我的快乐。也许父亲更希望我学理工，但是我毕竟考上大学了，而且是名牌大学，他可以放心了。我也没有忘记去告诉关心着我的协理员，他知道我听从了劝告，如今又考上了北师大，高兴得连声说"好"。我沉浸在快乐之中，我的考伴却迟迟没有消息，她当然焦急，我也很为她着急，后来终于收到了招生委员会的通知，她落榜了。我理解此刻的心情，不是用几句安慰的话所能解决，只对她说："不要灰心，争取明年再考！"

8月末，就在我要启程的当天，收到了北师大的第二封信，因为有些地方闹水灾，推迟了报到的日期。但是，一切都来不及了，火车票已经到手，行李已经托运，我的心早已飞向北京。吃罢午饭，十多位同志和朋友，陪我步行到了常州火车站，又送我上了火车。这是从上海开往北京的特快列车，途经常州，停留约十分钟。随着车轮的缓缓启动，我挥手告别了送行的同志们，告别了常州城，也告别了自己的过去，开始了人生旅途上的新里程。

放弃学业，参军入伍，并由此走过了一条曲折的高考之路，这是我自己的选择，它影响甚至改变了我的一生。是对、是错，是好、是坏，很难简单界定。有人问过我："你后悔过吗？"当然，而且不止一次。在遇到困难和挫折的时候，我会埋怨自己：当初不好好地在学校读书，去参加什么部队文工队呢！但是，后悔是没有用的。许多东西，人们往往在失去之后，才知道它们的可贵。我轻易放弃了学业，等到重新想赢得求学的机会，自然要付出代价。所以当我们处在人生的关键时刻、需要作出重大抉择的时候，切忌草率、冲动，要慎之又慎啊！

我也很珍惜这五年的生活历练。从家庭、学校的小天地，走向广阔的社会，在部队的熔炉里经受锤炼、磨砺，增长了阅历、才干，培养了独立生活的能力，也变得更坚强了。高考的时候，我还不到十九岁，比起许多同龄的考生，我也许更为成熟。在确定报考专业时，我头脑不再发热，终于听取了协理员的劝告，作出了理性的选择。我深深地懂得：成功孕育于不懈的追求、不懈的坚持、不懈的努力之中。在这条曲折的高考之路上，不敢说自己做得很圆满，但是我尽心了，我努力了。

2012年6、7月间

难忘的一段大学生活

[题记] 1955年,我考入了北师大中文系,大学四年。从入学到1956年,这是一段让我难以忘怀的大学生活,留下了许多美好的记忆。我喜欢那时的同学关系,单纯而亲密。我们尊敬老师,仰慕他们的才学,老师则认真教学,循循善诱,相处得和谐自然。学习很紧张,生活却不乏多姿多彩,很充实,很快乐。往事历历,难以尽述,从中撷取几个片断,记述下来,藉以表达我的怀念之情,从中也可以看到当年大学生活的一斑。

忘不了在大学度过的第一个中秋之夜。那年有些地区闹水灾,有些同学不能及时到校,直到9月中旬才正式开学,不久就迎来了中秋节。学校从城内迁址到新街口外铁师子坟建新校，不到两年，一切处在草创阶段。已建成的物理、数学两座教学楼靠东面，三座学生宿舍楼在西头，中间有一个由四座小楼组成的四合院，还有东、西两个饭厅，北面一大片是空旷的操场。

那晚，我们从宿舍搬来凳子，聚集在操场附近的小树林里，欢度中秋佳节。远处教学楼的灯光在闪烁，近处稀疏的路灯发出暗淡的光亮，更衬托出月光的明亮、皎洁，真是风清月朗，秋高气爽。月光透过斑驳的树影，照在我们的脸上、身上，四周散发着神秘而浪漫的气息。班上的同学来自祖国的四面八方，广东、福建、湖北、河南、陕西、山东、江苏、浙江……不少人第一次远离故乡、远离父母在外过中秋节，在这亲如兄弟姐妹的集体里，早已冲淡了离愁别绪。南腔北调的普通话，夹杂着浓重的乡音，大家谈天说地、笑声不断，随意地吃着花生、水果，分享着学校大厨房为我们准备的月饼。那个晚上，我第一次欣赏了王云诗高亢甜美的歌声；吴宝善朗诵小诗，初次向大家展示了诗人的才华；曾恬又在绘声绘色地模仿着谁的腔调，引来一片哄笑；许多同学表演了精彩的小节目。在欢歌笑语中，我不由默诵起苏轼《水调歌头·明月几时有》的词章，多么美好的中秋之夜啊！

那年中秋与国庆正巧相连，第二天还要去天安门参加国庆庆典，白天游行，接受毛主席和中央领导的检阅，晚上焰火晚会。大家这才恋恋不舍地回到宿舍，已经十一点钟了。

我们同宿舍的，只有苏玉茹是北京人，多次参加过这类活动。楚森、李玲、启华、我、还有大姐郭禄容，都是第一次参加，依旧兴奋得难以入眠。我们把第二天要穿的的衣裙整理了一遍又一遍，觉得一切都妥帖了，才熄灯躺下。明亮的月光透过窗户照射进来，陪伴着我们进入了甜美的梦乡。

忘不了老师们讲课的风采，忘不了课堂上有趣的小插曲。

当时的北师大中文系，聚集了国内许多知名的教授，黎锦熙、黄药眠、钟敬文、刘盼遂、李长之等，启功先生那时还是副教授。师资力量的雄厚超过了北大中文系，我们为此很自豪。一年级开设的专业课，有文学概论、语言学概论、现代汉语（语音学部分）、文选及习作、古代文学史及作品。我偏爱文学课程，最喜欢古代文学史这门课了。

文学史和作品，分别由不同的老师任课。李长之教授，为我们讲授先秦两汉文学史。他，矮矮的身材，脸上架着一副眼镜，经常穿着一件蓝大褂，因为患风湿病，走路异常缓慢。他是一位很有名望的教授，二十多岁就出版了《鲁迅批判》一书，请别误会，这"批判"只是评论的意思，绝非后来"大批判"的含意，不过后来他还是为此遭了不少罪呢！看似很羸弱的样子，一上讲台则精神抖擞。当时他已出版了《中国文学史略稿》三卷，而上课从不用讲稿，只在一张香烟纸的反面，写着简单的提纲，略带山东口音，讲起课来滔滔不绝，凡到引文处，则背诵如流，真是让我非常佩服。有时讲到激动处，流出鼻涕，他不用手帕，只用袖子一擦，继续侃侃而讲。有一次，讲到司马迁在受到宫刑后，之所以忍辱负重，就是为了"究天人之际，通古今之变，成一家之言"，就是为了成就《史记》这部巨著，真是感情激越，声泪俱下，对司马迁人格和风格的赞扬，发自肺腑，我受到强烈的震憾。韩珉，一位年轻的女教师讲授《诗经》，讲得也很有好，后来调离了师大。讲授《左传》的，则是刘盼遂老先生。他是王国维的嫡传弟子，可谓满腹经纶，矮矮的身材却很壮实，带着一副深度近视眼镜。开篇就讲"郑伯克段于鄢"，这六字出自《春秋》。老先生从春秋笔法说起，接着便逐字逐句地串讲课文，阐释得清楚明白，很到位。讲到郑庄公与母亲姜氏掘地相见，和好如初，便很有兴味地诵读起来，"大隧之中其乐也融融"，"大隧之外其乐也泄泄"，声音洪亮，至今仿佛还在耳际萦绕。

讲授文学概论的钟子翱老师，一位年轻的讲师，却显得老成持重。这门课理论性强，比较枯燥，他能讲得逻辑严密、条理分明、又很生动，这就很不容易了。当时全年级一百多人上大课，大概为了熟悉学生，有时在课上他会对一部分同学点名。一次叫到"施老高"，同班的施志高立即站起来大声回答"到"。我先是一愣，继而明白钟先生把"志"看成"老"了，施志高反应还真快，不免偷偷地笑。同学们心照不宣，老师毫不知情。从此，施老高就成了施志高的别名了。至今老同学聚会，大家还是"老高"、"老高"地叫着，很亲切，很有趣。在文选与习作课上，一次正讲读柯仲平的诗作《延安与中国青年》，老师请一位女同学朗读课文，其中有两句诗："延安吃的小米饭，延安穿的麻草鞋"，她大概太紧张了，念成"延安吃的麻草鞋"，立刻引起哄堂大笑，连老师也忍不住笑出了声。说起这些小插曲，总让人忍俊不禁，大家并无恶意，只是觉得很有趣、很好玩罢了。

课上，我们聆听老师们的讲授；课下，忙着去图书馆借书，查阅资料，加深理解，扩大知识面。中文系的学生，需要阅读大量的作品，而先秦文学文字艰深难懂，"啃"起来很费工夫。学习很紧张，但很充实，很快乐。

忘不了在迎接新年到来时的热闹快乐的情景。随着时间的流逝，1956年元旦即将来临，我们在紧张的学习之余，又忙起了迎接新年的准备工作。首先要打扫布置寝室，一般都习惯以红色作装点，我们则别出心裁，用湖绿色和银色将小屋布置一新，显得很别致。为此，我们宿舍的照片还刊登在校刊《师大教学》上呢！这是我们来校后的第一个新年，同学之间很想送点小礼物留做纪念，小班长苏玉茹出了个主意，用抓阄的方式确定送礼的对象，这样送的人可以根据对方的特点准备礼物，而被送者事先毫不知情，还有点悬念呢！这方式很新颖，大家很赞同。抓阄的结果，我应该送给孙耀煜。他是山东人，高高的个子，平时不多说话，学习很认真，女同学背后戏称他为"山东大个儿"。送什么好呢？送书恐怕最合适了。我手头正巧有一本《普希金文集》，纸质的精装本，浅米色，书脊深棕色，封面上普希金的侧身头像、"普希金文集"几个字，都是烫金的，很精致。当年我酷爱普希金的抒情诗，积攒了零钱买下它，十分珍爱，其中《我的墓志铭》、《假如生活欺骗了你》、《致西伯里亚的囚徒》、《致凯恩》、《纪念碑》等，都是我喜欢而又背得很熟的诗篇。把它送人，还真有点舍不得呢！只是手边没有适宜的小礼品，况且以喜爱之物相赠，才更能表达自己的诚意呢，便郑重地在扉页上写上赠送的题签。班上还组织大家分头去给老师拜年。生活班长黄梦旦带着我们几人，去看望李长之先生。他住在师大城里的宿舍，在西单附近。走进住处，一个小小的天井，长之先生在西厢房接待我们，黄梦旦代表全班同学送上贺信和小礼物。先生那天穿着一件新棉袍，精神很好，依然谈锋很健，说了许多鼓励的话。看得出，对于我们的来访，他很高兴。

当全班同学欢聚在教室里共度除夕之夜的时候，当收到同学们精心准备的小礼物的时候，当我们在饭厅里一起聆听新年钟声的时候，真是欢欣鼓舞，豪情满怀，1956年到来了！向科学进军，这是党在新的一年里发出的号召，我们积极响应，制订未来的规划，更加勤奋努力地学习。

忘不了在北海公园度过的愉快而很有意义的团日。为了让同学们在紧张的学习中不忘祖国的建设，团支部组织了一次以了解和歌颂祖国社会主义建设成就为主题的团日。事先以团小组为单位，分别从工业、农业、交通事业等方面选取一个题目，收集材料，然后推举一个代表发言。我们不想在教室里枯坐，便把地点选择在北海公园。那是1956年一个温暖的春日，午后，我们围坐在一片向阳的山坡上，大家交谈得很热烈，许多细节记不清了，而对自己的发言，印象还很深。我的话题是武汉长江大桥，它开工于1954年，当时正在建设中，是我国第一座跨越长江的大桥。我查阅了一些资料，对其坚固的程度，有一个很形象的预测：当公路桥上许多对开的汽车，当铁路桥上两列对开的列车，当桥下两艘对驶的巨轮，在同一时间发生撞击，它仍然屹立不动。我当时说得很激动，同学们听后也不由地发出惊叹。说来也巧，几天前在广播里听到一则消息，一艘九千吨的货轮失控撞在武汉长江大桥的桥墩上，船体破裂，而桥墩岿然不动，桥体安然无恙。可见当年的预测，绝非吹牛，眼前的事实，就是明证。

会后，我们又划起了小船。北京的春天多风沙，那天倒是难得的好天。在明媚的春光中，划着小船，真是惬意。我们欢闹，我们戏耍，我们歌唱，水面上响起了熟悉的歌声："让我们荡起双桨，小船儿推开波浪，水中倒映着美丽的白塔，四周环绕着绿树红墙,小船儿轻轻,飘荡在水中,迎面吹来了凉爽的风……"此时此刻,此情此景,我们这些年轻的学子,如同电影《祖国的花朵》里的孩子们一样,快乐、幸福!

2014 年 2 月末于北京寓所

龚肇兰1957年摄于北师大校园

缺　憾

7月临近，又一届毕业生要离校了。我住在北师大校园里，年复一年，看着一届又一届的毕业生离校，他们举行毕业晚会，在校园中拍照留念，忙着托运行李。每当看到他们在主楼前拍摄毕业照的时候，我更是浮想联翩。我们的大学毕业照片在哪儿呢？不，我们没有。对于我们，这是永远无法弥补的缺憾！

2002年母校百年华诞，在阔别四十三年之后，班上许多同学重回北师大欢聚，决定以"昨日·今日"为题，编选一本全班的影集、出版一本同学的诗文集，并推举热心的曾恬负责此事。影集中，每人有昨日（大学时代的照片）和今日（近照）各一张，集体的照片，放在前面，也是昨日、今日各一张。同学四载，曾恬能找到的全班的合影，竟是一张用"120"相机拍摄的二寸小照，那还是在聚会时，孙耀煜从青岛带来的。记得那天，孙耀煜把我叫过去，拿出几张小照，它们拍摄于同一时间、同一地点，其中就数这一张最清楚，仔细辨认，还能看出同学们大学时代的模样，那是男同学在为我们庆"三·八"之后的留影。请记住，它们拍摄于1957年的早春，这是多么耐人寻味的时刻啊！几个月后，等待我们的是一场急风暴雨式的反右斗争，单纯、亲密的同学关系变得紧张而复杂了。这之后，向党交心，去十三陵水库劳动，到永丰屯公社劳动、采风，大炼钢铁，一个活动接着一个活动，有时连班级的界线也打破了。1958年，一场声势浩大的教育大革命开始了，"红青年胜过白专家"，在这样的背景下，我们又编写了《中国民间文学史》……我们已经没有闲情逸致、或者说已经无暇顾及也没有机会在一起拍照留影了。这张珍贵的小照，曾恬把它翻拍放大后，放在我们的影集里，总算填补了"昨日"的空缺。

由于同学们的积极供稿，经过曾恬的努力，我们的诗文集《昨日·今日》也出版了。翻开首页，只见到2002年欢聚时的集体彩照，据说"昨日"那张合影，因为制版的困难，只好撤掉了。多么遗憾啊！望着这本装潢精美，饱含同学们的心血、情谊的书，我会痴痴地想，如果那上面有一张全班的毕业照该有多好！可是我们没有，为什么？亲爱的同学们，请回想一下毕业前的情景吧！那时候，班上有好几位同学已于一年或半年前提前毕业留校工作了；有一位同学，被迫中断学习，连毕业的资格也没有，中四（1）班已经不是一个完整的班了。等到分配方案下达，许多人分配去内蒙、东北工作，少部分人留校，还有的三三两两赴西安、回浙江，而我呢？一心想着保送去北大读研究生，当然不会想到此后的种种波折。人已散，心难聚。我们并非无情无义，依依惜别的情景，那是有的；三五好友或在校园里、或去照相馆拍照留念，也是有的；但是，"班"的观念在我们的脑子里似乎淡薄了，没有人想起、也没有人提出我们应该照一张全班的照片留做纪念。从学校到系里到班级，没有人出面组织我们去拍摄毕业照，记忆中全班连话别的聚会都没有，又哪来的毕业照呢！

这不是谁的错，这是时代造成的缺憾，这是历史留下的缺憾，也是永远无法弥补的缺憾，我们不可能返回时间隧道，重聚"1959"了。这正应了东坡词作中的名句，"人有悲欢离合，月有阴晴圆缺，此事古难全"啊！

2012年7月初

下放劳动生活散记

1961年初，春节刚过，我就下放到河北固安县城关公社城关大队参加劳动。当时我在解放军军事科学院工作，院长叶剑英元帅。为了办夜大，提高研究人员的文化水平，院有关部门，费了不少力气，把我从北师大中文系调到这里。但是不到一年，全军掀起活学活用毛主席著作的高潮，文化课全部停止了，于是，我从"香饽饽"变成了食之无味、弃之可惜的"鸡肋"。明知我并不安心在此工作，也不想放我离开，缓解矛盾的最好办法，就是下放了。况且有明文规定：男同志下连当兵，女同志下放劳动，每三年轮流一次，每次三个月。我无话可说，只能服从安排。

我们一行五人。组长姓张，人很随和朴实，副组长姓刘，她们都是孩子的妈妈了。我和小郭年龄相仿，还有一位三十出头的男同志，姓叶，在院图书馆工作，据说是叶帅的侄子，因为不是军人，只好随我们一起下放了。到达生产队之后，队里并没有让我们和社员"同住"，而是安排在离队部不远的一所小院里。小小的院子里，不大的三间房，一字排开，很破旧，看来很久没有人住了。我们四个女同志住东屋，老叶住西屋，又兼做我们的学习室。屋内有炕，占去了屋子的大部分面积。中间那间很小，其实只是一个小过厅。进门处有炕灶，炕灶旁边各有一门，通东西两屋。墙角放着一口大水缸，一旁还有一张旧条案。放下行李，我们打扫的打扫，挑水的挑水，很快就把屋子整理好了。当时正值冬季，印象中没有烧炕，而用炉子烧煤块取暖，所以喝水、用热水都还方便。

我们虽然来自同一个单位，因为工作性质不同，原本并不熟悉。下放劳动，把我们连结在一起。在这里，朝夕相处，互相帮助，生活得很融洽。这小小的农家院落，也就成了我们五人之家了。

净面窝头·淀粉窝头

第一次走进食堂吃饭，虽然早有思想准备，这是个三类队，粮食短缺，但眼前的景象仍然让我感到有些意外。屋子里冷清清的，两个柳条编的笸箩里，分别放着黄色的和棕色的窝头，旁边放着一小盆咸菜。1958年上半年，我还在上大三，系里组织我们去昌平永丰屯乡劳动、采风。当时人民公社正在蓬勃发展，社员吃饭不要钱，食堂里热气腾腾的，大馒头、大包子、饺子、菜团子、炸油饼、炒菜以至于炖肉，极其丰富，真所谓"放开肚皮吃饭，甩开膀子干活"。只过了短短的几年，农村的变化竟如此之大。

黄色的窝头，就是用玉米面做成的，每个二两粮票，他们称之为"净面窝头"。为什么要冠之以"净面"两字，这是相对于深棕色的"淀粉窝头"而言的，它个头稍大，却只要一两粮票。我第一次吃它，掰开后有一股浓浓的碱味，还算松软，当时很饿，一个淀粉窝头，很快吃下了肚。第二次、第三次……越来越觉得难以下咽。后来才明白，所谓"淀粉"，原料就是玉米芯，即我们平时所说的"棒子核儿"。先将它压碎，用浓碱水浸泡，再用电磨碾轧成糊状体。食堂院子里有好几口大缸，里面放满了这种糊状的"淀粉"。一般以1∶1的比例，即一半淀粉一半玉米面，掺和起来制作，蒸熟后就成了"淀粉窝头"了。听说当时北方农村粮食不足，很多地方都吃这种代食品。它没有营养价值可言，只能用来骗骗肚子，还有很多副作用，造成消化功能紊乱，大便秘结，很不舒服。过去人们常以"吃糠咽菜"来形容生活的困难；但是，现实生活中的"淀粉窝头"，比起"吃糠咽菜"来，更是等而下之了。

我们在部队享受尉官待遇,每人每月的粮食定量三十六斤。下放时,估计到农村粮食困难,已将定量改为每人每月二十七斤。我们饭量不大,干的活也不算很累,这二十七斤是完全可以吃饱的。但是,面对社员们得靠这种代食品搭配,才能填饱肚子,度过饥荒,作为下放干部,我们怎能独自享用"净面窝头"呢?于是又把定量改为每人每月二十斤。每天以六两计算,每顿吃一个"淀粉窝头",另加半个"净面窝头"。一日三餐,餐餐如此,天天如此。社员则把主食领回去,一般家庭还有些冬储的白菜、萝卜调剂着,而食堂能够提供给我们的,除了咸菜还是咸菜。后来,还是队干部觉得过意不去,主动提出每月让我们用粮票换几斤玉米面,又拨给我们一些柴火。这样,下工之后,我们也可以在住处熬些玉米稀糊糊粥了。这对于我们的生活,的确是很大的改善。

剥花生·搓玉米

除了"同吃",作为下放干部,就应该与社员"同劳动"了。时值冬季,大家又吃不饱,当时的农活并不太多,每天规定六小时,实际劳动也就五个小时,我们和社员一起倒粪、运柴火。这里的农田属于沙质土壤,除了种植少量的玉米、小麦等做口粮外,主要为国家种植油料作物——花生。每年春播前选花生种,这是项大任务。往年社员们剥花生时,免不了边剥边吃，损耗较多，后来又让社员领回家里去剥，按一定的分量交回，大概矛盾也很多，队干部为此很挠头。今年见我们下放干部来了，他们当然信得过，便把这项任务交给了我们，从此就很少有机会和社员一起劳动了。

在一间库房里，我们围坐在小山似的花生堆前剥花生、选花生种。看起来简单的劳动，其实也是有窍门的。队干部给我们拿来了一些筷子长短、粗细适中的柳枝，取一根对折起来，成了一把夹子，用它先把花生的头儿夹开，剥起来就方便多了。种子的要求很高，必须选取颗粒大、长得饱满、没有毛病的。我们每人面前放着两个容器，分别放置选上的和落选的花生。看似并不繁重的劳动，却让我们的双手经受了考验，天天接触粗砺的花生壳，手指磨起了泡，裂口甚至流血，疼痛异常。下工后，我们用温水浸泡双手敷上点蛤蜊油，再用纱布条缠在伤口处，第二天再接着剥。就这样，经过不断的磨合，直到手指起了茧子，才慢慢地适应了。花生当时还是很稀罕的东西，北京城里，只有在春节时，每人才能凭购货本买到半斤炒花生，还是带壳的。平时，即使你有钱，也是买不到的。而我们，天天见到的是花生，触摸到的也是花生，我们当然没有吃生花生的习惯，但即使眼前这一大堆都是炒花生，也绝不会放进嘴里一颗。这就是我们的自律精神。

随着时间的推移，我们越剥越熟练，速度在加快，眼前小山似的花生堆一天天缩小了。选出的花生种子越积越多，粒粒饱满，红晕鲜亮，没有瑕疵，十分可爱。它们寄托着社员们，也包括我们对丰收的希望。

除了剥花生，有时候也让我们去搓玉米粒。活儿并不难干，可怕的是那玉米钻心虫。我从小就怕软虫子，连毛豆荚中的小软虫都怕，更不要说那胖嘟嘟、圆滚滚的玉米钻心虫了。人们因为饥饿而消瘦了，它们却依旧白胖胖地蠕动着。一见到它们，我就忙不迭地叫老叶赶紧帮我捏走。每次搓玉米粒，我总是戴着套袖，用绳子把裤管扎紧，收工时还要仔细地拍打全身，真怕它们钻进我的衣服里去。说起来，我一生中去农村劳动的机会并不少，但是怕软虫子的毛病，至今未能改掉。

种子选好了，剔除下来的花生，也有好几筐了，队里决定分给大家，不论老少，每人半斤。大多数社员家里都有四五口人，在青黄不接、缺吃少油的日子里，每家能分得二三斤的花生，确是不小的收入，无异于雪中送炭。领花生那天，人们喜洋洋的，像过节一样。能为社员尽一点微薄之力，我们也很高兴。当初队里把选种任务交给我们，有些社员并不高兴，觉得夺去了他们吃点花生的机会，谁也没有想到，会有今天的结果。同大家一样，我们每人也分到了半斤。老乡热情地教我们怎样炒花生：先把花生在淡盐水里浸泡几小时，然后晾至蔫干，用几块砖架上小铁锅，把洗净的细沙炒热，再把花生放进去，不停地翻炒，很快就炒熟了，筛去沙子，剩下的就是香脆可口的花生米了。我们每人都有一只柳条编的小篮子，放在里面，慢慢地享用。吃饭时抓上一小把，和着花生的香味，"淀粉窝头"也变得容易下咽了。有时肚子饿了，捏上几粒，放在嘴里慢慢咀嚼，细细品味。这可能是我这辈子吃过的最香、最脆、最好吃的花生米了。

锅爆鱼·高级点心

当时农村还保留着集市贸易，每逢三、六、九开集。我们按规定，在集市上只能买咸菜和大蒜。所以，我们赶集，其实是在赶热闹，也算在作社会调查吧。

白菜、萝卜，这些北方冬季的当家菜，市场里并不多，价格也不便宜。充斥其间的净是树根、树皮、树皮碾成的面、豆饼以及许多叫不出名目的代食品。古人云："民以食为天"，"仓廪实，则知礼节。"而我们眼前的农民，连基本的温饱都达不到，仍旧苦苦地挣扎着，想方设法填饱肚子，与国家共度难关。当时仓廪虽然不实，社会还比较稳定，我们下放的几个月里，生产队里并没有发生抢劫、偷盗的事件。这就是中国农民的可贵之处。听老乡说，有的农民刨一冬天的树根，能挣到几百块钱。在当时，几百块钱可不是一笔小数目。

但是，有了钱，也不一定能换回相应的食品；即使有，价格也贵得出奇。集市里没有猪肉，没有鸡鸭，见不到鸡蛋的踪影。在我记忆里，最高档的食品，就数"锅爆鱼"和"高级点心"了。

"锅爆鱼"，那是农民冒着严寒从小河沟里捞来，或是敲开冰面从冰窟窿里钓来的小河鱼，刮鳞洗净后，放在平锅里，用点油慢慢煎熟，有的可能连肚子都没有破开，竟要五元钱一斤。当时我的工资每月六十二元，用全月的工资，也只能换来十二斤"锅爆鱼"。

和"锅爆鱼"同价位的是"高级点心"。我年轻时常患急性扁桃腺炎，这次下放又犯了，高烧至四十度。同志们用板车送我去公社医院看病、打针，见我吃不下东西，组长当即和大家商量，破例从集市上买了一斤"高级点心"。当时北京城里，普通点心凭票供应，高级点心也是五元一斤，敞开供应，因为价格太贵，一般家庭很少问津，不过它的质量是有保证的。而眼前这种圆形的小点心却有其名无其实：皮儿用白面做的，但很黑，干巴巴的，掰开来，见不到豆沙、枣泥、瓜子、核桃仁这些常用的点心馅，只有点萝卜丝，拌上些青红丝，略有甜味，不知是放了点糖还是糖精。我不忍心辜负大家的好意，勉强吃了几口，还是难以下咽。退烧后，倒是靠玉米糊糊粥，让我逐渐恢复了体力。既然买来了，怎么能浪费呢？于是大家分而食之。平心而论，与"淀粉窝头"相比，说它是高级点心，也不算过分。

现在的年轻人，听我说起这些，一定匪夷所思，不免有天方夜谭之感吧！但是，这确是我亲见亲历的当时农村的现实。中国自古以农为本，素以地大物博、物产丰富著称于世，农村何以会变得如此贫困，弄得老百姓连饭都吃不饱呢？当时连我自己也想不明白。除了自然灾害，还有别的原因吗？这的确值得深思。

荠菜·黑豆芽

4月刚过，天气逐渐暖和起来，小草、各种野菜纷纷从田间地头钻了出来，给大地带来了一点生气。工前工后，老乡们忙于挖野菜，我们也加入了这个行列，既是为了改善生活，也趁此和社员们多接触，加深了解。他们耐心地教我们辨认各种野菜，什么马齿菜、苣荬菜、灰灰菜、刺儿菜，还有野苋菜……苣荬菜味儿偏苦，马齿菜略有点酸味儿，刺儿菜吃起来有些扎嘴，我们几乎吃遍了所有的野菜，唯有对榆叶尤其是榆钱，从不染指，那是老乡们的"宝贝"。据说把它们掺到玉米面里，做出来的窝头松松软软的，十分香甜。我们吃得最多的要数荠菜，不知为何，北方的农民不认它、不吃它。

荠菜，这种长着锯齿形叶片、平铺在地面的野菜，我这个江南人对它颇为熟悉。小时候住在马厍汇老宅,曾随堂姐到地里去挑野菜,什么荠菜、马兰头,边挖边玩,很是快乐。后来到了嘉兴城里,每当春天,常有农村的小姑娘,挎着满篮子的荠菜,到城里来叫卖。我们买来后用水洗净,在滚水中烫一下,沥干,切碎,放点盐,拌上香干丁,再浇上点麻油,真是非常好吃。那时候,是为了尝鲜,一旦荠菜开了小白花,就不再食用了。而此时,我们用它来充饥、度荒,没有香干,也没有麻油,不管老嫩、开花还是没开花,统统都要。通常我们把它洗净后,放在玉米糊糊里,吃起来清香可口。有时候挖得多了,也用水焯过,拍点蒜泥放点盐,每人吃上几筷子。对于我们吃不到一点青菜的人,这既改善了生活,也增加了营养。

最招人喜爱的当属黑豆芽了。去年种黑豆的大田里,虽然收割时很仔细,又经过社员们的"小秋收",不过小小的豆子,总还有漏网的。它们在土里埋藏了一冬天,如今天气转暖,就破土而出了。黄绿色的豆嘴上,顶着黑色的豆皮,仿佛戴着一顶小黑帽,在阳光的照射下闪着光,充满着生气。我们仔细地寻找着,每发现一棵,就小心翼翼地将它连根拔起。有时候还比赛着,看谁挖得多。辛苦不负有心人,一早晨的劳动,换来了一顿美味的黑豆芽汤。不过这样的机会还是太少,因为大田里的黑豆芽很快就被挖光了。

生活是艰苦的,但是我们依旧很乐观,苦中作乐。与老乡们亲切地交谈着，在田间地头忙碌着，日子就这样一天天地过去了。

回京那天，因为接我们的车子来晚了，回到单位已经是晚上八点多钟了，食堂早已开过饭。大师傅热情地问我们想吃点什么，我们几乎异口同声地说："炒点白菜吧！"不一会儿，热气腾腾的白馒头，香喷喷、油亮亮的炒白菜端上了桌。三个月来，从未吃过白馒头，从未沾过一滴油，眼前的饭菜，对于我们，就是美味佳肴。

我们是在麦收前回来的。社员们经受了一冬天饥饿的煎熬，终于春回大地，麦收在即，新的希望在鼓舞着他们，兴冲冲地做着收割春播前的各种准备。知道我们要回北京了，无论是社员，还是队干部，甚至连小孩子，说得最多的一句话就是："麦收了，吃顿白面饺子再走吧！"他们当然清楚，我们回到北京后，馒头、饺子都会有的。但是，对于我们没有能在他们这里吃上一顿白面饺子，却耿耿于怀、于心不安，如同亏欠了我们似的，这就是中国农民的朴实、真诚、可爱之处。这份心意，令我们感动不已。我也很为我们的自律精神感到骄傲，虽然只有五个人，却严格遵守着对于下放干部的一切要求，而且完全是自觉自愿的。也许有人说我们是"奴性"，笑我们"太傻"，但我始终认为，人总是要讲点精神的，更不能超越道德的底线。如果我们的时代能够多一点自律精神,也许就会少一些贪官,学术腐败事件也会大大减少。当然,这是题外话。总之,在物质极度匮乏的条件下,在与普通农民共同度过的艰难日子里,我们的灵魂受到了洗礼,得到了升华。

下放回京一年之后,即1962年夏天,我终于调离了军事科学院,重回地方教书。一起下放的伙伴,从此再也没有见过面。不知道他们现在怎样了,还能想得起当年一起劳动、一起生活的情景吗?三个月的下放劳动,在我漫长的一生中,只是短暂的瞬间,但是这段生活经历,这份宝贵的人生体验,却让我受益终身,铭记不忘。

2012年5月20日于北京寓所

(原载《芳草地》2012年第4期)

悠远的记忆

1959年,北师大中文系有十名毕业生保送到北大中文系古典文献专业读研究生,我是其中之一。由于种种难以说清的原因,研究生没有当成,就留在系里古典组当助教。遗憾的是,助教也没有当久。一纸调令,我又成了解放军军事科学院的文化教员了,因为他们要办夜校,要提高科研人员的写作水平和阅读古籍的能力。我虽然满心的不愿意,也只能服从分配。但是刚安定了半年,现实生活又跟我开了一个大大的玩笑。林彪在全军掀起活学活用毛主席著作的高潮,霎时间风云突变,部队文化学习全部下马,我又失去了用武之地。20世纪五六十年代的青年人,就这样难于掌握自己的命运。

当时,部队的领导希望我留下当秘书,或者为科研部门做文字工作。但是,我既不想参军,也不想改行,决心要与自己的命运抗争一下。我两次上书高教部长杨秀峰，要求回师大中文系工作。部队领导见我决意离去，只好由原渠道与师大联系。不走运的我，又赶上了1962年的机构大精简，中文系本身正在大批"下放"，我怎么可能再回师大呢？当时中宣部的教改试点——北京景山学校成立不久，急需教师。就这样，大学毕业后，几经波折，等调到景山学校，已是1962年10月了。

接待我的是副校长谢雪萍。她简单介绍了学校的一些情况后，就切入了正题，关于我的工作安排，让我教小学三（4）班的语文课，原有的周韫玉老师要请产假，由我接替她的工作。当时老谢特别强调这是一个实验班，语文课准备由一个教师从小学一直教到高中毕业，他们认为我的条件比较合适。说实在话，这对我真是当头一棒，我没有这种思想准备。我不大喜欢小孩子，很怕和他们打交道。况且在世俗的眼里，一个大学毕业生去教小学，未免"大材小用"，我也未能免俗，心里很不高兴。不过那时也别无选择，只能"既来之,则安之"，我就勉强应承下来了。

回想起来，那时毕竟年轻、热情，我很快地被周围浓郁的教改气氛所感染。首先遇到的是纪律关。孩子们很淘气，也很天真，有的女孩子后来告诉我，我取代了周老师的位子，却没有周老师长得好看，小心眼里多少有些抵触。不过，我们很快相互适应了。说实话，我很感谢他们能够喜欢我这种颇为成人化的教学。从四年级起,我又当了班主任,工作也就更顺手了。我们用的是学校自编的教材,《儿童学现代文》、《儿童学诗》、《儿童学文言文》等,孩子们很喜欢《荷塘月色》、《一件小事》、《白杨礼赞》这些名文,《枫桥夜泊》、《示儿》、《陋室铭》、《爱莲说》等短小的古诗文,也背诵得琅琅上口,我为他们的接受能力所鼓舞,也为他们作文水平的点滴进步而高兴。每周12节课,没有一节是重样的教材,学生需每天练笔,还要坚持课堂作文,工作很劳累。刚来校时,我的女儿出生不到三个月,我很少能顾及,心思都用在教改上。到了四年级,我们还以《白洋淀纪事》、《东风第一枝》、《小二黑结婚》等书,进行整本书的教学实验。对文体活动,我一向不在行,居然也和徐家丽老师一起,组织学生到玉渊潭玩儿打游击。时间就在这紧张的工作中飞快地流逝了。其间还有一个小插曲,对我也不无影响。

大约在1963年的上半年。一天,童大林同志要去北师大中文系开座谈会,让我随车前往,记得同去的还有刘曼华老师。会议的地点在师大主楼八楼会议室,与会者主要是中文系的教师,可能还有一些学生代表。大林同志那天兴致很高,中心话题当然离不开景山学校的教改,特别是语文教学改革,阐发他一贯的主张,语文必须在小学打好基础,不知怎么一来,话题就转到了我身上。准确的话,已经记不清了。总之,对我这个大学毕业生能安心从事小学教学工作,给予了赞扬和肯定,希望中文系能有更多的毕业生,立志于中小学的语文改革工作。师大是我的母校,在座的有许多熟识的老师,还有我的同学。这种场合,我感到很尴尬,仿佛"样品"一样,展示在众人的眼前。不过内心深处,也还是很高兴的。这对于我,是鼓励,也是鞭策,我决心把这个班的语文教学实验坚持下去,直到他们高中毕业。

当然,由于众所周知的原因,我的愿望不可能实现。后来他们中的绝大部分同学又以1968届初中毕业生的名义,插队落户去了,当时的年纪不过十四五岁。

教小学生,在我的一生中只是短暂的几年,后来,我主要在高中任教。不过这段生活,留下的印象还是很深的。如今,当年的学生早已步入中年,当他们谈起母校打下的这点语文功底对他们的帮助时,我也颇感欣慰。长期以来,我患高血压、冠心病,身体一直不好。1994年的一个夏夜,散步时我突然感到心慌意乱,步履蹒跚。从此行动困难,胸闷气憋,十分难受。经北京医院检查,怀疑我患了"肌无力综合症",但一时也难以确诊。这些当年的小学生,有的来看望我,有的打电话来问候,还有一位学生陪我到著名中医老专家王绵之教授家求医。五年多来,在老大夫的医治下,我日日自费喝汤药,从不间断,病情终于有了很大的好转。我非常感谢这位医术精湛的老大夫,也很珍惜学生的这份感情。

对于名利,我一向不大看重,经过这场大病之后,也就更为淡泊了。我曾半开玩笑地对有些老师说,对于"景山"

的旧事,我就像白头宫女说起天宝遗事一样,恍如隔世。如今,我的心犹如一泓静水,不兴波澜,但毕竟还不是死水,偶尔也会泛起一点涟漪,于是就写下了以上那些事,作为对往昔生活的一点纪念。我曾赋予自己全部青春的景山学校,就像人生一样,已进入了壮年,我衷心祝福她后继有人,在新的世纪里谱写出更加完美的乐章。

1998年10月于重病中(原载《悠悠岁月教改情》一书,人民教育出版社2000年4月第1版,编入本书时文字略有增补)

一张带有鲜明时代印记的照片

这是一张带有鲜明时代印记的照片。拍摄的时间为1966年秋,地点一看就知道,那是毛泽东主席的韶山故居。照片上前排三人蹲着,后排四人立着,右手持"红宝书"——毛主席语录,举在胸前,目光专注,神情肃穆,这就是我和北京景山学校的六位同事。望着这张照片,想起了"文革"初期"大串联"的一段经历,想起了我的老同事、老朋友毛静英老师。

那是1966年的秋天,全国革命"大串联"开始了,乘火车、坐轮船不要钱,各地还设立了许多接待站。我们学校的大部分师生离校"串联"去了,几个月来"横扫一切牛鬼蛇神",铺天盖地贴满了大字报的校园,显得沉静了。因为女儿才四岁,我本不想去"串联"。有一天,也是教语文的毛静英老师,听说接待站里还有几张去广州的火车票，问我去不去，当时一旁教生物的王翠娣老师也很想去，我经不住撺掇，于是三人立即领了车票，开好介绍信，回家安排一下，第二天就踏上了去广州的火车。这是供"大串联"用的专列，全部硬座车厢。北京是始发站，我们很快找到了座位，但是沿途上车的人越来越多，过道里、甚至连行李架上也坐上了人，真是拥挤不堪，喝水、上厕所都成了问题。经过大约三天的漫长旅程，终点站广州总算到了。我们的双腿几乎僵硬了，直不起身，好在那时还年轻，在接待站安排的住处休息了一夜，体力基本恢复了。

我们准备在广州停留四天，然后依旧沿京广线北上，先到长沙，再到武汉，之后她们两人从武汉乘轮船南下，而我则返回北京。我们这一代人有很强的自律精神，虽然只有三个人，却一致认定这是"大串联"，并非游山玩水。广州在中国近现代史上，既是抗击帝国主义入侵的前哨城市，也是第一次大革命的策源地。除了到中山大学看大字报以外，我们的活动定位在寻访这些革命的遗迹上。在中大，看了一天的大字报，具体的内容，现在回想起来，脑子里竟是一片空白，只记得大字报上布满了红叉子，周围人来人往，打倒之声不绝于耳。接下来我们瞻仰、拜谒了黄花岗七十二烈士墓、红花岗广州起义烈士陵园。两处的建筑风格迥异，而烈士们为国捐躯的英雄事迹，长存于天地间的浩然正气，都令人肃然起敬。我们造访了广州农民运动讲习所旧址，这里古色古香，据说原是明、清的番禺学宫。1926年3—9月，毛泽东曾任讲习所所长，周恩来、恽代英、萧楚女等也在此讲过课，培养了许多农民运动的优秀干部。我们参观了林则徐在虎门的销烟处，还到处打听寻访三元里，终于在广州城北很偏远的地方，找到了它。这是一个很普通的村落闾巷，门楣上镌刻"三元里"几个字，其中有一座三元庙，就是当年"平英团"的驻地，可惜庙门紧闭，无法参观。漫步在闾巷间，到处静悄悄的，找不到当年刀枪剑戟、硝烟弥漫的痕迹，只有那不远处山岗上矗立的"三元里抗英斗争烈士纪念碑"，在默默地向人们诉说着这段可歌可泣的历史。我们四处奔波着，很是辛苦。当时广州的水果很多，香蕉、杨桃都很便宜，却顾不及品尝。有一次，须从珠江上乘坐小船前往，我们口渴难耐，便在小摊上买了一根甘蔗。坐在小船上，一边凝望美丽的珠江，一边大嚼甘蔗，清凉甘甜的蔗汁浸入喉咙，不啻琼浆玉液。对于我们，这是很奢侈的一刻了。

离开广州前，匆匆去了一趟越秀公园。这里就是越秀山，俗称"观音山"，因为有古越王台的遗址而得名的，新中国成立后才辟为公园，山头上还竖立着"五羊衔穗"的雕塑，这是广州城市的标志。相传古代有五位神仙，乘坐的五只羊衔穗于此，才有了广州城，所以广州也别称"羊城"、"五羊城"，或简称为"穗"。然而眼前的这座雕塑，羊身上留着许多敲击过的斑痕，有的羊角断裂了，大概也被当做"四旧"扫过了。我们颇不理解，只能摇头叹息。

到了长沙，还是先去湖南大学看大字报。途经岳麓书院，久闻其名，很想进去看看，只是大门紧锁，门旁分别写着"惟楚有材"、"於斯为盛"，我们只有从这八个字中，去想象它当年的辉煌了。接下来的行程，便是沿着毛泽东青年时代的足迹前行。参观了长沙第一师范学校。去了清水塘，那是毛泽东早年从事革命工作并和杨开慧共同生活的地方。屋前有个大水塘，水也很清澈，这大概就是清水塘名字的由来吧。登上了岳麓山的爱晚亭，眺望远处秀美的景色，又来到桔子洲头，感受着青年毛泽东的豪情壮志。当年，他怀抱救国救民的理想，在此面对北去的湘江，思考着国家民族的前途和命运，向苍茫大地发出了"谁主沉浮"的叩问，写下了著名的词作《沁园春·长沙》。

到了长沙，岂能不去圣地韶山。在接待站的安排下，我们乘汽车前往，行程约两小时，即到达了群山怀抱中的韶山冲。这里山青水秀，环境很幽美。那座从电影里、照片上早就熟悉的农家院落就在眼前，只是场院里、小道上到处人头攒动，难以靠近。在人群中，竟意外地发现了同学校的另一个"串联"小组，他们一共四人，校医室的杨宝华、王资颖、还有胡宗宝、屠萍两位体育老师。这真有点"他乡遇故知"的惊喜。参观故居其实只需十几分钟，大部分的时间是在排

左起前排龚肇兰、毛静英、王资颖,后排胡宗宝、杨宝华、王翠娣、屠萍

队等待。我们彼此谈笑着,交换着"串联"中的情况,时间也就在不知不觉中过去了。

到了韶山,当然希望拍张照片留作纪念,可惜我们都没有相机。那时,照相机是贵重物,并非人人都有。幸而当地有一家照相馆,不过又排起了长队,而且进展很慢,我们只好轮换着排队等候。快到下午四点时,前面突然骚动起来,一打听,原来照相馆宣布因为光线不好,停止拍摄了,人们无可奈何。我们也很失望,但并不甘心,待到人群慢慢散去后,又回到照相馆。凭着我们当老师的几张嘴,软磨硬泡,好话说尽,总算把他们说动了,但提出一个条件,因为光线不好,必须照四寸的。这算什么条件呢?只要能拍摄,别说四寸,就是六寸、八寸,我们也乐意。于是缴纳了拍摄费、邮资费,又在一张大信封上写明邮寄的地点。摄影师选好角度,安排王资颖、毛静英和我在前排蹲着,其余四人站在后面,我们手持"红宝书",以极其虔诚的心,终于在毛泽东主席的韶山故居前,拍下了这张来之不易的照片,留下了这瞬间的永恒。

后来,事态的发展,历史的进程,远远不是我们这些善良的普通人所能估计到的。十年浩劫,使中国经济受到巨大的损失,给中国人民带来深重的灾难,我们这代人身临其间,感受深切。历史的教训应该记取,即所谓"前事之不忘,后事之师"也。如今,我已进入古稀之年,是非曲直,千秋功罪,用不着我来绕舌，还是留给历史、留给后人去评说吧！

照片上的六位同事，和我关系最密切的当数毛静英老师了。"文革"前一年，我们就在同一年级教语文，我们都出生在江南，她是苏州人，我是嘉兴人，上大学前都有过一段参军的经历，所以很谈得来。她比我大几岁，又是党员，显得更成熟。当时我比较胖，脸圆圆的，她总是亲切地叫我"龚娃"，我则叫她"老毛"。"君子之交淡如水"，是我一向奉行的交友之道。淡淡的友情，包含着彼此的信任。工作中的矛盾，运动中许多不理解的事情，我们常在私下交谈，用不着担心对方会去传闲话，更不会去打"小报告"的。"文革"后，她曾担任教务处的领导工作，我是语文教研组长，工作上、生活上的联系仍很多。后来她离休了，我当时教学任务很重，又多年患高血压病，接触的机会相对少了。不过，只要她来学校，就一定会来找我。有一年校庆日，上午在中山公园音乐堂开大会，下午回校还有活动。由于学校工作上的疏漏，只给在岗的人员订购了盒饭，离退休老师只好回家吃饭，下午再来校活动，有的老师干脆就不来参加了。我硬是把毛静英拽回了学校，那天饭菜丰盛，一份盒饭足够我们两人吃的。其实吃饭是小事，无非在一起多聊聊天。

1994年初夏，我刚退休就病倒了，而且来势凶猛，连行走都很困难。毛静英知道后，多次来家看望。有时自己来，有时和董淑平老师一起来，有一次还带来了一种治冠心病的新药"山海丹"，让我试试。其实她身体并不好，早就有冠心病。她的家庭生活很美满，一儿一女都已成家立业，老伴细心体贴。谁知后来厄运接踵而至，先是儿子猝死，几年后老伴又先她而去。这沉重的打击，使她的病情迅速加重，但她还是坚强地挺着。一天，在家中晕过去了，诊断为脑血栓，抢救还算及时，只是行动已很不方便了。我们住处离得较远，从此只能通过电话交谈、问候了，后来她连打电话也很困难了。老同事、老朋友马奇仲常去看她，也常来看我，为我们传递一些信息。听说她的女儿在我们北师大附近买了房，不久就要接她来同住。我很高兴，盼望着这一天的到来，谁知造化弄人，等来的竟是她去世的消息。我很伤心，很内疚，也很后悔，没有早一点去看望她。

许多年过去了，我依旧很怀念毛静英老师。说起来有点不可思议，我们相识、相知，在一起生活、工作了大半辈子，翻遍相册，居然找不到第二张合影的照片。于是，这一张在毛泽东主席韶山故居前的合影，这一张带有鲜明时代印记的照片，对于我，就尤为珍贵了。

2012年4月于北京寓所

唯一的一次上课迟到

为人师表,老师要成为学生的表率,这是天经地义的。北京景山学校自建校以来,就很重视教师的师德,凡要求学生做到的,教师必先做到。"文革"前,学校规定学生要练习毛笔字,同样也要求教师练毛笔字,每天下午正课前半小时,那是全校师生共同练字的时间,雷打不动。要求学生写好作文,语文老师每周也要练笔一次,当时主管学校的中宣部秘书长童大林同志,有时还亲自批阅。那么,学生上课不能迟到,作为老师当然更不能迟到。试想,上课铃声响后,同学们安静地坐在教室里,四十多双眼睛期待着老师的到来,而你姗姗来迟,那是多么尴尬的场面,即便有再多的理由,也无法为自己辩解。我家住在北师大教工宿舍里,离学校较远,没有直通的公交车。从师大校门口乘坐22路汽车,到护国寺站换乘111路无轨电车,或者到西四站换乘103路无轨电车，到学校最快也要一小时，何况当时交通拥挤，常常需要一个半小时甚至两小时。所以，每天早晨总是早早地出来，遇到下雪天，更要起大早，赶上第一班车，从不敢懈怠。但是，在几十年的教书生涯中，我也有过一次上课迟到，虽说是唯一的一次，而且确有客观原因，但毕竟是上课迟到啊！

那是1972年年初，元旦刚过，期末考试开始了，当时我担任高一两个班的语文课。1971年夏，北京市在部分中学中试办高中班，学制两年，这两个班就属于此性质的。学生来自附近几所中学的应届初中毕业生，由本人报名，经各学校挑选的，所以学习积极性都比较高。自"文革"以来，这是我教得最舒心的班级了，也就分外认真。那天，正赶上语文考试，我早早地出了家门，顺利地乘上了22路车，在护国寺站又顺利地换上了111路电车。坐在车座里，望着窗外的景色，心里很是轻松。谁知电车起步不久，快要到平安里路口拐弯时，突然刹了车。车上的乘客不明就里，有些慌乱，售票员忙安慰大家，说这是临时停电了，一会儿就会好的。就这样时间一分一秒地过去，等了将近十分钟，依然没有动静，很多乘客下车了，我的心里也不踏实了。现在的年轻人可能会说："你怎么那么傻啊！赶快去打车吧！"那是四十年前的北京，人们的交通工具除了公交车，就是自行车，哪来的出租车？我唯一的办法就是走到厂桥站，改乘13路公共汽车。原本就拥挤的厂桥站，因为电车的停驶，这里聚集了一大堆人，黑压压的。许多辆车过去了，我还是没有挤上去，真是焦急万分，所幸当时我还年轻，便使出浑身的解数，找准车门，总算挤上了车。可是它并不能直达学校，还要到地安门换乘3路汽车。待我紧赶慢赶好不容易乘上了3路汽车时，离八点只差十分钟了。考试卷子还在我的办公桌抽屉里锁着呢，监考老师该多着急啊！现在的年轻人可能又会说："你怎么又犯傻了，赶紧拨通手机告诉同事，撬开锁取出试卷，一切不都解决了吗！"唉，当时的北京，大街上连公共电话亭都很难找到，又哪来的手机，恐怕那时连发达国家也未必使用了呢！这回肯定要迟到了，我沮丧之极。

下了汽车，我急步走向学校，进了校门，又直奔西楼二层高一年级的教室。眼前的情景让我惊呆了：教室里安静极了，同学们伏案答卷，监考老师认真地巡视着。怎么回事？我不想惊动他们，便悄悄地走到二层尽头的办公室。推门进去，杨仲兴、贾毓英两位老师正躬身弯腰在我的桌前忙碌着，见我进去，他们如释重负，老杨大声说："龚老师，快把剩下的考卷发下去吧！"我顾不上说什么，赶忙打开锁，拿起试卷走向教室。等考试完毕，定下心来，才听他们慢慢地叙述了事情的经过。

离上课就差十几分钟了，却不见我到校，他们知道今天语文考试，也知道试卷就锁在办公桌的抽屉里，本来很简单，为了按时考试，完全可以把锁拧开，但是他们一向办事认真而又极其本分,不到万不得已,不想这么做。这是一个两屉桌,上锁的只是一个抽屉,他们便拉出了那个未上锁的抽屉,利用抽屉和桌面的缝隙用手抠,结果手进不去,还是贾老师有办法,改用铁丝钩,总算钩出了一叠试卷,交给监考老师后,又忙着回来钩取其余的部分,我进门时见到的正是这个场面。语文试卷一共三页,钩出来的竟是第二页,所以那天学生答卷是从第二页开始的,说起来还真有点喜剧的味道。我虽然迟到了,有了贾、杨二位老师的热心帮助,避免了混乱,使考试得以顺利进行。我虽然迟到了,但幸而是考试,有监考老师在,避免了在学生的注视下进门上课的尴尬。

事后才知道,那是一起电车较大的线路事故,到上午十一点才恢复通车。四十年过去了,写到这里,我的心头依然暖暖的,贾、杨两位老师躬身弯腰在桌前忙碌的景象,依然历历在目。没有什么豪言壮语,当伙伴有困难的时候,默默地帮上一把,这也是当年"景山人"的风格。

2012 年 12 月

语文教学的回顾与断想

粉碎"四人帮"之后，随着全国高考的恢复，中学语文教学中的问题，越来越引起社会的关注。1978年3月16日，《人民日报》发表了吕叔湘先生的《语文教学中两个迫切问题》的文章，文中说："中小学语文课所用教学时间在各门课程中历来居首位。新近公布的《全日制十年制中小学教学计划试行草案》规定，十年上课总时数是九千一百六十课时，语文是二千七百四十九课时，恰好是百分之三十。十年的时间，二千七百多课时，用来学本国语文，却是大多数不过关，岂非咄咄怪事！"中小学语文教学中的少、慢、差、费，竟然达到了如此严重的程度，这更引起了社会上强烈的反响。为此，中国社会科学院语言研究所和《中国语文》编辑部，于1978年9月5—6日，召开了北京地区中学语文教学问题座谈会。我也接到了会议的邀请函，并要求准备一份三千字的发言稿。

座谈会是在王府井和平宾馆举行的。与会者共八十多人，有部分大、中、小学校的教师代表，也有教育行政、科学研究、新闻出版部门的专家和领导，并由吕叔湘先生主持会议。采用大小会相结合的方式，大家各抒己见，气氛十分热烈，有十二位专家和教师代表在大会上作了发言，我也是其中之一。

我的发言题目是《以作文为中心科学地安排语文教学》。因为这是我们学校提出来的，在"文革"前作过一些尝试，实践证明效果很好；也因为当时社会上存在一些误解或偏见，认为我们只抓作文，不要阅读。我侧重从语文教学的目的、任务，作文在语文教学中的重要地位，作文与阅读之间的紧密关系等方面，阐明我们的观点和做法。当时会场气氛很好，我也完全摆脱了书面稿的局限，畅谈起来，得到了吕叔湘、朱德熙等先生的首肯，也得到了许多与会代表的赞同。

通过这次座谈会，大家进一步明确了语文教学的目的、任务，对教材编写、作文教学、教学中的程式化等问题，展开了讨论，沟通了彼此的想法。虽然不可能完全解决语文教学中的问题，但是它在特定的历史时期，对于清除"四人帮"的流毒，对于促进语文教学工作者尽快解放思想、努力提高语文教学的质量和效率，是有积极推动作用的。会后，《中国语文》杂志对此出了专刊，进一步扩大了它在全国的影响。

那么，我作为景山学校的高中语文教师，如何在新的条件下，结合高中阶段的特点，把我们中断的语文教学改革再继续下去呢？现在回想起来，大致做了以下几方面的事情。

第一，坚定不移地本着语文教学的目的、任务，认真、扎实地培养学生的读写能力，排除高考指挥棒的干扰，不追风，不押题，不把学生引入"题海战术"的泥潭。第二，努力突出作文这个重点。除了课堂作文，坚持每周不少于两次的课外练笔。教师必须要指导，要评阅，否则面对强大的数理化压力，学生很难坚持下来，更难养成习惯。第三，我们不可能再自编教材，但对现行统编教材可以按册适当增减，重新组合，突出重点。如在讲读《为了忘却的记念》时，补充了鲁迅的《中国无产阶级文学和前驱的血》、《柔石小传》、殷夫的《别了，哥哥》等诗文，扩大学生的阅读量，并要求学生写读后感，将精读、略读与写作等环节紧密结合起来。一些不太重要的课文，则以"蜻蜓点水"的办法，一带而过。第四，适当扩大文言文的阅读量，一般采用集中讲解的方式。如讲《孟子二章》时，因为孟文长于雄辩、善取比喻，就多选几章，组成《孟子》单元。在一些年级讲读时，效果比较好。景山学校一向重视文言文的教学，对于学生，这不仅是文化素质的提高、传统文化的继承问题，在语言的运用与继承上，也会产生直接的影响。诚然，既要符合全国语文教学大纲、统编教材的要求，又要坚持景山学校语文教学的特色，也要经受高考的检验与制约，作为教师毫无疑问要付出艰辛的代价，更要努力提高自己的教学水平。

在景山学校从教三十多年中，除了小学一、二年级之外，我可以说参与了中小学语文教学的全过程。我教高中的时间最长，但我始终认为，从小学三年级到初中一年级，是语文教学的黄金时段。这个年龄段的孩子，模仿力强，记忆力强，吸收语言的能力也很强，而数理化的压力，相对而言还没有那么大。我们应该抓住这个时机，培养学生基本的读写能力，养成良好的读写习惯。要会精读、泛读、诵读等基本的读书方法，要背诵一批古今名文名篇（可以从短小的古诗文开始），即使当时不完全理解，那也没有关系。不少成年人都有这样的体会，小时候记住的，常常一辈子都忘不掉，随着年龄、知识、阅历的增长，当时不理解的，也就慢慢理解了。在写作上，要打好记叙文的功底，逐步学会写一事一议、夹叙夹议的文章。在教学中，教师要特别注意提高学生的兴趣，激发他们的积极性。我们的范文，本来就是丰富多彩、各有特色的，千万不要讲成千篇一律，让学生觉得枯燥无味，兴趣索然。要帮助学生克服惧怕作文的心理，要扩大他们的视野，引导他们对题材的敏感性，学会从日常平凡的生活中获取题材和思路，那么就会像缫丝一样，一旦找到丝头，就能源源不绝。总之，在这个黄金时段里，学生如果具备了基本的读写能力，那么在将来的工作和学习中，他们都会从语文这门工具课中得益匪浅的。"文革"前，我亲身参加了这个阶段的教学实验，感受良多。我的那些因"文革"而中断了学业的学生们，在他们成长与发展的过程中，对此当有更加深切的体验。

今天，在欢庆景山学校五十周年生日的时候，回顾我们的青春岁月，回顾我们走过的这条教学改革的道路，回顾我们为教改付出的毕生精力，感慨当然很多，但始终无怨无悔。衷心祝愿我们的学校，未来的路能走得更加坚实，为中国的普通教育的改革，作出更大的贡献。

2009 年 3 月

（原载《漫漫教改路 景山未了情》一书，标题有改动）

只要活着,希望总会有的

光阴荏苒。我记得最后一次去景山学校,还是上个世纪90年代的事,那是1994年8月31日,距今已经十一年了。

就在那一年1月,我退休了。多年的高血压病,长期繁重的教学任务,使我的身体十分虚弱。本想好好调理一下,待身体好一点儿,再到各处玩玩,度过一个宁静的晚年。不曾想到,一场厄运正向我袭来。也就在那一年的6月29日傍晚,我独自在校园散步,突然间心脏剧烈跳动,脚心如同过电似的,全身发软,站立不稳,踉踉跄跄的连自己也不知道怎么回的家,从此行动十分困难。接下来是检查,从灯市口医院到北京医院,做了血液、心电图、肌电图、脑CT等多项检查,排除了神经系统的毛病,怀疑为肌无力综合症,要确诊,还需一个月后做"活检",即从腿上取下一条肌肉检测。就在这时,一位"文革"前的学生来看我,她是学医的，在国家药检局工作。她认为这种病难以确诊，即使确诊了，西医也没有更好的办法，只能用激素维持，劝我不如看中医慢慢调理，又热心地陪我到著名老中医王绵之家中求治。王老大夫诊断为"心肝肾皆阴虚，中气严重不足"，私下里还对她说："治得太晚了。"大约医治了一两年之后，老大夫又对她说："冰冻三尺，非一日之寒，慢慢调理吧！"这多少给了我一点儿希望。那几年，我连在室内行走都很困难，说话倒不上气；三伏天，感受不到炎热，背上时时冒冷气；一入秋，晚上天天憋气，直到第二年开春才慢慢缓解。当时离不开吸氧，夜间发病时，只好请北师大校医院大夫出诊。真是度日如年。后来老大夫自己也病了，就由他的儿子王煦大夫接着治疗。他是王家的第二十代传人，医术医德都很好。就这样，十一年来，每日服中药，我老伴天天煎，我天天喝，从不间断，病情总算慢慢稳定下来。这十一年来，在治病、养病、与疾病的斗争过程中，感慨良多，而其中的滋味，更难于用语言一一表述。

总之，我努力让自己保持良好的心态，适应病情的需要，过着极其规律的生活，犹如一座老钟，虽然老迈龙钟，但仍然艰难地、缓慢地运行着。年轻时，我争强好胜，也有许多梦想抱负；中年之后，对于名利渐趋淡泊；晚年遭此病痛，虽不敢说大彻大悟，但对许多事情已经看得很淡很淡了。我明白了健康对人的重要，如果失去了健康，那么金钱、财物、名誉、地位，一切的一切，又有什么用呢？我过去忽视的，恰恰是这至关重要的健康。我也逐渐明白了自己的病情，关键还在心脏。长时间的高血压，动脉早已硬化，心力衰微，供血严重不足，以致全身无力，行走困难。我也逐渐明白，除了药物治疗，还必须坚持锻炼，我采用的方式是散步。从步履踉跄、走走歇歇到能够比较平稳地行走，从十分钟、二十分钟时间慢慢地递增，从每日一次增加到两次，从需要有人陪伴到逐渐独立行走。就这样，不管冬夏春秋，不管刮风下雨，日复一日，年复一年，我始终坚持着。现在终于可以每日清晨散步一小时（在师大校园内走一大圈），下午半小时（在住处周围走一小圈）。病重时，出门看病必须打车，现在，只要体力还能支撑，我宁愿走一段路，再乘公交车前去。不是为了省钱，我只是不想失去锻炼的机会，我对失而复得的行走能力（尽管还不那么自如）感到自豪、幸福。这种感情，对于一向行走便捷的健康人，恐怕难于体会吧！

我的生活十分规律，一日三餐，定时定量，坚持做一些力所能及的家务劳动，每天看看书，听听音乐。近几年来，还练起了毛笔字，不是为了当什么书法家，目的还是锻炼身体，愉悦身心。每天黎明即起，晚上看看电视，最晚不会超过十点钟。我十四岁参军，十九岁考上大学，结交过不少人，也走过不少地方，生活的积淀，自以为还算丰厚，身体稍好，也想写些随笔杂感之类的文章，但始终没有动笔，也是积习难改惰性所致吧！但愿以后能变得勤快一点。

我一直在中医药大学门诊部看病，与合同医院无关，医药费也就难以报销。其实也有许多别的办法，只是我这人比较"迂"，不会变通，就只好自费看病吃药了。十一年之间，所用药费不会少于五六万元。我们这一时代人长期拿着低薪，五六万元，对于我，也不算是一笔小数目。对此，我也只是淡然处之。我常常告诫自己，要学会换一个角度去算这笔账。能够遇到这样的好大夫，是我不幸中之大幸，能够以这种简便的办法（每隔一两周调整一次处方），赢得现在的治疗效果，花掉五六万元，又算得了什么呢？只要我活着，目前的负担总还能承受得起；一旦失去了生命，即使有再多的钱财，于我又有何用呢？这也许是一种阿Q精神吧！其实，人有时也要学会自我解脱，如果死钻牛角尖，心情闷闷不乐，那岂不是自戕自害，让病弱的身体雪上加霜吗？当然，我并不认为现在的做法是合理的，现行的公费医疗制度确实存在许多弊病，亟待改革，不过那是领导的事，我只能等待。

到明年11月，我七十岁了。"人生七十古来稀"，此话从现在看来，可能已经过时，如今七十岁以上的老人比比皆是。但是以我的病弱之躯，能活到此，也属不易了。我生活得很平静，也很充实，从不感到寂寞无聊。我既不害怕死亡，也珍惜活着的每一天。如果还有什么未了的心愿，那就是希望有生之年，还能回到故乡去看一看。看看我唯一的姐姐和她的家人，看看我的母校——省立嘉兴中学，看看我的旧居——光明街七十九号……

我出生在浙江慈溪鸣鹤场，那是一个山清水秀的地方。当时我的父亲为一位叶姓的大企业家在他的家乡主持一所慈善医院。医院的所在地原是叶家祠堂，诊室、药房、手术室等已改为西式建筑，我们的住处仍保留着中式格局。出后门，有一条大河，每年8月，站在河埠头，还可以看到远处涌动的潮水，不知是否属钱江潮的一部分。在我八岁那年，家中遭伪军抢劫，一夜之间来了四五批人。家，几乎被洗劫一空，父亲才决定带着我们回到故乡嘉兴。我还清楚地记得，我们是在夜间乘坐乌篷船经慈溪到宁波的，又从宁波乘轮船经东海到了上海。在上海滞留约半年，待父亲把一切安排好了，才举家回到嘉兴。

我这个地地道道的江南人，大半生却是在北方度过的，在故乡嘉兴，生活的时间最短，大约也就六年。怀乡，那是老年人的通病。在交通发达的今天，对健康人来说，回一趟老家，易如反掌，而对于我，仍然难以企及。我的病情较前几年是大有好转，但毕竟重病在身，身体依然十分虚弱。饮食稍不合适，气候稍有变化，活动稍稍过量，都可能诱发病情的反复。夜间憋气的情况也时有发生，严重时到深夜两三点钟也难以入睡，只好斜靠在床上。2001年，我当年参军所在的单位——三野卫政文工团的战友，到嘉兴聚会，当年一起参军的老同学，在阔别了五十年之后竟然找到了我。这本是一举两得的好事，既可回故乡，又能与战友、同学相聚，可惜我终因体力不济，未能前往。今年10月，就在我写文章的此刻他们又在杭州相聚，我依然不能前往。内心的失落，可以想见。我喜欢看电视中的风光片，桐乡、西塘的水乡美景令人神往，但我只能望着屏幕"兴叹"，无法身临其境。我多么想吃到南湖碧绿的无角菱、美味清香的张家弄粽子，但也只能想想而已。真可谓"望故乡渺邈，归思难收"。唉，不知何时我才能重回故乡一游！我只能安慰自己，只要活着，希望总会有的。

在结束此文时，我要感谢许多一直关心着我的老同事、老伙伴，我要感谢历届参与离退休管委会工作的老师们。感谢你们的看望和问候，感谢你们给我带来许多学校和老师的信息，感谢你们帮助我处理许多退休后的杂事。正是你们，维系着我和学校之间的联系，使我和大家仍然能够保持心灵上的沟通。在此，我要诚心诚意地说一声：谢谢你们！

我也要感谢那些至今还在关心着我的学生们。当年，那位陪同我求医的学生，十一年来，与我保持着联系，关注着我的病情，她是68届初三（4）班的。这是我到景山学校后所教的第一个班，从1962年10月起，我一直是他们的语文老师，后来又当了班主任，最后还参与了上山下乡的分配工作，感情当然很深。今年5月，班上同学聚会，同学们热情相邀，我破例出席了。有位同学带来了当年她使用过的学校自编的语文课本，还有一册我曾逐页批阅过的课外练笔。去云南插队，她带了下去，返京回城，又带了回来，四十多年了，始终珍藏着。我十分感动。我不想说什么大道理，作为一名教师，能够把知识传授给学生，能够在他们的成长中起一点儿积极作用，能够在他们的心灵里留下一些美好的记忆，这就够了，还有什么可遗憾呢！

2005年10月15日

（原载北京景山学校《悠悠岁月夕阳情》一书）

记忆深处的"鲜核桃"

校园里,有许多核桃树。有的十几棵聚集在一起,挨挨挤挤的,成了一小片核桃林;有的三三两两散落在楼前屋后;也有的一株独秀傲然不群。盛夏时节,清晨,我漫步在校园里,望着枝叶婆娑、枝头缀满绿色果实的核桃树,就会想起第一次品尝鲜核桃的快乐情景,想起我的老同学——苏玉茹和韩楚森。

1955年8月,我考入了北师大中文系。入学后,我们三人分在同一个班:中一(1)班;分在同一间宿舍:西斋南楼221室,玉茹还是我的"下铺"。她是北京人,个子不算高,红扑扑的圆脸上,一双明亮的眼睛,总是充满了笑意。她是系里指定的代理班长,同学们亲切地叫她"小班长"。楚森从杭州来,自然是我的浙江同乡了,瘦瘦的身材,眉眼长得

左起苏玉如、龚肇兰、韩楚森 1955年初冬摄于北师大校园（此亭早已拆除）

很秀气。我们很快从相识到相知，一同进，一同出，成了很亲密的伙伴。

那时，有的地方闹水灾，部分同学不能及时报到，学校为此推迟了开学的日期，我们也就有了许多自由支配的时间。一天午后，我们去小卖部闲逛，看到笸箩里有许多核桃，外表和一般核桃没有什么两样，摸起来却有点湿润。玉茹说："这是鲜核桃。"我和楚森两个南方人，只吃过干核桃仁，很是好奇，就买了一些。

北师大新址，是建在新街口外铁狮子坟，当时还处在草创阶段，四周很空旷，很有点野趣，不像现在楼挨着楼的。我们在操场附近的一片空地上，找了几块砖石，既做凳子，又当桌子。玉茹敲开了核桃的外壳，剥出了一个完整的核桃仁，真像人的脑子啊！她对半掰开，分给了我们俩。我们很容易剥去了那层嫩黄色的内皮，露出雪白的果仁，放到嘴里，嚼起来脆脆的，和干核桃仁不一样，但似乎也没有什么特别的味道。玉茹又剥了一个，让我们细细品味，唇齿间才微微觉得有些甘甜，还有一点淡淡的清香。我们慢慢地剥着、吃着、闲聊着，初秋温暖的阳光，晒在我们的身上，很舒服。那个下午，我们说了许多话，很多内容都记不清了。唯独有一点，印象还是深刻的，我们谈到了瓦尔瓦拉·瓦西里耶夫娜。这是一位平凡而伟大的苏联乡村女教师，我们赞美她，为她的事迹所感动。我们也很喜欢她的扮演者，苏联电影演员马列茨卡娅。这部苏联电影不久前学校刚放映过,作为入学教育的一部分。我们三人中,玉茹的专业思想最巩固,她是一心想当教师的。而桃李满天下,自然是我们共同的理想。那个下午,我们过得很愉快,直到夕阳西下,才回到宿舍,准备去吃晚饭。

接下来的大学生活,紧张、充实,也很快乐。我们一起聆听老师们的讲课,一起参与课堂讨论,一起去北海公园过团日,一起在北饭厅迎接新年的钟声……"向科学进军"的号召,更激发了我们的学习热情,我们经常出入于图书馆和阅览室,遨游在文学的海洋里,乐此不疲。

1957年,一场政治风暴,改变了许多事情。大鸣大放向党提意见,变成了向党进攻,许多知名的教授,成了反党反社会主义的右派分子,青年学子中,竟有那么多的反党分子,书信、日记、甚至于同学间私下里的闲聊,也成了定案的罪证。真是风声鹤唳、草木皆兵!原本单纯亲密的同学关系,变得紧张而复杂了。

我们班上,周开弘成了右派。与他相恋的玉茹,也就受到了牵连。要她检举揭发,划清界限,断绝往来。她只是沉默着,脸上失去了往日的笑意。不久,她被换到别的宿舍,不再是我的"下铺"。我们的关系也疏远了,我不敢面对她,不知道该对她说什么好。而后来发生的事情,更让人匪夷所思。她竟被迫中断学业，从此离开了学校。一位女大学生的前程，就这样轻易地被践踏、被断送，我震惊了。

毕业之后，周开弘分配去了东北，很长时间没有玉茹的消息。后来，断断续续地传来，他们结婚了，也有了孩子，只是生活过得很苦。二十多年，背负着沉重的精神创伤，在天寒地冻的北国，靠着开弘菲薄的工资养活全家，生活的艰辛可以想见。我想，支撑他们的唯有那"相濡以沫"的至爱深情。后来，随着政治形势的变化，他们自然都平反了，一起回到了开弘的故乡——江苏武进。玉茹也以北师大肄业生的资格分配了工作，早年当教师的愿望总算实现了，生活从此也安定下来。只是这一天来得太迟了，他们付出的代价实在太大了。

2002年，母校百年校庆，我们邀请外地同学来京相聚。我给他们写了信，他们没有来，只给我回了信。我很理解，但也有些失望，不过我们总算可以通过书信或电话叙叙旧，彼此问候一声了。她没有忘记我是她的"上铺"，也保存着我们和楚森在校园里的合影照片。2007年的下半年，她给我打来电话，告诉我已搬到常州市区居住，也带来了不幸的消息，开弘已于几个月前去世，我很难过。在开弘重病的两年里，她亲自看护，尽心竭力。她是坚强的，也是一位好妻子。所幸她身体尚好，三个孩子都很有出息，也很孝顺，大孙子早该上大学了吧！还有一位可爱的小外孙女。

百年校庆之后，大学同班同学施志高去南方时，曾专程去武进看望他们，带去了同学们的问候，也代大家向他们道了歉。那时开弘还健在，他对志高说："母校对于你们，是成长的摇篮；对于我们，那是伤心之地啊！"这话沉甸甸的，让人心酸，但这是他们的真实感受，我能理解。今年，我们毕业五十年了，很多同学又来京相聚，我多么希望玉茹也能来啊！然而，拿起电话，我又放下了。我不愿去触动她心底的创伤，我只能在心里默默地思念着她。

毕业之后，楚森和刘怀玺去了内蒙古。扎兰屯，这是他们工作的第一个地方。那里森林茂密，风景优美，有"塞外江南"之美誉。她曾给我寄来一张风景照，好像就是他们学校门外的景致，有桥有水，看上去还很美。但那毕竟是塞外啊，对于从小在西子湖畔长大的楚森，生活仍然是很艰苦的。20世纪70年代中期，她和怀玺先后调到浙江丽水师专。路过北京，我们似乎见过面，但印象已经很模糊了。1988年秋，她作为访问学者回母校进修古典文学，为期一年。当时，曾恬、童庆炳已经搬到师大校内居住。我们几个老同学，才有机会一起相聚，一起畅谈了。

那时的我们，都已进入中年，都比过去胖了。她长得匀称、丰满，依然很秀丽，不像我有点臃肿，带着病态。她也变得成熟了、干练了，不再是当年打着呵欠老说"我没气力"

的小鬼了。

那年寒假,她回南方探亲,临走前就说,回京来要好好宴请我们。果然她如约在当地精选食材,千里迢迢带回北京。那天的晚餐,安排在曾恬家里,我和丈夫金顺、还有女儿朱遐都去了。楚森在厨房里忙碌着,我们想帮一把,她都不让。酥肉、熏鱼、冬笋炒肉丝、红烧青鱼……一道道美食端上了桌,令我们惊叹不已,也让我吃到了久违的家乡菜。我们边吃边聊,其乐融融。朱遐还照了不少相片,为我们记录了这快乐的时刻。

退休之后,他们随儿子移居新西兰,到现在已经快十年了。期间多次回国探亲,看望在杭州的楚森的老妈妈,她老人家已经九十多岁了;看望在内蒙古的怀玺的兄弟姐妹,经过北京,总忘不了与老同学们聚一聚。虽然时间很短暂,但我们彼此都很珍惜这难得的机会。他们一点都不显老,从外表到体力,全然不像年过七十的人。他们国内国外,南来北往,长途跋涉,依然精力充沛。我很羡慕,更为他们高兴。

在海外他们生活得很好。在自己的小院里种花种菜,接送孙儿孙女上学,向外国人学英语,有时也教他们学汉语。近几年,他们积累了这方面的经验,忙于编写语言课本,以帮助外国人学习中国的普通话。他们编得很辛苦,也很执著,听说明年就要出版了。有时双双出游,作短暂的休憩。不久前,他们游历了斐济岛国,吹拂着太平洋的海风,欣赏那旖旎的热带风情。他们生活得很充实，也很幸福。

他们关心着国内的老同学。曾恬重病期间，楚森不愿去打扰童庆炳，给我来电话时，总要详细询问她的病情，让我代他们问候。她也关心着我这个老朋友的健康状况。这份老同学的情谊，让我很感动。

至于说到我自己，我一直在北京，相对而言，生活比较平静。不过，毕业后也经历了考研、留校、调到军事科学院近三年的波折。调到军事科学院，对我后来的工作、生活影响颇大。1960年4月的一天，当时中文系古典组负责党支部工作的王立言，通知我要调动工作；从接到通知到来车接人，前后不到三天。这对我犹如晴天霹雳，没有一点思想准备。后来从军科院经办此事的殷助理员那里，才得知事情的原委。他们要办夜大，需要一名讲古文的老师。院领导王新亭以老战友的身份写信给高教部部长杨秀峰，高教部又将此事交给了师大。据说当时中文系曾拿出好几份青年教师的档案，由他们挑选，看到我曾有过在部队当文化教员的经历，就一眼挑中了。

然而事情的变幻莫测，远非我所能预料。不到半年，我在夜大的讲台上脚跟还没有站稳，林彪一道指令，全军立即掀起活学活用毛主席著作的高潮，文化学习当然是一风吹了。我真的啼笑皆非了。如果这道指令早下达半年，该有多好！

唉，哪里有什么"如果"啊，处在那样的年代，人们的命运常常和政治风云息息相关，自己很难掌握。不过，骨子里我是个不大肯服输的人，我还是要和命运搏一把。两年里，我不断向有关领导提意见，一再给杨秀峰部长写信，申述我作为师大的毕业生，应该回地方当教师的种种理由。1962年8月，我生下了女儿朱遐。在产假中，终于接到通知，让我去北京景山学校报到。虽然从大学变成了中学，虽然渴望在古典文学研究中有所作为的梦想，从此离我而去；但是，能够到这所以改革普通教育为己任的学校工作，我已经知足了。景山学校建校五十年时，我在一篇纪念文章中写道："回顾我们的青春岁月，回顾我们走过的这条教育改革的道路，回顾我们为教改付出的毕生精力，感慨当然很多，但始终无怨无悔。"无怨无悔，这是我的真心话。"四人帮"粉碎之后，我不是没有重回大学工作的机会，而我还是坚持下来，直到在这里退休。究其原因，除了学校领导的挽留，也因为我已经喜欢、或者说已经习惯在这里工作，并不真想离去。

我一生的最大不幸，在于过早地失去了健康。我的身体基础原本较差，也和长期在中学工作过于劳累有关系。十多年来，我一直与病魔争夺着生命的权利。看来，这场争夺还要继续下去……

风风雨雨，坎坎坷坷，一切都已经过去了。如今，我们热带风情。他们生活得很充实，也很幸福。

他们关心着国内的老同学。曾恬重病期间，楚森不愿去打扰童庆炳，给我来电话时，总要详细询问她的病情，让我代他们问候。她也关心着我这个老朋友的健康状况。这份老同学的情谊，让我很感动。

至于说到我自己，我一直在北京，相对而言，生活比较平静。不过，毕业后也经历了考研、留校、调到军事科学院近三年的波折。调到军事科学院，对我后来的工作、生活影响颇大。1960年4月的一天，当时中文系古典组负责党支部工作的王立言，通知我要调动工作；从接到通知到来车接人，前后不到三天。这对我犹如晴天霹雳，没有一点思想准备。后来从军科院经办此事的殷助理员那里，才得知事情的原委。他们要办夜大，需要一名讲古文的老师。院领导王新亭以老战友的身份写信给高教部部长杨秀峰，高教部又将此事交给了师大。据说当时中文系曾拿出好几份青年教师的档案，由他们挑选，看到我曾有过在部队当文化教员的经历，就一眼挑中了。

然而事情的变幻莫测，远非我所能预料。不到半年，我在夜大的讲台上脚跟还没有站稳，林彪一道指令，全军立即掀起活学活用毛主席著作的高潮，文化学习当然是一风吹了。我真的啼笑皆非了。如果这道指令早下达半年，该有多好！

唉，哪里有什么"如果"啊，处在那样的年代，人们的命运常常和政治风云息息相关，自己很难掌握。不过，骨子里我是个不大肯服输的人，我还是要和命运搏一把。两年里，我不断向有关领导提意见，一再给杨秀峰部长写信，申述我作为师大的毕业生，应该回地方当教师的种种理由。1962年8月，我生下了女儿朱遐。在产假中，终于接到通知，让我去北京景山学校报到。虽然从大学变成了中学，虽然渴望在古典文学研究中有所作为的梦想，从此离我而去；但是，能够到这所以改革普通教育为己任的学校工作，我已经知足了。景山学校建校五十年时，我在一篇纪念文章中写道："回顾我们的青春岁月，回顾我们走过的这条教育改革的道路，回顾我们为教改付出的毕生精力，感慨当然很多，但始终无怨无悔。"无怨无悔，这是我的真心话。"四人帮"粉碎之后，我不是没有重回大学工作的机会，而我还是坚持下来，直到在这里退休。究其原因，除了学校领导的挽留，也因为我已经喜欢、或者说已经习惯在这里工作，并不真想离去。

我一生的最大不幸，在于过早地失去了健康。我的身体基础原本较差，也和长期在中学工作过于劳累有关系。十多年来，我一直与病魔争夺着生命的权利。看来，这场争夺还要继续下去……

风风雨雨，坎坎坷坷，一切都已经过去了。如今，我们都已进入古稀之年，那淡淡清香而又微微甘甜的鲜核桃的滋味，那温暖的秋日午后品尝鲜核桃的快乐场景，已经留在我记忆的深处。鲜核桃，见证了我们的快乐，见证了我们的友情。那时的我们，青春年少，无忧无虑，对即将开始的大学生活，满怀激情，充满了希望与憧憬。有时我真希望时光能够倒流，如果没有那一场政治风暴，那该多好！唉，我又要"如果"了，生活原本是没有什么如果的。在现实生活里，我只能衷心祝愿玉茹健康长寿，在儿孙们的陪伴下度过幸福的晚年。衷心祝愿在海外的楚森、怀玺更加健康、更加幸福。也衷心祝愿我的健在的同学们，能够快乐而平安地度过生命中的每一天。

2009年岁末于北京为纪念大学毕业50年而作

（原载《金秋情未了》一书，

北京师范大学出版社2011年1月第1版）

写给初中老同学应启新的信（六封）

[小记] 这是我写给老同学应启新的几封信，写信时并没有想过要公开发表。在分别六十多年以后，我们能够联系上，纯属偶然，此事在《说说我们"肇"字辈》里有所记述，同学之情，弥足珍贵。而书信，也是一种文体，如今在高科技通讯极其发达的时代，用笔书写的纸质书信，已经越来越少了。于是突发灵感，决定把它们编入本书，以作纪念。随即请应启新将我的去信复印后寄回，除个别地方略作处理外，均保留信件的原貌，不作改动。特此记之。

之 一

启新老同学：

你好！谢谢你还能记得我。

班上的女同学，我还能记得一些，像徐秀华、张培华、徐明、廖德英……尤其是徐秀华，她是我的同桌，考上苏州纺织工业学校的时候，还给我来过信，可惜后来失去联系了。男同学能记得的，只有陈培新了。我们都毕业于第三中心小学，当时男女同学是不讲话的，为了争班上的第一名，我们常在暗中较劲，所以印象较深。记得初中时的班主任是教英文的朱润瑜老师，她是教导主任任洁生的夫人，对同学很温和、很亲切，而余十眉老先生绘声绘色讲解《秋夜》的情景，仿佛还在眼前。我真有感于时光的流逝了，当年的同学少年，如今已是年逾古稀的老人了。

我是1950年4月参军的，当时也是凭热情仓促决定的。起初在文工队，驻地南京，后来又在三野的后方医院任文化教员，驻地由镇江后至常州。1953年初随单位集体转业到地方。这时候已渐感学习之重要，但我不想走回头路，重回学校读高中，就只好一边工作、一边自学高中课程。1955年参加高考，考入北京师范大学中文系，于1959年毕业。先留校当助教，后又被调至解放军军事科学院当夜大教师，终因全军开展活学活用毛主席著作的运动而停止了文化课。经一再请求回地方教书,于1962年调至北京景山学校,一直当语文老师,主要在高中任教。这是一所实验学校,我几十年为中学语文教学的改革忙忙碌碌,最终因病于1994年退休。

我很怀念故乡嘉兴。有生之年能重回故乡,这是我多年的愿望,只因为身体不好,始终下不了决心。如有机会回到嘉兴,我一定会登门拜访。

祝

秋安!

龚肇兰

2012.10.21

之 二

启新老同学:

你好!收到来信已近一月,直到今天才回信,很抱歉。很高兴你给我提供了许多同学的信息。徐帘青,我还记得,她是女生中个子最高的,坐在最后一排,她和徐秀华的照片,一直保留在我的相册里。吴韫章,我还有点印象,而吕晋华则印象很模糊了。80年代初,我去苏州开会,顺便去看望在湖州的母亲和姐姐(那时姐姐还在湖州工作),在湖州的街上,与钱崧青意外相遇,他忙于去上班,只匆匆地说了几句话,那时我比较胖，还记得他说："嘎胖啦！"他和姐姐也比较熟悉。同学们天南地北，命运各异，这辈子过得都很不容易，如你在基层、在海岛多年，生活一定很艰苦，而陈志忠的遭遇，更让人分外伤感。好在大多数同学晚年生活还比较安定幸福。我因身体不大好，慢慢再和他们联系吧！你如有机会与他们联系，请代我问候。

寄去文章一篇，这是我七年前为景山学校《悠悠岁月夕阳情》一书写的，多少可以了解我的一些情况。2010年病情有些反复，近两年渐趋稳定，只是生活十分规律，回故乡的心愿一时恐怕难以了却，只有留待以后的机缘吧！文中提到医疗费报销一事，前两年随着医保卡的使用，也已解决，不必再自费吃药了。依然每天一副中药，十八年来，从未间断。

我因身体不好，电脑、手机一概不玩。家中的座机，电话号码是010×××××××××。如打电话，请以白天为宜，晚上我的精神就差多了。匆匆覆上，祝你

健康、全家幸福！

龚肇兰
2012.12.2

之 三

启新老同学：

你好！两次来信及照片均已收到，谢谢你。

分别六十多年后，虽不能相聚，但是能从照片上见到这么多的老同学，我当然很高兴，只是难为你了。反右斗争，我是亲身经历过的，对它的激烈、残酷是有体会的。当时，我是大二的学生，我的老师、中文系的许多著名教授，都成了右派，学生中也不少见。这场斗争，对于我们每个人都有影响，只是程度不同而已。但是没想到，在一所中学里，老师中也有这么多的右派，连待学生很亲切、很风趣的罗厚椿老师也成了右派，我还是感到很意外，很为之不平。不知道他后来的情况如何？

今天上午接吴韫章的电话，她很热情，我们都很高兴。她说你是在邮局遇到她的妹妹，正给她寄包裹，这才联系上的。如你信中所说，联系上每一个同学，都有点小故事可说。你的热心，你对同学的情谊，我们俩都很感动。

近半月来，京城常常被雾霾笼罩，空气质量很差。我同许多人一样，呼吸道很不舒服，感冒又不像感冒，总爱咳嗽。年轻人在网上调侃，称之为"北京咳"。治理大气污染，是大事，也是难事，有关部门费了不少力，但是许多时候，还要依仗老天爷。昨晚，刮起四五级的北风，北京才雾消霾散，重现蓝天。这样的好天气不知能维持几日！

你收到这封信时，可能已是蛇年的新春了。除旧更新，愿你的夫人，除去了病根，有一个新的开始。也祝愿你们新春快乐，平安幸福。随信寄去照片两张，以作纪念。

龚肇兰草上
2013.2.1

之　四

启新老同学：

你好！时间过得真快，春节似乎刚刚过去，而清明节又在即了。故乡恐怕早已桃红柳绿、莺飞草长，正是踏青的好时光，而北京则是乍暖还寒，昼夜温差大、多风沙，还没有进入真正气象意义上的春天。北方的春季，对于慢性病人来说日子不是太好过，只好自己多加注意了。

你们兄弟姐妹多，春节过得很热闹，挺有意思的。而我们只有一个女儿，她比我还彻底，不要孩子，所以过年和平时差别不大，女儿、女婿来看看我们，去餐厅吃顿饭，如此而已。年初一，景山学校的老同事来电话，问我三十晚上吃饺子没有，我告诉她，既没有力气做，也没有力气吃，依然和平时一样，吃粥、炒青菜。晚饭我一向以食粥为主，否则会不舒服的。

徐帘青来信说，她给陈培新打电话，陈卧病在床，只和他夫人通了话，如今帘青姐也病了。我们这一代人忙碌一生，"透支"太多，望多保重，并向夫人问好！

嘉兴"死猪"事件，一时闹得沸沸扬扬。食品安全，环境、水质的污染，真是问题多多！

就写到此，随信寄上照片两张。

恭祝

俪安！

肇兰

2013.3.28

之 五

启新老同学：

你好！两次来信均已收到。接到你的第二封信后，我即与吴韫章通了电话，她是十二日回到西安的。我们聊起了在省嘉中读书时的事情，我们的教学楼，还有操场西边的土山

（近几年我才知道这里埋葬着一位汉代的将军），很是高兴。她这次回了故乡，游了杭州，还在常州与高中同学相聚，我很羡慕。常州，对于我是一座值得怀念的城市。1953年初，我调到江苏省康复五院工作，驻地就在常州。在那里，留下了我的青春的足迹；在那里，我作出了一生中又一次的重大抉择——报考大学。1955年夏，我考上大学后，也是从常州来京读书的，如今我的户籍卡上还记录着我是从常州迁入北京的。改革开放后，听说常州的变化很大，吴韫章对这座城市的印象也很好，可惜我后来没有回去过，恐怕此生只能在梦中游了。

×××因患类风湿病卧病在床，×××又神志不清，不知是否得了阿尔茨海默症？虽说到了我们这个年纪，生病是正常的事；但是听到老同学的这些消息，心里依然很不好过。比起他们，我还算是幸运的，十几年来，与病痛苦苦争斗，总算现在还能勉强做到生活自理。人们希望长寿，而我以为长寿必须以"生活自理"为前提，否则处处仰仗别人，无论是亲人，还是保姆，那日子过得不会很舒服的。

徐帘青、吴韫章、廖德英，尤其是你，重视同学的关系，珍惜同学的友情，我当然很感动。而有些同学因为健康、性格或种种别的原因，并不热衷与同学的联系，可以理解，也不必介意。就拿我自己说吧！很想与更多的同学，如廖德英、徐秀华等写信或通话，只是力不从心，以至延宕至今，其实我心里还是很怀念他们的。我大学时的一位同窗，发过这样的议论，他认为朋友可以反目，夫妻可以离异，而"世界上只有少数关系是无法解除的，譬如我这里说的'同学关系'，你怎么解除得了呢？你和他曾经在一个学校、一个年级、一个班一起学习过，成了同窗，这同学'关系'就被确定下来，一生一世也不可能改变"。此话我很赞同。所以，只要我们和他们是同学，这就够了，联系或不联系，都并不重要了。

你看，我只顾发议论了，还没有问起你夫人去上海复查的情况，你来信中未提起，想必一切正常。望多多保重，慢慢调理吧！

近日，H7N9禽流感还没有消停，四川雅安芦山又发生7.0级地震，真是多灾多难啊！

就写到此，祝

五一节快乐！

肇兰
2013.4.26

之 六

启新老同学：

你好！时间过得真快，炎热的夏天似乎刚过去，冬天又来临了！我们这里已经供暖了，北方的冬天在室内还是比较舒服的，不像南方那样阴冷。

读了你的《追忆嵊泗岁月》一书，如同打开了一扇窗户，看到了我所不熟悉的海岛生活。二十出头，远离亲友，来到这交通极其不便、生活极其艰苦的海岛工作生活，后来又在此成家立业，的确很不容易。不过苦中自有乐，那得天独厚的吃鱼条件，也让人羡慕。六七十年代，北京能买到的就是很不新鲜的海杂鱼、细条条的带鱼，还得凭证定量供应。大约七十年代末，可以买到高价的海鱼，价格则从三四角钱涨到三元五角一斤。供应的第一天，我们花七元多钱买来了一条大黄鱼，的确很新鲜，却用去了我月工资的十分之一，可见价格之不菲。正巧那天有一位外地的老同学突然来访，一起品尝鱼鲜，倒也很快乐，所以至今仍然记得。

二十八年的生活积累，生活的素材极其丰富，如有可能，我觉得可以继续写下去。有了本书中纵的叙述、整体的描写，还可以从特出的人物、事件、景物等方面开掘下去，以短篇的文章出现，使内容更加充实、丰富。这只是我的一点想法，不一定合适，只供你的参考罢了。

不久前接到帘青学姐的来信，她已回到德清家中，她的脊背的骨折已基本好了,这是令人高兴的,不过还要多加保养,阴天雨湿或干家务过累,还会疼痛。她很关心你和夫人的情况,我在回信中很简单地说了说，估计她很快会和你联系的。

我一切如常，病情还算稳定，不过在秋冬之交，气候变化较大，夜间憋气的情况也会发生，只能自己多注意。有时也写一些短文，可写的内容很多，只是体力有限，不敢过度的劳累。

草草写此，请向夫人问好！并祝你们

冬安！

肇兰
2013.11.8

第三辑 拾微记趣

音乐课·音乐老师

1948年夏，我从嘉兴市第三中心小学毕业了。上高小的时候，我很喜欢上音乐课，每周只有一节课，总盼望着快点到来。当时抗日战争结束不久，我们很喜欢老师教唱的抗日歌曲，《在太行山上》、《救亡曲》、《松花江上》、《大刀向鬼子们的头上砍去》等。《在太行山上》我尤为喜爱。"红日照遍了东方，自由之神在纵情歌唱……"，歌声从舒缓到激越，眼前仿佛出现了燃烧在太行山上的抗日烽火，耳际似乎听到了母亲、妻子送亲人上战场的殷殷嘱咐。当唱到"山高林又密，兵强马又壮，敌人从哪里进攻，我们就要他在那里灭亡"的时候，真是酣畅淋漓，越唱越有劲，越唱越高兴，至今我还能一字不差地唱下来。聂耳的《毕业歌》，也是从小学音乐课上学会的，我久唱不厌。记得在毕业典礼上，我们全体同学唱着它："我们今天桃李芬芳，明天是社会的栋梁……同学们，同学们，快拿出力量，担负起天下的兴亡。"虽然只是小学毕业生，但是未来将肩负起社会重任的自豪感，也会油然而生。

音乐课上，我也很喜欢学唱那些抒情味很浓的歌曲。上世纪80年代，随着电影《城南旧事》的播映，《送别》这首歌又随之广为传唱。这是还没有成为弘一大师的李叔同，用一首外国的曲子填词创作的，当时就很流行。我也是在音乐课上学会唱的，同学们都很喜欢它。小小年纪，哪有那么多的离愁别绪呢？但每当唱到"天之涯，地之角，知交半零落，一壶浊酒尽余欢，今宵别梦寒"的时候，总有一种说不清的依依惜别之情，这大概就是音乐的魅力吧！还学过一首叫《骊歌》的，听老师说，中国古代把送别时唱的歌叫骊歌。歌词比较深奥，已经记不清了，优美的旋律却久久地留在记忆里。后来知道它是美国著名电影《魂断蓝桥》的主题曲，我们当时唱的歌词，不知道是否根据原歌翻译的。如今还在传唱的《友谊地久天长》，歌词不同，用的也是这首曲子，这也是我很喜欢的歌。

我喜欢音乐课，主要是喜欢老师教的那些歌，对于一直教我们音乐的李老师，当时的印象却很一般。他是一位年轻的男老师，修长的身材，长方的脸，下巴稍尖，高挑的眉毛下，一对细长的眼睛，直挺的鼻子，略显苍白的脸上，有一些细小的麻点。老师教课很认真。当时的音乐教室很简陋，一架风琴，比普通教室多了一块带五线谱的黑板。每教一首新歌，或把歌抄在黑板上，或发油印的篇子。有时候也给我们讲一些简谱、五线谱的基本常识，但我们并不真正具备识谱的能力，尤其是五线谱，还是要靠口口相传。他弹着风琴，一句一句地带着我们唱，学会一段，再连贯起来，就这样一句一句地、一段一段地，直到我们把整首歌都学会。有时也会指名让同学单独地唱，我喜欢音乐课，却害怕被叫起来，好在我坐在第一排，反而不大被老师注意到，叫到我的时候并不多。他显得很严肃，平时不苟言笑，下课后也很少与同学们交往，大家对他有点怵。班上几个调皮捣蛋的小男生，在课上受到批评后，会偷偷地叫他"李麻子"。所以我觉得他是一位认真而并不亲切的老师。

1951年的春夏之交，我参军一年后回嘉兴探亲，在街上偶然遇到一位小学同班的男同学。他告诉我许多同学和老师的情况，说到教音乐的李老师，他已结婚，就住在塘湾街附近，并约我一起去拜访他。傍晚时分，我随他来到一座临街的旧式小楼前面，推门进去，里面住着好几户人家。他说李老师住在楼上，我们摸黑登上了狭窄的楼梯，楼梯发出了"嘎吱、嘎吱"的声响，李老师大概听见了，拿着油灯，在楼梯口把我们迎进了屋。几年不见，李老师的变化并不大，他也很快就认出了我们，彼此都很高兴。他忙着要给我们倒茶，被我们拦住了，便招呼我们在床边的小桌旁坐下，自己就坐在床沿上。那个晚上，一向不苟言笑的李老师竟说了那么多的话，问长问短，关心着我们毕业后的情况，我从没有见他这样开怀地笑过。环顾四周，低矮的房梁，小小的木格子窗，不多的家具，上面随意地放着锅碗瓢盆等日常用具，门边还有一只小风炉，在昏暗的灯光中，越发显得局促、逼仄，老师的生活环境这样地简陋窘迫，我的心发紧了。而眼前的李老师依然和我们谈笑着，略显苍白的脸上，因兴奋而泛出一点红晕。也就在这一刻，我感受到李老师性格中的另一面，他是亲切的，也是热情的。

　　这是我最后一次见到李老师，他后来的情况，我一无所知。真是似水流年啊！我这个当年的小学生，早已进入古稀之年，李老师如健在，该是一位近百岁的老人了。随着嘉兴城市的巨大改造，听说塘湾街一带的旧居早已全部拆除，建成了一座"嘉禾北京城"，完全找不到原来的模样了。一条熟悉的街，竟然变成了一座大商城，我没有亲见过，实在难以想象。我相信李老师早已离开了逼仄的蜗居，住进了更宽大、更舒适的住房，然而我无法抹掉那个晚上留在我记忆中的景象：发出"嘎吱"、"嘎吱"响声的狭窄楼梯，低矮简陋的居室，昏暗的油灯光，李老师那苍白中透出一点红晕的笑脸……他是一位平凡的小学音乐老师，但是能用那么美好的音乐去浇灌孩子们的心灵，去陶冶他们的情操，他又是不平凡的。我很感谢他，感谢他教会了我那么多的好歌，那歌声带来了多么美好的记忆啊!我也很怀念他,在此谨以这篇小文,作为对音乐李老师的一点纪念吧!

2013年10月于北京

有趣的小学地理课本

1946年秋,我在嘉兴市第三中心小学上高小,当时增加了自然、历史、地理等许多新的课程,其中我最感兴趣的就数地理课了,因为教科书编得很有趣。许多细节现在很难都记得,但总体的印象还是清楚的。地理课本是以记游的方式编写的,书中的华老师带着一群学生遍游祖国大地,其中既有华老师的讲述,也有他们亲历亲见的实地描写,还不时穿插一些学生的提问、师生之间的生动对话,真是引人入胜,把原本死板、枯燥的地理知识,变得生动而有趣了。课本中引用的一些俗语,我至今还记得,如"两湖熟,天下足",盛赞湖南、湖北粮食产量之丰富;用"天无三日晴,地无三尺平"形容贵州高原地势之不平、气候之多变。记得上第一节地理课时,黑板上挂着一张全国的大地图,我们打开崭新的地理课本,听着老师娓娓道来,他还不时用教鞭在地图上指指点点，留给我印象最深的就是：我们祖国的版图如同一张美丽的秋海棠叶。解放后由于承认了外蒙古独立后建立的蒙古人民共和国，"秋海棠叶"也就变成了昂首挺胸的"大公鸡"了。

有趣的地理课本，引起了我的学习兴趣，激发了我的学习热情，许多基本知识在不经意间就记住了。对于祖国的名山大川、江河湖海、名胜古迹、行政区域的划分、国都和省会的所在地、各地主要的物产等，可以说了然于心。我在初中时就参军了，没有经过高中阶段就直接报考大学。在复习中国地理时却毫不费力，正是得力于小学打下的基础，因为基本的框架差不多，只是知识的延伸和扩充而已。

学完整册地理课本后，有两处是我最向往的地方：一处就是南京的中山陵，它是伟大的革命者孙中山先生的墓地，记得课本上还附着照片，雄伟、壮美，很吸引我；另一处就是长江三峡，课本中所描述的奇伟、险峻的情景，引起了我的遐思。我发誓长大后一定要亲自去拜谒中山陵，一定要亲自去领略三峡的神奇风光。

第一个愿望很快就实现了。1950年4月，我参军了，驻地就在南京。雄伟的紫金山横卧在南京市郊的东面，中山陵则座落在紫金山的最高峰茅山的南麓。当我站在陵园的广场前，仰望过去，被眼前的景象深深地震撼了。整个陵园的平面呈一个巨大的铎形，它运用传统的建筑手法，牌坊、墓道、陵门、碑亭、祭堂和墓室，一应俱全。但它的奇特之处，在于依山势而建，逶迤而上，从牌坊到顶部的祭堂、墓室，落差很大。那气势恢宏的二百九十级台阶，分为若干段，每段上面都设有平台。它们自下而上，一排排，一行行，如同排列有序的卫士，拱卫着这神圣的中山陵。它们又如同巨大的登天之梯，直通中山先生的祭堂和墓室，是谒陵人的必经之道。那天，我和同伴们缓缓拾级而上。高大的陵门，用花岗石砌造，门楣上镌刻着中山先生手书的"天下为公"四字，下设三个拱形门洞。过了门洞，走进庄严、肃穆的祭堂，面对中山先生的石雕坐像三鞠躬，又缓步进入祭堂后面呈半球形的墓室，中间围有石栏杆。俯视下去，圆形的大理石墓穴的中央，长方形的石座上安放着中山先生的大理石卧像，他的遗体就安葬在这石座下的深处。我怀着深深的敬意，久久注视着伟人的长眠之地。中山陵的不凡之处，还在于色彩的选择。它不同于传统的帝王陵墓以红黄为主色，从牌坊、碑亭、陵门到祭堂，一律以蓝色琉璃瓦覆顶，而花岗岩砌造的陵门、大理石的柱子、墓道上的石阶，则呈白色或灰白色。蓝白相配，色彩明净、清丽，也与中山先生亲自组建的国民党党旗青天白日的含意相吻。总之，这种依山势而建逶迤向上的格局，这种蓝白相间的明丽色彩，使整座陵园显得更加的庄严、肃穆、圣洁而又美丽。

十多年后，我又一次拜谒了中山陵。那么游三峡呢？却迟迟没有机会，少年时的心愿，难以实现，直到1982年才稍有转机。那年，我是高考命题组的成员，为了试卷的保密，我们从5月初入围直到高考结束。在完成命题任务后，会安排一个好去处供大家休息和游玩。入围之前，我就听说今年要去峨嵋山了。我多么高兴啊！去峨嵋山就是要入川，就是要经过长江三峡，我的游三峡的梦想终于可以实现了。谁知后来事情却发生了变化。湖南省教育厅主动向教育部提供滴水洞——毛泽东的别墅，供我们休憩。它距韶山约四十里，"文革"初期毛泽东曾在一封信中提到：我在西南的一个洞中……这就是滴水洞。它是在崇山峻岭中顺着山势开辟出来的别墅区，环境当然很幽美，而且当时还处于保密状态，有部队驻守。成为红色旅游点，那是后来的事。这对于我们，机会当然很难得；可是，我却与三峡失之交臂了。后来随着三峡改造工程的实施，随着我的年老体衰，少年时的第二个愿望，终成泡影。对于我，谒中山陵的机会，得之太易，而游三峡的机会，又失之可惜。其实人的命运常常在这一得与一失之间，难以圆满。

我一向以记性好自诩。如今年老多病，体力不济，唯有头脑还很清楚，不爱忘事，对小时候的许多事情，记得尤为清楚。可这回竟然想不起谁是我们的地理老师了。是级任老师吗？那位头发花白梳得一丝不乱的陈老师，她教我们语文和数学，不大可能再教地理。那么又该是谁呢？我努力回想那些曾经教过我们的老师,还是找不到答案。然而我却牢牢地记住了课本中那位学识渊博、循循善诱的华老师,仿佛他就是我们的地理老师。多么有趣的地理课本,它给了我许多知识,也给我留下了一些与之相关的美好记忆。

2013年11月12日

我们也曾追过星

追星,这是当下的时尚,是年轻人、尤其是少男少女们的专利,只要不出格、不过分,就无可厚非,更不要去指责他们。从电视里,见到那些"粉丝",在心仪的歌手前如痴如醉的情景,也唤起了我的青春的记忆。其实当年我们也曾追过星,还有过一次名副其实的追星经历。

1955年国庆假日,我们,北师大中文系一年级(1)班的十多位同学,结伴去游颐和园。这是我来京后第二次去颐和园了,兴致依然很高。我们说说笑笑地向知春亭的方向走去,这时迎面来了四五位男同志,与我们擦肩而过。好熟悉的一张脸啊!还没等我反应过来,不知谁说了声:"郭振清,就是郭振清!"这如同一声号令,我们这伙人转身就追,好在走得不远,很快就追上了。大家围过去忙着和郭振清握手,操着南腔北调的口音,七嘴八舌地说着、笑着。大概这种场面，郭振清见得多了，并不吃惊，只是含笑着与大家周旋。微黑的脸棱角分明，浓眉下一双眼睛分外有神。记不清是谁还掏出小本，请他签名留念。当时我们的文化生活很单调，接触比较多的就是电影，我们仰慕的对象，自然也是电影演员了。郭振清主演的《六号门》，一部反映码头工人斗争的影片正在上映，很受观众欢迎，他是我们很喜爱的电影演员。后来他在《董存瑞》里，饰演一位对战士既严格又爱护的连长，分寸拿捏得很到位。有一次董存瑞犯了错误，被他批评得泪流满面，这时他又爱抚地把白毛巾悄悄地塞给了董存瑞。这个细节，给我们的印象很深。游颐和园，竟然巧遇郭振清，我们的高兴自不待言了。回校后，还眉飞色舞、绘声绘色地告诉那些未去的同学，引得他们又羡慕又后悔。

说来也很巧，大学四年级的时候，还有过一次类似的经历。1958年，杨沫的长篇小说《青春之歌》出版了，林道静这个由个人反抗走上了革命道路的青年知识分子的形象，很受大学生、尤其是我们学中文的大学生的喜爱。不久，又拍为电影。我们年级的同学，还参与了该片中"一二·九"学生群众示威游行场景的拍摄。那个年代不讲报酬，在偌大的场面中，更不可能有出镜的机会，只是把它当做政治任务来完成的。我们只有一个小小的心愿，希望能在现场见到那些演员，特别是饰演林道静的谢芳。

拍摄地点在沙滩老北大的红楼前，即现在的五四大街。

林道静、江华、王晓燕等主要人物，走在游行队伍的最前面，和我们的队伍还有一些距离，望过去影影绰绰的，不很分明。我们虽然有些失望，但依然很认真、很投入。面对着皮鞭和水龙，面对着荷枪实弹的军警，大家手挽着手，高声唱着歌，喊着口号，听从导演的指挥，时而前进，时而后退。就这样拍拍停停，几乎用了一下午的时间才拍摄完毕。

散场后，当时周围人多而乱，我们几个同学和队伍走散了，赶忙去寻找返校的汽车，真糟糕，连车牌号也不知道，忙乱中上错了车。车上空空的，离车门不远处靠窗的座位上，只有一个人静静地坐着。我们始而发懵，继而惊喜，简直不敢相信自己的眼睛，面前坐着的竟然就是林道静，不，是谢芳，还没有卸装的谢芳。朴素的旗袍上，好像套着一件红色的毛衣开衫，略过耳际的短发，额头有留海，秀丽的脸上，大大的眼睛，明丽、清澈、端庄而大方。此刻的我们，自然喜出望外，但也不会像当年遇到郭振清时那样的失态了，不好意思地说了句："我们上错车了！"她微笑着点点头，没有说话，看着我们匆匆地上车，又匆匆地下车。可谓惊鸿一瞥！就这一瞥，我们几个就很满意了，心目中的林道静，似乎就是这模样。

如果说我们的追星是机缘，是巧合，那么我的一位同窗，就是主动地去追星了，而且追的是一颗正在孕育中的新星，她就是祝希娟，在即将拍摄的影片《红色娘子军》中出演女主角吴琼花。我的同窗不知从什么渠道得到了这个消息，也许《大众电影》杂志上作过报道，就立即给祝希娟写了一封长信，是祝贺，是鼓励，更是对她演好这个角色的热切的企盼。原信我没有看过，以她的性格，以她的文笔，此信一定言辞华美，激情似火，收到这样的来信谁能不感动呢？当时就读于电影学院、同样也是大学生的祝希娟，很快回了信，还寄来了一张半身的大照片。我的同窗如获至宝，欣喜万分。信和照片，在我们女生宿舍中传递着，这快乐也感染了班上的许多女同学。照片中的祝希娟，一双特别大、特别亮的眼睛，一颗动人的乌痣，把整张脸衬托得英气勃勃，粗犷而不乏美丽。导演真有眼力，选她饰演琼花，太合适了。后来她果然不负所望，1960年影片公映后，反响热烈，她的出色的表演，受到观众的赞扬。在1962年第一届电影百花奖中，《红色娘子军》获得最佳故事片、最佳导演等多个奖项，祝希娟也以独特的气质、富有个性化的表演，成了第一个百花奖最佳女演员奖的得主。一颗新星，脱颖而出。

回顾当年追星的点点滴滴，我不由地感慨，青春是多么美好啊！可惜我们都老了，那位追星的同窗，已于2009年初病逝了，嘱咐家人不留骨灰，回到了大地母亲的怀抱。几年过去了，我依旧很怀念她，想起她年青时姣好的面容，想起她热情而好冲动的性格，想起她模仿别人说话、神态时的维妙维肖，想起她收到祝希娟回信时的欣喜欲狂……往事历历，难以忘怀。早已功成名就、年逾古稀的祝希娟，当她回首那段星光璀灿的岁月时，还能想起女大学生那封热情洋溢的来信吗？

2013年8月于北京

由电视剧《西藏秘密》想起

《西藏秘密》，这是一部制作精良、题材深刻、颇为好看的电视剧。剧中以富有传奇色彩、爱国进步、为西藏民主改革努力奋斗的扎西顿珠为核心人物，以四个上层贵族家庭为轴心，通过许多生动曲折的故事，把拉萨上层贵族之间、大贵族与小贵族、贵族与农奴、农奴与农奴、进藏干部与贵族之间等错综复杂的社会关系以及许多重大的事件网织起来，真实而又艺术地再现了西藏从上世纪30年代中期到五十年代末的这段历史变迁。对于许多不熟悉这段历史的观众来说，它如同一部极其形象的历史教科书。故事、人物都是虚构的，但历史是真实的。正如本剧的编导自己所说，"让虚构的人物在真实的历史时空中行走，是我坚持的第一创作原则"，这恐怕就是这部电视剧取得成功的重要原因。而剧中所展现的美丽的雪域风光、特殊的民族服饰以及带着神秘色彩的宗教习俗，令人赏心悦目，耳目为之一新，更增加了它的可看性。随着这部电视剧一集集地热播，一段尘封已久的记忆，便从我的脑海中浮现出来。

1959年3月末的一天，第三届全国人民代表大会胜利闭幕。那时，我是北师大中文系四年级的学生，当晚我们要去中山公园参加庆祝大会。就在这一年的3月，西藏地方政府中的上层反动集团，悍然发动了蓄谋已久的武装叛乱，3月10日，他们包围了西藏军区司令部及中央驻拉萨的机关，19日夜，叛乱分子用武力向驻拉萨的解放军发动全面进攻。为了维护国家的统一和民族的团结，解放军驻藏部队奉中央之命，只用了短短的三天时间，就平息了叛乱，达赖一伙叛逃国外。所以，这次的庆祝大会，更有特殊的意义，不只是庆祝人代会的闭幕，也是欢庆驻藏解放军成功平息叛乱的祝捷大会。能亲身参加这样的活动，同学们的心情都很激动。

参加大会的北京高校学生，安排在社稷坛的四周，我们席地而坐，这里是分会场。主会场在哪儿？真有点记不清了，可能就设在社稷坛北面的中山堂里。不久，喇叭中传来彭真市长洪亮的声音，庆祝大会开始了。会上的许多发言、许多细节，印象已经很模糊了，当时听说周总理、班禅大师要来这里和大家见面，这是我们最关心的。果然，约八时许，周恩来总理来了，班禅额尔德尼·却吉坚赞也来了！我们全场起立，欢呼雀跃，掌声、欢呼声、口号声此起彼伏，场面异常热烈。这时四周早已被夜色笼罩，而社稷坛前则是灯光明亮，看得很真切。周总理总是那样神采奕奕、气度非凡，迈着稳健的步子走来，微笑着向大家点着头，还不时向欢呼的群众招手示意。紧随着他的班禅大师，身材高高的，很年轻，身着一领红色的喇嘛长袍，束着腰带，戴着一副墨镜，头上还戴着一顶高高的黑礼帽，使原本就很高的身材，显得更加的颀长挺拔。他时而合掌礼拜，时而挥动手臂，频频向欢迎的群众示意。他们沿着社稷坛绕场一周，我们的目光始终聚焦在他们的身上，随着他们脚步的移动而移动。在北京，见到周总理的机会，后来还有过；但是这样近距离地目睹十世班禅大师的风采，对于我，这是第一次，也是唯一的一次。

西藏叛乱的平息，最高兴的该是百万农奴了。西藏和平解放虽然已经好多年了，农奴的生活也许有些改善，但是真正砸碎镣铐、挣脱农奴制的桎梏，还是在解放军彻底平定了上层反动贵族的叛乱之后。从此西藏走上了民主改革的道路，百万农奴才真正地获得了新生，他们该有多么高兴啊！《西藏秘密》的最后的场景，就是现实中农奴们获得新生、欢庆解放的真实写照。你看，分得了土地的农奴们，他们在拉萨河边的玛尼堆上，把一捆捆的地契、高利贷契，把一摞摞的人身契约，堆在一起，点火焚烧。巨大的纸堆上腾起浓浓的烈焰，火势越烧越旺。人们欢欣鼓舞，手挽着手围着它高声地唱着、快乐地跳着……从此，他们不再是奴隶，而作为人真正地站立起来了！

《西藏秘密》，的确是一部反映西藏现代历史变迁很有深度也很好看的电视剧。

2013 年 9 月初

神垕的龙纹小杯和小碟

随着电视剧《大河儿女》在央视的热播，引起了人们对钧瓷的兴趣，也引起了人们对剧中风铃寨原型——河南禹州市神垕镇的关注。

说起神垕，让我想起了一些往事。

1966年初夏，"文革"开始不久。一天，我去王府井大街，途经北京工艺美术商店，里面很热闹，听说正在处理一批工艺品，便也进去看看。品种很多，其中一套酒杯、小碟，我很感兴趣。小小的酒杯呈鼓形，杯身印有暗花纹，凑近看去，一条游龙环绕期间，小碟直径不足十公分，碟面也印有龙纹，它们通体施以明黄色的釉。小杯的把手，也不是通常的耳形状，而是呈长方形，棱角分明。整个造型很敦实，甚至有点笨拙，却显得古朴、大方。印有龙纹又施以黄色的釉，在当时的政治气候下，不免有宣扬封建帝王之嫌，把它们当做处理品也就不足为奇了。我一向喜欢这些小玩意儿,而一套八杯八碟,统共才要八角钱,从今天看来,这等于白送,即使在当时,也是极其便宜的,便很高兴地买了一套。

回家后,一件件取出,仔细玩赏。小杯的龙纹下面还有一圈小鼓钉,这些花纹,无论从眼观还是手摸,都微微有凸起感。杯碟的底部,都有用蓝色书写的款识,为"中国神垕",之下有英文字,分两行排列,为"MADE IN CHINA",标明是中国制造的。看来它们属于出口瓷,原本是卖给外国人的。"垕"字很生僻,查字典后知读音为"hòu"。那么,神垕又在何处呢?出于好奇,我查阅了《辞海》等工具书,可惜都未查到。对于我,这真是一个谜啊!在当时的历史条件下,我没有更多的闲情逸致去欣赏它们,也没有使用它们的机会,这一搁就是十几年,直到"四人帮"粉碎之后,亲友同学在家聚餐的机会多了,我才把它们找出来。席间每人一杯一碟,酒杯盛酒,小碟放菜肴、搁筷子,很雅致,也很实用。因为这种造型的杯碟不常见,有人问起从哪儿买来的,我总是很有兴味地把它们的来历叙述一番。说起那个疯狂的年代,大家不免感慨,这些龙纹杯碟没有作为"四旧"被扫除而能保留下来,已经很幸运了。

上世纪80年代,景山公园东门外一带,清晨常有来自河南的小商贩在此摆地摊,玉石图章、各类小雕件、瓶瓶罐罐,很是热闹。这里离我所在的学校也就一站地,我常在此驻足,寻觅一些小玩意儿,别有乐趣。有一次,见一地摊上有许多小碗，天蓝、青灰、月白的釉色，有的还挂着小块的红斑，挺好看的，摊主告诉我："这是钧窑瓷器。"对于钧窑，我也有些耳闻，它是北宋五大名窑之一，"家有万贯，不如钧瓷一件"，足见其名贵了。而眼前地摊上的小碗，当然是现代烧制的大路货，我不是收藏家，只是买来玩玩而已，不过倒也引发了我对了解钧瓷相关知识的兴趣。查阅了一些资料，还在琉璃厂中国书店买到一本《钧窑史话》（紫禁城出版社出版，1987年10月第1版）。原来钧瓷的故乡，竟然就是烧造龙纹小杯小碟的神垕镇，它隶属河南的禹县。这真给了我意外的惊喜。

禹县古称钧州，夏朝在此筑有钧台，到明代因避神宗朱翊钧的讳，才改称禹州，钧窑钧瓷的得名，大概与此有关。此处唐以前就以烧造彩色釉闻名，这为钧瓷的出现奠定了基础。到了北宋徽宗时，这种色彩炫丽以窑变闻名的钧瓷得了极大的发展。据《钧窑史话》记述：相传宋徽宗时，神垕钧窑的工匠将精心制作的尊、洗、盆、瓶、炉、碗、盘、壶、杯盏、枕等三十六件钧瓷珍品进献。徽宗皇帝看了连声称赞："奇珍异宝，精妙绝品。"遂命名"神钧宝瓷"。并设置官窑，烧制贡瓷，专供皇家使用。这是钧瓷的全盛时期。历经金、元至明中叶之后，神垕一带钧瓷的烧制，渐趋衰落，期间虽有过短时的复苏，但到解放以前，钧瓷烧制的技艺，几乎失传。新中国建立之后，神垕镇的制瓷艺人与有关的科研部门，经过不断地实践、探索、挖掘，终于使这美丽神奇的钧瓷又

神垕的黄釉龙纹杯碟

重见天日，重放光彩。

神垕的得名，至今尚无史料可考，而民间却有种种传说。有的说与天象有关，天上有个"垕星"，地上就有"神垕"镇；有的说是唐玄宗李隆基赐予的；有的说是宋徽宗赵佶命名的；也有的说与自然资源有关。这里群山怀抱，风景宜人，蕴藏着丰富的瓷土，所谓皇天在上，下有厚土，而"厚"与"垕"相通，这上天所赐予的神奇丰厚的瓷土，也许就是神垕取名的由来，当然这也只是猜测罢了。总之，这座地处中原的神秘古镇，能以窑变烧制出如此色彩斑斓、瑰丽夺目的千古名瓷，对它真当刮目相看。

如今，我年老多病，既不能喝酒，也无力在家请客吃饭，有亲友同学来时，只好到就近的餐馆去解决。那八只小杯，早已"下岗"，静静地待在厨柜抽屉的一角。倒是那些小碟依旧在为我们服务，用它们盛小菜、放调料，因为使用久了，龙纹已不如从前清晰，也因为使用的频率过高，不免失手打碎，只剩下五只了。这套龙纹小杯小碟的存在，说明神垕这座有着辉煌制瓷历史的小镇，在解放后依然在为共和国效力，以烧制出口瓷换取外汇。有了这套龙纹小杯小碟，才使我有缘"认识"了神垕镇，并对它作为钧瓷故乡的历史，有了些许的了解。

2014年5月14日于北京寓所
（原载《芳草地》2014年第3期）

洞庭君山之宝

1982年5月末,我们高考命题组的同志,在完成了命题任务之后,赴湖南韶山滴水洞休憩。途径岳阳,作短暂停留,除了登临岳阳楼外,就是游洞庭君山了。那天早晨,下着细雨,我们乘坐小汽艇前往。想起了唐代刘禹锡《望洞庭》中的诗句:"遥望洞庭山水色,白银盘里一青螺。"诗人在秋夜远望洞庭,聚焦君山,在皎洁的月光下,平静的湖面如同银白色的盘子,而君山竟成了一只小巧玲珑的青螺了,真是奇思妙想。我们在白天,又是在蒙蒙细雨之中,自然看不到这种景象。遥望湖中,只是迷迷蒙蒙的一片,直到快登岸时,才看到一点君山的模样。

君山并不很高,离船后沿着山间小路而上,眼前为之一亮,真是满目葱茏,草木经过雨水的洗礼,更是苍翠欲滴,令人爽心悦目。君山有许多古迹,如柳毅传书井、吕洞宾修炼处，仿佛还有湘妃祠（或庙），是纪念舜的妃子娥皇、女英的，所以君山也叫湘山。君山管理处的同志热情地陪着我们一处处游玩，可惜这些古迹在"文革"中几乎全部被毁，我们所见的，都是近年来新修建的，不免有假古董之感，很煞风景。倒是那些一丛丛拔地而起、周身布满了犹如泪痕的斑竹，给我留下了很深的印象。那是一个古老的传说。相传舜帝南巡，至九嶷山，也即苍梧山，不幸亡故，并葬于此。娥皇、女英二妃闻之泪下如雨，眼泪滴在竹子上，大概是感动了上苍，从此就有了这泪痕累累的斑竹，也叫湘妃竹。竹子，挺拔而俊秀，原本长得就很可人，向为文人雅士所钟爱。而斑竹，这竹中的另类，一经这凄美故事的渲染，便蒙上了一层神秘的色彩，自然就更招人喜爱了。自古以来，它牵动了不少人的情怀，写下了歌咏它的诗篇或诗句。唐刘长卿的《斑竹岩》，唐李嘉祐《江上曲》中"君看峰上斑斑竹，尽是湘妃泣泪痕"的诗句，清著名传奇《长生殿》的作者洪昇，也留下了"斑竹一枝千滴泪，湘江烟雨不知春"的佳句。此刻的我们，面对微雨中风姿绰约的斑竹，望着顺着斑痕流下的水滴，也不免引发了思古之幽情，产生许多的遐想。

君山上种植了许多的茶树。君山茶是当地的特产，与西湖的龙井、太湖的碧螺春齐名，驰誉中外。那天在接待室里，管理处的同志向我们介绍了君山的情况，并以当年采摘的最好的春茶款待我们。长条桌上放着一排大的玻璃杯，放入茶叶，用开水冲泡后，它们如同一群慢慢展开裙幅的小舞人，在杯中上下飘浮，旋转舞动，随之淡淡的茶色慢慢地从水中浸出，透过玻璃杯望去，非常清澈，真是太精彩了。接待的同志解释说，用大玻璃杯就是为了让我们清楚地看到泡茶的过程，便把泡好的茶水，斟入小杯，请我们品尝。闻起来有些淡淡的香味，小口小口地品味着，很清淡、很爽口，微微有些甘甜。大杯中的茶叶待第二次冲泡后，才全部沉入杯底，我更喜欢这二次冲泡的茶水，味道更醇厚些。我一向喜爱也习惯于喝绿茶，却谈不上会品茶，因为是浙江人，对龙井较为熟悉，它的叶片加工后呈扁平。两者都是绿茶中的上品，有许多相似之处，相比之下，龙井的茶色茶味似乎更清淡一些，尤其是它的明前茶。据说我们所喝的君山茶，当年国际市场的标价每市斤人民币800元，照此推算，我当时的月工资，只够买一两君山茶了。

君山上还有一种小动物，很珍贵，那就是金龟。他们拿来了一只，让我们观赏。个头不大，龟甲长不足十公分，呈桔红色，微闪金光，腹部略显黄色，并有褐色的斑纹。我们这群人围着它，摆弄它，它毫不理会，缩着脖子，趴在桌上，一动也不动，只有那偶尔转动的眼珠，表示它生命的存在。金龟有极强的生命力，长年不吃不喝，依然能够生存下去，人们把它看做吉祥之物。当地有个习俗，出嫁女儿时，把它放在箱子角上，作压箱之宝，大概取其色彩喜庆而又长寿之意，祝福婚姻的美满久长。不知道是因为过度的捕捉，还是生态的变化，这里的金龟越来越少了。同行的一位北大生物系的老师，想为系里买一只作活标本，商谈的结果只答应预订一只，到明年开春才能发货，可见其稀少而珍贵了。

在君山逗留了半日，回去时，已近正午。此刻天已放晴，坐在小汽艇上，望着浩渺的洞庭湖水，在阳光的照射下波光粼粼，与来时的景象迥然不同。开阔的视野，雨后清新的空气，让人感到神清气爽，心旷神怡。回望渐去渐远的君山，湖光与山色交相辉映，宛如展开了一幅巨大的山水画卷。神秘美丽的斑竹，沁人心脾的君山春茶，难得一见的金龟，让我开了眼界，长了见识，也给了我许多美的享受。在我的眼中，它们就是洞庭君山之宝。

2014年5月24日

金山寺的素包子

镇江金山寺，那依山势而建的雄伟的殿堂、高耸的古塔，令人赞叹；那流传千年的白蛇为爱情与法海斗法而水漫金山的传说，令人神往；然而，留在我记忆深处难以忘怀的，恰恰是旁人看来很不起眼的金山寺的素包子。

1951年初，我独自从南京到镇江，来到三野后勤卫生部所属的第三后方医院院部工作，当时的驻地就在金山寺。它位于寺院的左侧，也属寺院的房产，已经破旧不堪，不少住房连门窗都不全。我是文化教员，之前这里已有两位文化教员，一位姓李，一位姓范，都是男同志。我们的直接领导是一位姓黄的指导员，高高的个子，苏南口音，听说是在解放战争时期入伍的，原来也是个中学生，参加过淮海、渡江战役，胸前佩带的淮海、渡江战役纪念章，颇让我们羡慕。他不像许多指导员那样伶牙俐齿、善于言词，但性格沉稳，说话、办事都很实在，待我们亲切、热情，从不摆领导的架子。他负责院部直属机关的政治思想工作，繁杂而难干。我们则在他的领导下教警卫排的战士（包括一些勤杂人员）学文化，开展院部的文娱、宣传活动，如教唱歌、出墙报等。有时也整理材料，配合指导员写工作总结。那时我还不满十五岁，这里的一切都是陌生的、新鲜的。在战士们的眼里，我是他们的小教员。在指导员和两位同伴看来，我还是个孩子，生活、工作上都很照顾我。生活条件是艰苦的，工作也很紧张，精神上却充实而快乐。有时我们也会忙中偷闲，去寻找生活中的乐趣。指导员曾带着我们登临北固山，远眺长江，去寻访刘备招亲的甘露寺，而印象最深的莫过于在"天下第一泉"品尝老和尚的素包子了。

出了我们驻地的大门，走过一座小桥，不远处就是著名的"天下第一泉"了。长方形的水池，四面用石板、石条围护着，清澈的泉水从泉眼汩汩流出，不知道源头在哪里。当时寺院关闭，寺僧们没有了香火，就只能自谋出路了。除了生产种地，他们利用名泉的优势，在这里开设茶社。说是茶社，其实很简陋，一两间平房，外面的凉棚下放着几张方桌，桌旁放着条凳，和村野路边的小茶肆并无区别。不过这里与泉水相伴，空气清新，环境幽美，趁着晚饭后的空闲，我们也常在这一带漫步游玩。

第一次随他们来到茶社，指导员就要了一壶茶。泉水泡茶，清香甘甜，但我的兴趣不在品茶。听他们说泉水泡的茶可以高出杯平面而不外溢，我很好奇，要一探真假。我拿起茶壶，慢慢地将杯中斟满，果真如此！琥珀色的茶水微微呈弧形高出在杯平面之上，随手拿起一枚老和尚为大家准备的小铜钱，轻轻地放在水面上，颤悠悠的，却并不下沉，很好玩啊！除了茶水，茶社里还备有一些小茶食，供茶客选用，其中最诱人的就是老和尚制作的小笼素包子了。当时这些食品都很便宜，只可惜我们囊中羞涩，每月一点点津贴费，只够买牙膏、肥皂、卫生纸等日用品，哪有闲钱去买零食呢！相比之下，指导员就是我们之中的"大户"了。还没等我们说什么，他便让老和尚送来了两屉素包子，热气腾腾，香味四溢。我们刚吃过晚饭，肚子哪里会饿呢，纯粹是解馋啊！素包子做得很小巧，很精致。薄薄的皮儿，用冬菇、香干、鲜笋、木耳等做馅，切得碎碎的，还用香油拌炒过，油汪汪的。吃到嘴里，又绵软，又有咬劲儿，鲜鲜的，香香的，太好吃了。再配以清香甘甜的茶水，真是满口鲜香，回味无穷。我们常年吃大锅饭，很难吃到这样美味的食物。部队的伙房里也经常做包子，馅儿以白菜、西葫芦、豇豆等果蔬为主，再拌上点猪肉末；有时为了改善生活，也做全肉馅儿的，个儿大大的，味道也还过得去。如果与老和尚制作的精美可口的素包子相比，确有高下、粗细、优劣之别，不可同日而语。指导员吃得很少，只是尝一两个而已，坐在那里慢慢地喝着茶，见我们吃得有滋有味，脸上不时露出一丝笑意。

品尝素包子的机会，后来还有过一两次。可惜指导员只和我们相处了几个月，就调走了，起初还在本院的病区工作，不久就到徐州陆军医院去当教导员了。之后我们院部机关也撤离了金山寺，搬到镇江城里去了。从此就再也吃不到金山寺老和尚做的素包子了。后来在镇江住久了，这一类的面点，吃过不少，如小汤包、烧卖、蟹黄包子等。尤其是蟹黄包子，味道鲜美，比一般的肉包子好吃得多，但是它依然不能取代金山寺的素包子在我心中的地位。老和尚的素包子，选料固然精当，做得也很考究，不过素包子就是素包子，怎么对我会有如此大的吸引力呢？这恐怕就要归结到在特殊环境、特殊条件下的特殊的心情和感受吧！

几年前的一天，我拨通了远在常州的老同学苏玉茹的手机，她告诉我正坐在儿子开的小车里，行驶在通往镇江的旅途上。我脱口而出，说了句："别忘了尝尝金山寺的素包子。"半个多世纪过去了，说到镇江，挥之不去的依然是金山寺的素包子。我终于明白了，我怀念的哪里只是美味的素包子啊！它对于我，如同一个载体，是寄托，也是情感的连结点。真正让我难以忘怀的是那段艰苦、紧张而又快乐的部队生活，还有那位待我们平等友爱、亲如兄长的黄指导员啊！

2013 年 5 月 30 日于北京寓所
（原载《芳草地》2013 年第 3 期）

漫说金华火腿

金华火腿是浙江的名产。我是浙江人，父亲非常喜欢吃火腿，从小受他的影响，我也喜欢吃火腿。那时，家里总是整只地买进，挂在房檐下，想吃时就切一块，或蒸或炖，吃完了就再买一只。当然，我们只是吃，一切烹制全靠母亲完成。不过，在耳濡目染间，我对火腿的特点、吃法多少也有些了解。

金华火腿最经典的吃法，也是我父亲最爱吃的，就是清蒸。选取火腿的中腰封或上腰封，洗净后在滚水中稍煮一下，取出沥干水后切成薄片，码在大碗中，放上绍兴黄酒，上锅蒸约一小时即可食用。一次吃不完，下次可再蒸再食。清蒸最能保持火腿的原汁原味，清香醇厚，鲜而不腻，很有嚼头。梁实秋在《雅舍小品》中曾说北方的馆子里，把一大块火腿煮熟，用快刀切成薄得几乎透亮的肉片，夹在馒头里，吃起来异常的鲜香。我想这是适应北方"馍夹肉"的改良吃法，与米饭相配,还是清蒸后略带点汤汁的为佳。

　　金华火腿的另一种经典吃法,就是火腿炖鲜肉。即用火腿、鲜肉各半,切成方块,如用爪子部分,则需要把骨头卸开,洗净后放在砂锅里,先用大火烧开,撇去浮沫,再用文火慢慢炖三四个钟头,只需放入黄酒、稍加盐即可,不用其他调料。苏州、无锡一带称之为"咸笃鲜"。"咸"也可以用咸肉,但味道不如火腿醇厚,如能放一些冬笋块儿进去,那味道就更加鲜美了。一个"笃"字,则十分准确形象地点明了它的制作特点,在细火慢炖中,肉块越来越绵软,汤汁越来越浓鲜,味道越来越醇厚。叶圣陶早期的短篇小说《潘先生在难中》,开头写了潘先生为了躲避兵祸,带着妻儿逃难到上海,好不容易在一家小旅馆住下,已到晚饭时分,七岁的小儿子提出要吃火腿汤淘饭。每每想到这个细节,我总会忍俊不禁。因为小孩子太天真也太不懂事,他要吃的正是这种需用文火慢慢炖的火腿汤,在逃难中,父母怎么可能满足他的要求呢!也由此想到我们小时候,我和姐姐都喜欢吃火腿汤淘饭,白米饭上,舀上两三汤匙的火腿汤,汤汁渗进去濡湿了米粒,几乎用不着吃别的菜,三口两口,一碗米饭很快就下了肚,真是满嘴鲜香啊!"淘饭",这是江浙一带的方言,一个"淘"字,用得很生动,很传神。如改为"火腿汤拌饭",意思倒还相近,但神韵全无;如改为"火腿汤泡饭",则和原意相差甚远了。

除此之外，以火腿作为辅料的菜肴也很多，如火腿冬瓜汤、火腿白菜汤、火腿干蒸蛋、火腿鸡蛋羹等，味道都很不错。也可用熟火腿丁、鲜豌豆蒸饭或煮饭，吃起来咸香软糯，别有风味。故乡嘉兴的粽子颇负盛名，其中一款"火肉粽子"，也很受欢迎。听母亲说，凡用金华火腿烹制的菜肴，切忌用油煎炸，它和洋火腿是不一样的，更不要用酱油做调料，否则会影响火腿口味的纯正的。

大文豪鲁迅喜食火腿。许广平在回忆文章中说："吃的东西虽随便，但隔夜的菜是不大欢喜吃的，只有火腿他还爱吃，豫备①出来不一定一餐用完，那么连用几次也可以。"（引自《许广平文集》第二卷93页）话说得很平实，但一样东西，可以连着吃几次，也可以看出其喜爱的程度了。据说鲁迅尤喜食火腿炖干贝。干贝，又称江珧柱，是用扇贝、江珧贝的闭壳肌干制成的，是海味中的珍品。我吃过用它泡软了炒蛋或煮汤，味道都很鲜美，只是没吃过火腿炖干贝。不过，这两道食材本身都极鲜美，放在一起炖煮，想必味道不错。鲁迅不仅自己喜食火腿，也常以此馈赠友人，当然也有友人大概知鲁迅喜食火腿而相赠的，翻阅鲁迅日记，不乏这方面的记载。如1934年2月14日记有："晨亚丹返燕，赠以火腿一只，玩具五种，别以火腿一只，玩具一种，托其转赠静农。"

---

① 本书引用现代作家作品，均依照原文，不作统一规范。——编注

同年9月2日记有:"上午内山君归国省母,赠以肉松、火腿、盐鱼、茶叶共四种。"1936年1月20日记有:"夜费慎祥来并赠火腿一只,酒两瓶。"看来鲁迅对金华火腿,的确情有独钟。

我的老伴是北方人,小时候看见南味店里挂着的火腿,却并没有吃过火腿。1965年初,母亲来京住了一段时间,不仅教会了他制作火腿的方法,也引起了他吃火腿的兴趣。不过那时候,物资匮乏,我们工资也不高,买鲜肉要用肉票,买火腿虽不用肉票,但价格不菲,所以也只能偶尔食之,他很少有施展这方面厨艺的机会。直到改革开放,市场供应充足了,家中经济也逐渐好转,吃火腿不再是件难事。那时西单、西四菜市场或者南味店里,卖火腿既有整只的,也有按部位切开分段出售的。我们一般都选取后者,随吃随买,或蒸或炖,既新鲜又方便。火腿炖鲜肉,成了我老伴的拿手菜,亲友、同学、学生到家里吃饭,餐桌上总少不了它,颇得同食者的赏识。但是,我却越来越觉得火腿的味道不如从前了,原因恐怕很多。涉及火腿的原料,即猪种的优劣。涉及腌制的时间,小时候家里喜欢买"陈腿",当然不能像酒一样越陈越香,相对而言,腌制的时间长一些,味道更醇厚;而现在一般腌制的时间都较短,出于资金周转的需要,也出于卫生的要求,据说腌制时间过长,会增加致癌物的。涉及生产的地点,一般以金华和东阳出品的火腿为最好,但是现在生产的地区在扩大，厂家越来越多，难免良莠不齐，我们曾买过一只火腿，从外形看还可以，吃起来味儿却怪怪的，细看商标，是衢州出品的。也涉及我自身口味的变化，年纪大了，许多东西都觉得不如小时候的好吃，火腿也不例外。而我的老伴，没有这种今昔的对比，仍然很喜欢吃火腿。

近十年来，分部位切割出售的火腿，逐渐在市场上消失，要吃火腿，就得买整只的。我们年龄越来越大，力气不足，家中的刀又钝，这竟成了吃火腿的新难题。于是，能不能切割开，成了我们买火腿的前提。学校对面的稻香村南味店，内有肉案，只要不太忙的时候，他们还是很肯帮忙的，可惜只在年节时卖，平时很少有火腿；到了大超市里，就很难解决了。去年岁末，走进物美大卖场，货架上一款"江南村"的金华火腿，真让我眼前一亮。原来它按火腿的部位分割了几刀，又浑然合为一体，外面依然是精美的包装，无论自己吃还是送礼，都很方便。好聪明的厂家啊！在好几种火腿品牌中，我毫不犹豫地选择了它。懂得消费者的心理，了解消费者的需求，这样的商家、厂家，实在值得称道。

前些时候，我们又去物美大卖场购物，货架上醒目地放着一排金华火腿，依旧是那分段切开又合成一体的熟悉包装，本想买一只，可惜没带够钱。当我们再次来到这里时，找遍货架，却不见了金华火腿的踪影，难道已经卖完了吗？便向一旁的售货员询问，回答却是："摆放了一段时间，没有人买，价格又贵,只好退货给厂家了。"我听了有些黯然。驰名中外的金华火腿,当年梁实秋、叶圣陶、鲁迅所熟悉喜爱的美味佳肴,竟如此被冷落,我不禁为它的前景感到担心。当然,我接触的范围很小,很多年没有去过北京的大市场,更不了解金华火腿的总体销售情况,但愿我所遇到的,只是一个个案,但愿我的担心,只是杞人忧天而已。

2011年12月15日于北京寓所
(原载《芳草地》2012年第1期)

说说吃螃蟹

我这里说的螃蟹,指的是河蟹。

龙年正月十五早晨,老伴80年代初的研究生,如今早已是教授、博导的刘勇打来电话,说要给我们添一道菜。是什么?还打了个哑谜,说送来就知道了。同住在校园里,不一会儿他就来了,原来是螃蟹。个头虽不算大,但六只都是雌的,而且还很鲜活,是他和夫人昨晚刚从盘锦带回来的。从电视里我看到过,盘锦在稻田里养蟹,又以蟹肥田,取得了两利的收获,如今是眼见为实了。蒸熟后只只满黄,这真让我这个南方人也感到吃惊了。他们有什么高招,在北国能让螃蟹在正月十五之时,还只只鲜活、只只满黄呢?

现在一说起螃蟹,就是阳澄湖大闸蟹。试想阳澄湖不大的水域,岂能养殖如此多的大闸蟹供全国许多大城市以至于港台地区食用?现在北京市场上供应的大闸蟹,真正产自阳澄湖的能有几许？真真假假，实在让人难以分辨。其实中国幅员广阔，尤其是江南水乡，出产好螃蟹的地方还是很多的。我的故乡嘉兴，就有极其鲜美的大螃蟹，蟹脚上长着黑黑的毛，不像阳澄湖的蟹毛是金黄的。小时候，每当桂花飘香蟹正肥的季节，父亲就会托人整篓子地买进，大的一只有十四两重（那时的一斤以十六两计算），小的也有半斤重，吃完再买，一个季节总要买三四次。每次买回，我们就大吃一顿。说是大吃，对于我们小孩子，一大只也就足够了，蟹是凉性的，吃多了并不好。

吃蟹是一件很快乐的事情，它不仅味道鲜美，而且还有很多乐趣。九十月间，雌蟹正肥，掰开蟹斗，那满兜的蟹黄，还有那火红火红的蟹子，真让人馋涎欲滴、胃口大开。到十一月北风渐紧，正是吃雄蟹的好时候，凝脂似的蟹膏，肥腴而不腻，吃到嘴里，别有一番滋味。蟹肉鲜美肥嫩，蘸上姜醋，有时还允许我们喝几口黄酒或米酒，那真是人世间的美味啊！吃完了蟹壳里的蟹黄、蟹膏，就该寻找"蟹和尚"了。鲁迅在《论雷峰塔的倒掉》里说："秋高稻熟时节，吴越间所多的是螃蟹，煮到通红之后，无论取那一只，揭开背壳来，里面就有黄，有膏；倘是雌的，就有石榴子一般鲜红的子。先将这些吃完，即一定露出一个圆锥形的薄膜，再用小刀小心地沿着锥底切下，取出，翻转，使里面向外，只要不破，便变成一个罗汉模样的东西，有头脸、身子，是坐着的，我

用螃蟹大螯夹子制作的小蝴蝶

们那里的小孩子都称它'蟹和尚',就是躲在里面避难的法海。"我当时自然没有读过此文,但是我母亲是杭州人,常听她说起许仙、白蛇和法海的故事。后来连玉皇大帝也嫌法海多事,要捉拿他,他无处可逃,只好躲到螃蟹壳里。这个民间传说,好像就是在吃螃蟹时听父亲说的。我和姐姐都很有兴趣在蟹壳里寻找那个多管闲事的"蟹和尚",小心翼翼地把薄膜切开,翻转过来,摆在桌上,比着看谁找得更完整,更像和尚。我们还把大螯上能掰下的那只夹子,左右两个,併合在一起,粘在墙上,就成了一只展开着乳白色翅膀的蝴蝶了。此种情景,仿佛还在眼前。

父亲喜欢食蟹,但牙齿不好,母亲特为他做一道叫"蟹糊"的菜肴。制作的程序并不复杂,只是很费工夫。螃蟹蒸熟后,需将蟹黄、蟹膏、蟹肉一一剔出、剥出。苏州松鹤楼餐馆有一道名菜,叫"雪花蟹斗",就是将剥出的蟹肉、蟹黄,配以葱姜丝,用猪油炒过,调味后再放回到一只只蟹斗里,并在蟹肉上覆以一层用蛋清调制的雪花糊。造型美观,味道鲜美,食用方便,堪称食蟹一绝。母亲制作的蟹糊和松鹤楼炒蟹肉的方法很相似,只是猪油用得更多,出锅前用盐调味,放在碗里,冷却后猪油与蟹肉凝为一体。要吃时,舀上两勺,拌在热气腾腾的米饭里,又软又香,蟹肉极嫩,很适合父亲食用。小孩子总是要尝尝鲜的,我也吃过蟹糊拌饭,味道的确不错。

读过《红楼梦》的人，大概还会记得贾府的那顿螃蟹宴，用刘姥姥的话说："这样螃蟹……再搭上酒菜，一共倒有二十多两银子。阿弥陀佛！这一顿的银子，够我们庄家人过一年了。"不仅食蟹的场面写得热闹生动，曹雪芹也深谙食蟹的方法，且看他是怎样描写王熙凤伺候贾母、薛姨妈、宝玉这桌人吃螃蟹的："凤姐吩咐：'螃蟹不可多拿来，仍旧放在蒸笼里，拿十个来，吃了再拿。'一面又要水洗了手，站在贾母跟前剥蟹肉。头次让薛姨妈，薛姨妈道：'我自己掰着吃香甜，不用人让。'凤姐便奉与贾母；二次的便与宝玉。又说：'把酒烫得滚热的拿来。'"的确，螃蟹以蒸食为最佳，而且要吃热的，再配以滚热的酒，既助兴又去凉，而"自己掰着吃香甜"说得更是在理。这如同嗑瓜子，磕的过程是闲适、是乐趣，要是把一把把的瓜子仁放在嘴里大嚼，有什么情趣可言呢？吃螃蟹也一样，剔出来的蟹肉固然鲜美，吃起来也省事，但却失去了自剥自吃的那份惬意和快乐。

许多年前我听说一个笑话：一位上海旅客乘火车来北京，火车启动不久，他就在火车的小茶几上铺上纸，取出一只螃蟹，有滋有味地吃起来；先吃蟹脚，再吃蟹斗、蟹脐，最后吃蟹身；慢慢地咬，慢慢地剥，慢慢地吃，直到丰台站，才总算把这只螃蟹吃完了。那时还没有"高铁"，可见时间有多么长了。这是北京人在编排调侃上海人呢！而据我所知，上海人确实喜欢食蟹，也会吃蟹。真正会吃螃蟹的人，是完全不需要什么"蟹八件"的，全靠手剥嘴咬，还会巧妙地用蟹脚上的尖爪剔取蟹肉，吃剩下的蟹壳清清爽爽，找不到一丝蟹肉，而且吃得速度还不慢。我没有这种高超的本领，只因为从小吃惯了螃蟹，如今虽然年逾古稀，依然喜欢自己剥食，只是渐感气力不足，速度愈来愈慢，吃得也愈来愈少了。

今年国庆的次日，刘勇又送来了螃蟹，还是六只，这回雌雄各半。它们产自江苏淮安，个头比盘锦的要大得多，青壳大蟹，鲜活异常。我很感谢刘勇的这份心意，我的老伴是北方人，对河蟹不太在意，也不大会吃，他知道真正喜欢吃螃蟹的人是我。从童年到老年，我对螃蟹的兴趣依旧，可惜食蟹的能力，已经大不如前，恐怕快要到"无福消受"的地步了。

写于2012年11月4日北京初雪时

（原载《包商时报》总119期，2013年1月25日）

茯苓·茯苓夹饼

1955年到北京上大学，第一次走进位于王府井的东安市场，在琳琅满目、花色繁多的食品中认识了它——茯苓夹饼。长方形的纸盒子，浅黄的底色上印着棕黄色的花纹，盒盖的上方还开着一个圆形的口，透过玻璃纸，可以看到里面白色的茯苓夹饼。这在当时，已经是颇为精美的包装了。听说它原是清宫中的食品，尤为慈禧太后所喜爱。我是学生，没有闲钱，不会有买来尝尝的奢望，只是出于新鲜、好奇而已。

真正吃到茯苓夹饼，已经是三十年之后的事情了，大概还是别人送的，因为我不会特意去买它。依旧是黄棕两色相交的长方形的盒子，依旧是颇为精美的包装，盒中装着十多块茯苓夹饼。原来它是在两片白色圆形的茯苓薄饼之间，夹上一层由芝麻、核桃碎和糖拌和着的馅，这大概就是称之为"夹饼"的由来吧！掰一点薄饼放在嘴里，脆脆的，濡湿后还有点韧劲儿，没有什么特别的味道。那色泽、那形状、那触摸时的手感，让我想起儿时画贺年卡的通草纸，觉得它们有许多相似之处；当然，通草纸是决不能入口的。细细品味茯苓夹饼，虽然称不上特别的好吃，但大体还过得去，清香可口，甜而不腻。后来我回南方，曾以它作为北京的土特产馈赠亲友。而作为茯苓夹饼的主要原料茯苓，我当时对它并不很了解，也没有去深究。

从1994年秋至今，我已经有十八年服中药的历史了。我的病患主要在心脏，气血两虚，而脾也虚弱多湿热。从中医的观点，治心必须同时健脾，所以在病情逐渐稳定之后，健脾养心是医生为我开处方的侧重点，而茯苓也就经常出现在我的药方中。为此我还查过药谱，久而久之，对它也就颇为熟悉了。茯苓是寄生在松林里的一种菌类，它从松树的根部吸取养料，在土中形成球形、椭圆形或不规则的块状体，表皮棕褐色或黑褐色，有皱折，内部白色或淡红色，以大而坚实者为佳。我国许多省份如云南、贵州、安徽、浙江、福建等均产茯苓，尤以云南野生者质量为最好，俗称"云苓"。它性平，味甘淡，不仅可以食用，更是一味健脾除湿、宁心安神的良药，对此我有亲身的实践，感受深切。茯苓周身都可入药，与松根相连的部分，称"茯神"，其余按部位分别制成茯苓皮、赤茯苓、白茯苓等饮片。我一直服用的是白茯苓，即去皮后靠近中间的白色部分，制成饮片后呈片状或方形的小颗粒，色白，质实，平滑而细腻。新鲜、原形的茯苓，可惜我没有见到过。

前一些时候，北京卫视《养生堂》栏目里，一位中医大夫从茯苓说起，联系到那位精通养生之道又极会享受的慈禧太后，据说她常用的六十四味中药里，使用频率最高的当属茯苓了。不仅药用，她还将古已有之的茯苓饼，加馅后成了一款又健脾、又好吃的传统食品，足见其对茯苓的喜爱和看重。听了这番叙述，倒引起了我对那久违了的茯苓夹饼的兴趣。到超市里一看，如今的茯苓夹饼早已是花样翻新了。买了一种袋装的茯苓夹饼，个儿比从前的小多了，中间的夹馅有桔子、草莓、波萝等多种口味，每一块饼都用塑料小口袋密封包装，做得很小巧，从薄饼中透出的夹馅的颜色也很可人；但是吃到嘴里，味道却不敢恭维，所夹的馅，无非是果汁拌淀粉罢了。后来买到一种不带馅的、也有多种口味的茯苓饼，松松脆脆的，不难吃，但已经不是传统意义上的茯苓夹饼了。后来终于在一家著名的食品店里，买到了盒装的芝麻茯苓夹饼，虽然不是当年的包装，而内里的茯苓夹饼，从外形看和过去的完全相同，只是吃到嘴里还是腻腻的，少了那种香脆可口、甜而不腻的风味，可能还是因为夹馅中缺了核桃碎而加了太多的淀粉吧！这样一来，成本倒是降低了，而质量可就难以保证了。我这个人不算保守，更不反对创新。现在用茯苓加工制作的糕点、小食品，花样很多，如茯苓蛋糕、茯苓果脆、茯苓脆饼等。为了适应更多人的需求,茯苓夹饼可以有多种口味,但是作为传统的食品,至少有一款能保留其原有的风味、原有的特色吧!更何况创新就是对传统的继承和发扬,总该越来越好吧!

我已经有十多年没有去逛王府井了,当年的东安市场早已改建更名为东风市场了。不知道在那里还能买到包装精美、口味纯正的茯苓夹饼吗?

2013年5月22日于北京寓所

萝卜丝饼

北师大西门外，有一家名为花港观鱼的餐馆。花港观鱼，本是杭州西湖十景之一，以此命名，总有点江南的风味吧！趁着国庆假日女儿女婿来看望，便一同前往品尝。用活鳜鱼制作的菜肴，味道不错；还吃到了油爆河虾，据说这虾是直接从南方运来的。见菜单上有一道萝卜丝饼的点心，这可是我从小就喜爱的食物，便要了一份。送上来后，才知道与我想象中的完全不同，它是用烤箱制作的，白色圆筒式的纸里，裹着一枚烤得金黄的食物，真像一只大蚕蛹，说"饼"实在是有些不妥。吃到嘴里倒也酥酥的，不难吃，可也吃不出萝卜丝的味道。说实话，我还是更喜欢家乡土法制作的萝卜丝饼，外焦里嫩，鲜香可口。

故乡的萝卜丝饼，用料简单，一盆调得不稀不稠的面糊，一盆用盐、葱花拌好的萝卜丝；制作的工具也简单，一口油锅上，一半架着铁丝小网，有四五个做饼的模具，用铁皮制成，呈椭圆形，高约一寸，大小如同一块香皂，带着一根头上弯曲的长柄，不用时可以挂在铁丝上；制作的方法更简单，把模具先放在油锅里预热，然后放进一勺面糊，面糊上放些萝卜丝，萝卜丝上再覆盖一层面糊，就放入油锅里炸，定型后饼就从模具中脱出，待两面都呈金黄色时，用长筷子夹出，放在小铁丝网上控油，外焦里嫩、鲜香可口的萝卜丝饼就做好了。师傅们的动作十分麻利，四五个模具轮番使用，不一会儿油锅里就飘起了一层萝卜丝饼，小铁丝网上也码起了许多的萝卜丝饼，顾客可随来随买。因为制作简便，卖者一般都在路边设个小摊，也有的只需一副担子，沿街走巷，随到一处，现做现卖，非常方便。

我从小就喜欢吃萝卜丝饼，但不能尽兴。因为家教比较严，不允许小孩子随处买零食吃，最简单的办法，就是不让我们随身带零用钱，想吃什么，告诉母亲，买回家里来吃。母亲知道我喜欢吃萝卜丝饼，有时也会买一些，但不会常买，何况这萝卜丝饼需现做现吃，刚出锅的焦黄香脆，咬下去还有些烫嘴的，那才好吃呢，买回家来味道就差远了。这种萝卜丝饼，是江浙一带很普通的小吃，真正让我吃得尽兴，还是1953年到常州工作以后。那时我已随单位从部队集体转业到地方，由供给制改成了包干制，口袋里有了一些闲钱，1954年末又改为薪金制，每月四十八元。这些钱当时可以养活一家三四口人，雇一个保姆，只要管吃，每月工钱七八元。我，一个十几岁的女孩子，没有负担，有时给父母寄点钱，也只是表表心意而已，他们并不靠这钱生活。而萝卜丝饼不过两三分钱一块，想吃多少都可以，就怕自己吃不下呢！不光有了钱，当时食用的条件也极方便。我们的食堂安排在一所宽敞的平房里，房前有一个小广场，大概认准了这是个赚钱的好地方，早饭晚饭时分，总聚集了一大堆小食摊，非常热闹。其中当然少不了卖萝卜丝饼的小摊，依然是那熟悉的制作方法，依然是那焦焦脆脆、鲜香可口的味道，买上两个，到食堂里喝上一碗豆浆或稀饭，一顿早饭就解决了。常买常吃，并不觉得厌烦。当然，我也会换着口味吃其他的小吃，小笼包、豆花、小馄饨、线粉油豆腐、糖芋头……那一段时间，我特别喜欢买零食，吃零食，不光自己吃，也常请伙伴们一起品尝，也许是对小时候不许带零钱、不许买零食的逆反心理吧！直到1955年考上大学来京读书，才改变了这一切。调干助学金每月二十五元，扣除了伙食费，就剩下十二元五角了。在北京自然吃不到萝卜丝饼了，而这钱既要买生活用品，又要买书买本，我也就不再乱买乱吃零食了。

最后一次吃到萝卜丝饼是在上海。1981年9月，学校组织中学部的学科组长去上海的中学参观学习。那天要去育才中学，当时的校长段力佩先生，是一位有志于改革的教育家，他来北京时曾来过景山学校，听过我的课并交谈过，对于语文教学改革，他有很多设想，也采取了不少措施，这次有机会实地参观听课，与老师们直接交流，我很想多看看、多听听。我们住在提篮桥附近的旅馆里，顾不上吃早饭，就和同伴们乘车前往，到学校后见时间尚早，便蹓跶着到近处吃早点。大约在虹口公园（现已改名为鲁迅公园）附近，有一排卖早点的小摊，糙米饭、小笼包、炸油条……在一个摊位前，我站住了，依然是那种熟悉的模具、那熟悉的制作方法，便对一旁的冯老师说："这不是萝卜丝饼吗！"她是南京人，当然很熟悉这种小吃，我们便买了不少，和老师们分享。杨、邹等几位老师是北方人，从没有吃过这种点心，一边吃一边说："还挺好吃的。"对于我，这萝卜丝饼如同故友重逢，吃起来格外鲜香，格外有味，有位老师买来了糙米饭，对这种用蒸熟的糯米饭裹着油条的饭团子，我兴趣不大。三十多年过去了，在大上海路边大啖萝卜丝饼的情景，仿佛还在眼前。

如今，在江南的城镇里，不知道是否还保留着这款传统的小吃？萝卜，消食顺气，又极便宜，是地道的大众食品，各地用它制作糕点的，也不在少数。如广东的萝卜糕，也在调制的面糊里加萝卜丝、广东腊肠等蒸制而成，据说至今仍是广东甚至台湾一带年夜饭上必备的食物。从健康饮食的角度，与广东的萝卜糕相比，萝卜丝饼确实存在弊病，它是人们忌讳的油炸食品，又在露天制作，不合卫生条件。不过话虽这么说，如果真有一挑卖萝卜丝饼的担子出现在眼前，我还是抵挡不住儿时美食的诱惑，会买来大快朵颐的。

写于甲午马年元宵节前后

故乡的无角菱

故乡嘉兴的南湖,又名"鸳鸯湖",据说湖中以多鸳鸯而得名,风景优美,湖心小岛上的烟雨楼,建自五代,自古就是揽胜之地。1921年7月,中共一大从上海迁至此处的游船上继续召开,它成了中国共产党的诞生地,从此更是声名远扬。不过故乡的南湖还盛产一种鲜嫩美味的无角菱,现在知道它的人,恐怕并不太多。自从1950年离开嘉兴之后,我再也没有吃到这种菱角,其间曾经回去过几次,终因不是采菱的季节,而错失了机会。故乡南湖的无角菱,勾起我儿时的记忆,寄托了我的浓浓的乡情。

菱与莲一样,都是草本的水生植物,根植于淤泥之中。所不同者:莲蹿出水面生长,开花结实,团团的荷叶,清丽的荷花,还有那可爱的莲蓬;而菱则生长于水中,叶柄有气囊,小小的叶片浮在水面上,所结的果实则没入水中,那就是菱角。小时候乘小船经过菱塘，望过去，绿莹莹的一大片，比之热闹的荷塘，自有其静谧的美丽。菱角，一般有两角的，也有三角、四角的，甚至是多角的刺菱，形似元宝。故乡的无角菱，顾名思义，就是没有角，原本长角的两头变得浑圆、光滑，有人称它为圆角菱，也许更为准确，它个头比较大，就更像一只只肥硕的小元宝了，非常可爱。采菱时，船不易进菱塘，采菱人是坐在大木盆里去采撷的，采得多了，就送到菱塘外面的小船上。他们游动、穿梭在菱塘里，那场面一定很热闹、很有趣。可惜我没有亲见过，大概与古诗中描写采莲的情景很相似。

最先上市的是新鲜的嫩菱。水灵灵、嫩绿嫩绿的，外形就很好看，最宜于做水果生吃，剥去外壳，露出白白的菱肉，嚼起来嫩嫩的，略有甜味，很爽口，印象中比鲜莲子还好吃。不过嫩菱也很娇贵，需吃当天采撷的，隔宿再食，味道就差远了。蒋介石是浙江人，听说喜食南湖鲜菱。当鲜菱上市之际，会快速从上海空运至南京，委员长就会品尝到当天采撷的南湖鲜菱了。当时有此传闻，不知真假。果真如此，则与"一骑红尘妃子笑，无人知是荔枝来"颇相似，只不过古代借助快马而现代动用飞机而已。鲜菱也可以制作成菜肴熟吃。母亲很喜欢做一道鲜菱嫩豆腐羹，将菱角去壳后，与嫩豆腐烩制在一起，勾一点薄芡，如果再配上点鸡汤，味道就更鲜美了。在炎炎的夏日里，喝上一小碗飘着淡淡菱香而又清淡可口的羹汤，很开胃，很舒服。

到了秋天，就该老菱上场了。它外壳发硬，颜色也从嫩绿变为深绿色，通常就是带壳煮熟了吃，如同煮玉米、煮白薯一样。八岁那年，我第一次踏上故乡的土地，在马库汇老宅，有一天下午，小婶娘煮了一大锅老菱，这也是我第一次吃到故乡的无角菱。孩子们在一起边吃边玩，吃得高兴，吃顺了嘴，那天我连晚饭也吃不下去，胃里很不舒服。父亲是医生，向来反对暴饮暴食，"少吃多滋味，多吃坏肚皮"，这是他常挂在嘴边的一句话。他告诫我，老菱好吃，但不易消化，会吃坏肚皮的。从此，我再也不敢放肆地吃老菱了。除了熟吃，还可以把老菱制作成风菱。方法并不复杂，把老菱买来，放进陶瓮里，倒扣在地上，几天后再倒出来，洗净外壳上腐烂的皮，控干水，然后把它置放在竹篮里，挂在阴凉的房檐下慢慢风干。随着它的外壳越来越硬，变成深褐色，老菱也就成了风菱了。它易于保存，可以一直吃到旧历年下。这也是一种特殊的保鲜办法，菱肉在硬壳的保护之下，保留了不少的水分，吃起来依然很爽口，比鲜菱还甘甜，细细咀嚼，别有一番滋味。

故乡的无角菱，称得上是菱中的上品，不过菱角并非奇珍异果，它还是属于普通的、大众的食物。六十多年过去了，留在我记忆中的菱角，竟是那样地美好，无论老的、嫩的、生的、熟的，都那样地好吃，令人回味。一事一物总关乎情，它如同故乡的老宅、粽子、螃蟹一样,承载着我的怀乡之情。

上个世纪80年代,秦牧的散文《菱角的喜剧》选入高中语文课本。秦牧的散文知识丰富,长于议论,善于把某些道理融会在生动的叙事之中,《菱角的喜剧》也有此特点。作者以自己从做小娃娃时就熟悉而又吃了半辈子的菱角入题,原本以为菱角都是两只角的,在广西,第一次见到有三个角的菱,很吃惊,后来在重庆又见到了有四个角的菱,更是大大吃了一惊,后来知道浙江嘉兴还有一种无角菱。小小的"菱角家族",让他认识到事物有一般性,还有特殊性,从中悟出了"同中有异"的道理。"菱角家族"还是最简单的,像蝗虫、蝴蝶这类昆虫,生物学书上告诉我们,竟各有两千种左右,更是复杂多样啊!生物界是这样,那么化学、物理界以至于人类本身呢?随着作者逐层深入的叙述,原来复杂性、多样性是贯穿在所有的事物中,是无往而不在的。是啊,大自然造就了事物的多样性、复杂性,那么我们面对繁杂纷纭的客观世界,岂能用简单化、绝对化、笼而统之的办法来对待呢?行文至此,作者明确地告诉我们:必须和绝对化简单化的认识方法打仗,这"捞什子"常常把人害得好苦啊!

我的学生,从小在北京长大,对菱角并不熟悉,只有很少的人见过或吃过两角菱。在讲读此文时,我以故乡的无角菱作为切入点,引起他们的兴趣。要求他们认真阅读课文,从生动的叙事中找出关键的语句,顺着作者的思路,理清文章的脉络。就这样一步一步地，不仅引发了学生对事物复杂性、多样性的思辨，也从行文的布局、从小小的菱角生发开去的写法中受到启示。一节课，讲读了一篇文章。当时的情景，依然清晰地留在我的记忆里。

故乡的无角菱，牵动着我的浓浓的乡情；故乡的无角菱，让我回想起讲授《菱角的喜剧》的往事；说起来，这也是很有意思的事情。随着市场的开放、交通的便捷，南方的水果蔬菜早已源源不断地运来北京。对于我，吃到杨梅、枇杷这类江南的水果，也不是什么新鲜的事情了。怎么就独独见不到故乡的无角菱呢？难道故乡的水域在缩小，减少了菱角的种植？难道环境的污染，影响了菱角的生长？难道致富途径的增多，抵消了乡民们经营菱塘的积极性？不管情况如何，我依然盼望着，盼望着能在北京的市场上见到故乡的无角菱。

2013 年 7 月 20 日

[附记] 写完此文，随即写信给在嘉兴的老同学应启新，问及南湖菱的情况。回信中说：自南湖整治后，已有近十年不在此处植菱了。如今植养在嘉兴乡下的菱角，大概因水域水质的关系，有点变形，个头变小，不纯正了。还说：从去年开始，南

湖又有一小块水面植菱了,产量很少。得此消息,心中怅然,不免为南湖菱的前景担心。但愿故乡的有关方面采取保护措施,使这菱中的上品得以延续、发展,不致变异、退化。

来信中还提及一则关于南湖菱的传说:乾隆下江南时,在烟雨楼吃菱,那菱本来是有角的,他把角掰掉,说有角不好,又在菱正面的中心处用指甲掐了一下,以试菱的老嫩,随即就把这只菱扔进了湖水里。从此以后,南湖里长出来的菱就浑圆而无角了,而菱中心的凹陷点,相传就是乾隆指甲留下的印痕,凹得越深,菱越嫩,越鲜甜。对此,我也是第一次听说,一并记上,以告读者。

2013年8月7日

(原载《包商时报·包商文苑》2014年3月20日,此文前半部分后又登在《南湖晚报》2014年11月2日第6版上)

躲狗记

我从小就怕狗,不管大狗、小狗、大狼狗、还是哈叭狗,凡狗必怕。好在那时候周围的狗并不多,偶尔在街上看到一只大黄狗,我就赶紧躲在大人的身后。父亲告诉我,你只要蹲下假装捡石头,它就会吓跑了,可是我从不敢尝试,怕狗会向我扑来。成年之后,怕狗的习性依旧。"文革"前后的二十多年里,作为中学教师,带学生下乡劳动那是常事。北方的农村养狗很普遍,用来看家户院,所以大都养的是狼种狗,高大、凶猛。学生分散住在老乡家里,晚上,我总要到学生的住处去看看,但人还没有进门,大狼狗就会大声叫起来,这真成了我的一道难题。不得已,只好找一两位不怕狗的男生干部陪我前去,等他们先把狗搞定了,我再进门。当时的学生,幸而还很体谅我这个老师,并不以此耻笑我或刁难我。

近二十年来，大城市养狗的风气愈来愈盛，北京也不例外。1994年夏，我刚退休不久，病情突然加重，胸闷气憋，步履艰难，每天只能在楼群间作短时间的散步。相邻的一座楼里，有一只小狗，主人常常把它放出来，自由行动，每遇到它，我就不敢前行。一次，它的主人站在门洞里大声对它说："笨笨（或奔奔），你看人家都怕你了，你还站在那里干什么？"而行动上却丝毫也没有作出要招呼它回去的样子。不管叫"奔奔"还是"笨笨"，总之，它一点也不笨，很能领会主人的意思，这是在夸它呢！就更神气活现地横身堵在路口，一动不动。而我呢，只好悻悻而退。

后来随着病情的好转，我的活动范围逐步扩大，终于能够在校园里走一大圈了。这样一来，遇到狗的机会也多了。每天清晨，京师广场一带，几乎成了放狗场，附近的人常到此遛狗，他们把狗撒开，任其奔跑、欢闹。每走到此，我总是战战兢兢的，有的小狗会突然向我冲来，大声吠叫，我只好很客气地对狗主人说："请你把狗拴起来吧！"好一点的把狗带走了，遇到不讲理的便说："你管得着吗！"我老伴脾气比较急，便会忍不住和他们吵起来，有时候还气哼哼地跑到学校保卫部门去告状，可这有什么用呢！我生性不喜与人吵架，更不愿为此而生闲气，于是就只好"躲"。这正应了一句老话："惹不起，躲得起。"我们只要看到那撒开的狗，就赶紧绕道而行，或者退回原路，好在是散步，并没有固定的目的地。在文史楼与教育楼之间，有一片大草坪，绿莹莹的，十分招人喜爱。每到此，我们喜欢绕着草坪漫步，可这也是狗主人和小狗们喜欢的场地。常常能遇见三四只小狗，在草坪中窜出窜进，撒欢戏闹，狗主人们则在一旁闲聊着，交流着养狗的经验。于是，我们也只好却步了。

这期间，我也遇到不少好心的养狗人。天天在校园里散步，原来不认识的，慢慢也面熟起来。他们看出我怕狗，相遇时，有时把狗招呼在一旁，还忙着对我说："它不会咬人的。"有的赶紧给狗拴上链子，有的干脆把小狗抱起来，等我过去后才放下来。对于他们，我心怀感激。有一位三十多岁的男士，他带着一只小狗，中等个头，皮毛黑白相间，耷拉着两只大耳朵，看似比较老实。有一段时间，我们几乎天天在校园西墙边的一条小路上相遇。他不言不语，却十分细心，看出我怕狗，便把狗链拉紧，让小狗紧贴着他的脚边，好留出较大的空间让我通过；因为那条小路实在太窄了，在此遇狗，简直可以说是狭路相逢。小路上来往的人不多，有时他也把狗放开，让它自由走动，但只要看到我从对面走来，便立刻把狗拴起来。我很感动，心里暖暖的。如果养狗的人都像他们那样，那么养狗的与不养狗的、喜欢狗的与不喜欢狗的，以至于像我这样怕狗的人之间，岂不是都可以和谐相处了，还会有什么矛盾呢？所以说到底，还是取决于人的素质的高低，取决于人的公德意识的有无。

不过，从我自身来说，躲，总是一种消极的办法，归根结底还是要不怕狗。近年来，我在周围环境的熏陶下，也有些许长进。凡是有人牵着的狗，即使体大膘肥，我也不再害怕。今年暑假，老伴生病住院，我只好独自散步，遇到那些没有拴着的小狗，试着不再躲避。起初是小心翼翼地，一次，两次……我居然能够堂而皇之地从它们身边经过，不过有个前提，小狗的主人必须在场。对于那些无主的、乱跑的狗，我依然十分害怕。一次，在科技楼后散步，一只大黑狗突然出现在我面前，毛色油亮十分健壮，原来它悄无声息地从我的身后走过来，我毫无察觉，猛然间吓得心怦怦地乱跳。前些天，又有一只无主的小黑狗，经常在校园里出没，有时还到我们楼前吃喂养流浪猫的食物。我很害怕它，总是远远地躲着，但又很同情它。它的脖子上还留着拴链子的皮圈，应该有人豢养，但何以会落到如此地步。我真希望这样的事情不再发生，这不仅因为我害怕无主的流浪狗，也因为它也是一个生命啊！既养之，就应该对它负责到底。

我一辈子怕狗、躲狗，但是也有一个例外，那就是住在我们一层的赵老师家的小狗京京，它是一只纯白色的北京哈巴。2001年春，为了离开原住处嘈杂纷乱的环境，我们以新房换旧房、买房变租房的苛刻条件，搬到了现在的住处。那时的京京，刚生下来不久，如同一个白白的小绒球，步子蹒跚，连很矮的台阶也上不去。我看着它慢慢地长大。早晨，主人牵着它出去散步,回来后还喜欢在门前的石条凳上趴一会儿,才肯回家。秋天,它喜欢追逐那飘落的树叶,憨态可掬。它生性温顺,从不对人大声吠叫。我也看着它一天天地变老。前两年,它的前腿突然迈不开步子,听它的主人说脊椎骨出了点毛病,经过一段时间的按摩、扎针,终于能恢复行走了。对于京京,我虽然不像喜欢狗的人那样去招它、逗它、抚摸它,但也并不躲避它,即使有时它到我的脚边来闻闻,我也并不害怕。看来,对于熟悉的、温顺的小狗,我也可以做到不躲、不怕。

近日,听北京电台新闻广播里说:北京的狗越养越多,每年以十万只的速度递增,被猫狗咬伤的事情时有发生,今年死于狂犬病的,已达四人。这的确应该引起有关部门的重视,必须加强管理。这也应该引起养狗者的注意,小狗,不仅仅是宠物;养狗,也不是纯粹的私事,应该认真遵守城市有关养狗的规定,为他人、为社会尽一份责任。至于我自己,虽然有些长进,也努力在改变,但是本性依然怕狗,有时也出于自我保护的需要,所以今后生活中躲狗的事情,恐怕难以避免。谨作此文以记之。

            2011年12月22日冬至

蒙昧·实用·修身养性

——我习字的三阶段

我于1942年夏入小学读书,那时的小学生是习写毛笔字的,从描红到摹写。不过那种摹写还不是真正的临帖。用现成的大字本,米字格,每页的第一竖行印有四个字,我们就照猫画虎地摹仿着写。还有一种方法叫仿影,用比较薄的毛边纸订成本子,写字时下面垫上一张字模纸,透过薄纸按其字形摹写。因为是战争年代,我的初小阶段换过许多学校,从慈溪鸣鹤场小学到嘉兴乡镇的马厍汇小学,从嘉兴市区的塘湾街小学直到后来的嘉兴市第三中心小学。几乎一年甚至一个学期就换一所学校,不过习字的情况大致相同,时间也大多安排在下午的第一节课。

老师是怎么指导的,一点印象都没有了,也许很少指导,只让我们按要求练习罢了。倒是与写大字相关的一些事,还清晰地留在记忆里。南方的冬天,教室里阴冷阴冷的,最冷的时候几乎滴水成冰。课前，我们必须把墨研好，砚台上放上水，一边研，一边出冰碴，小手冻得红红的。毛笔蘸墨后写起字来，还要不时地用嘴呵气，才能比较顺畅地把字写下来。再有就是小学生之间的恶作剧了。有些淘气的男生，故意把墨汁涂在课桌的背面，前座的女生不注意往后靠，身上就墨迹斑斑了，他却在那里偷偷地笑呢！这种倒霉的事情，我似乎还没有遇到过。到了寒暑假，假期作业中必有一项，每天习大字一篇。我总是在放假的头几天，每天写上好几篇，很快就够数了。多么可笑！这哪里是在练字啊，纯粹是应付老师。

上了高小，好像就不再写毛笔字了。我们盼望着早点上中学，可用自来水笔书写了，那时好像有一个不成文的规定，到中学后才允许用钢笔写作业。没有严格的训练，也没有认真的练习，我的毛笔字的水平可想而知了。几年下来，依然懵懵懂懂，涂鸦一片，入不了门。对自己这一段的习字过程，就称之谓蒙昧阶段吧！

等到我再拿起毛笔练字，已经是1962年了，那年10月，我调到北京景山学校工作。景山学校成立于1960年，是中宣部的实验学校，从事普通教育的改革。且不说别的，当时规定全校师生员工必须练写毛笔字，从周一到周五，每天下午半小时。为此，学校还不惜工本、郑重其事地出版了由柳溥庆编辑的三种习字帖,即《欧体〈九成宫〉标准习字帖》、《颜体〈多宝塔〉标准习字帖》、《柳体〈玄秘塔〉标准习字帖》,每人一套,供大家任意选用。这套字帖,不仅讲解了练写毛笔字的基本常识,各种笔划、笔势,还以图示范。正如编者在前言中所说:"今为便于学者临摹,编者从唐碑中选取公认为较好的欧体九成宫、颜体多宝塔、柳体玄秘塔,并选原拓初搨本为基础,按照汉字结构、笔画形式、科学书法分为八类;每类依据笔画姿态各分八种,合共六十四种不同笔画。每种笔画挑选四字或六字,作为该体书法之标准,选择时尽可能采取结构端正、笔画优美者。"对于初学者,这的确是一套很实用的习字帖。

作为语文老师,不仅自己练习写,还负有指导学生的责任。这可真难为我了,当时就我的毛笔字水平,与学生也相差无几,不得已只好临时抱佛脚了。我选的是柳体,喜欢它的结构紧凑、笔势秀美的风格,得空就拿笔练习,还求教于一位副校长。她的毛笔字很有功底,常在星期六下午给我们补课,批阅我们的习字本。好在学校强调的是实践、是练习,养成良好的练字习惯。每当下午写字的铃声响起,全校一片肃静,同学们在教室里练字,坐在教室前面的语文老师也在练字,从校长起到各处室、到老师办公室,大家都在练字。这真是一道风景,一道令"景山人"引以为豪的风景。学生的习字本,要求语文老师定期批阅,一两周一次,以鼓励为主,在写得比较好的字上划上红圈。我本身写字不行，但字写得好坏大致还分得清。本子发回时，同学们就会忙着数红圈，比谁的多。有时候在课上也要作点讲评，我就只好现贩现卖了。

这种情况一直持续到"文革"爆发。这一回，习写了近四年的毛笔字，总该有点长进了吧！事实却不尽然，大概我过于专注于语文教师的责任，让学生练好毛笔字，反倒忽略了自身的提高了，毛笔字的功底依然不扎实。不过这点水平，对付大字报的抄写，已经很够用了。对自己这一段的习字过程，就称之谓实用阶段吧！

等到我再次拿起毛笔练字，已经临近世纪之交了。时间过得真快，三十多年过去了，我已退休多年，且重病在身，胸闷气憋，行动困难。听说练毛笔字可以调养身心，有类似气功的作用，于是就拣出昔日的字帖砚台，买来纸笔，重新写起了毛笔字。记得刚握笔时，手发颤，心发慌，气喘吁吁的，连半小时也难以坚持，写出来的字歪歪扭扭的。我还是咬牙坚持，经过一段时间后，情况才有所改观。后来我的左上臂疼痛异常，听说某位国家领导人曾以写毛笔字治愈痼疾，我也尝试着用左手写毛笔字，左右开弓，坚持下来，果然有效。从此，习写毛笔字成了我的一种体能锻炼，是治病疗疾的极好的辅助手段。

柳溥庆编辑，丰子恺题写书名，北京景山学校内部使用（北京人民印刷厂1961年印刷）

随着病情的逐步稳定，我也逐渐关注起书写的技法与章法。我依旧习柳体，《唐柳公权玄秘塔碑》、《神策军碑》是我的主要范本，反复临摹。发现自己的笔道软弱无力，有一段时间，穿插着临写《北魏张猛龙碑》。启功先生在《论书札记》中说："行书宜当楷书写，其位置聚散始不失度。楷书宜当行书写，其点划顾盼始不呆板。"这是前辈的经验之谈，对我很有启发。我的楷书写得呆板，缺少灵气，我试着按此要求去做。不过这话看似简单，真正实践起来也并非易事，我正在努力之中。除了临帖，我也常常书写一些小条幅，抒发自己的心情，表达自己的情志。"宁静致远，淡泊明志"，这是我经常书写的，这很符合我进入老年、尤其是久病之后的宁静淡泊的心态。汶川大地震发生后，我书写了"逝者安息，生者奋进，多难兴邦"的条幅，表达对灾区人民的一点心意。2011年夏，老伴因病住院手术，我书写了"坚忍不拔，走出低落"，以此来鼓励自己，面对困境。我抄录过唐宋之问"桂子月中落，天香云外飘"的诗句，表达对故乡的思念之情。我还很喜欢用中楷或小楷抄录《陋室铭》、《爱莲说》、《记承天寺夜游》等古代的名文。"庭下如积水空明，水中藻荇交横，盖竹柏影也"，苏轼笔下的月夜景色，空灵、缥渺、静谧、幽深，书写着这样的文字，心灵也会变得更加明净起来。

在我的小小的起居室兼书房内，几案上方有一个不大的镜框，我常把自己写得比较满意的条幅安放其中，内容常换常新，自我欣赏，自我激励，自我陶醉，在怡情养性中自得其乐。有时，我也用自己书写的小条幅，拍照后制成贺卡或书签，送给同学友人。我有一位大学同窗，喜欢写诗，近年来我们以自制的贺卡迎新年，寄友情。她来信中说："你练书法，我写诗，都是自娱自乐，你我'书'、'诗'互赠，这是我们的幸福！不要别人叫好，我们自己拍手鼓掌就行。"这话我有同感，那么，对自己这十多年的习书过程，就称之为修身养性阶段吧！

从蒙昧到实用到修身养性，这是我练写毛笔字的三个阶段。这三个阶段的跨越，就我自身来说确实在一步步地提高，境界也越来越开阔；但从本质上说始终没有变，我一直把它定格在练习写毛笔字的框架内，与书家无关。"五四"以前，在很长的历史阶段里，毛笔一直是中国人书写的主要工具，中国文人中能写一笔好字的大有人在，而真正成为书法家的则屈指可数。而我连前辈文人的项背尚未企及，还能谈得到什么别的呢？如今我依旧跋涉、徜徉在练写毛笔字的第三阶段里，努力把字写得好一点。我很爱读王勃的《滕王阁序》，"落霞与孤鹜齐飞，秋水共长天一色"，真是千古名句！我想把它书写下来，放在案头。可是我的镜框实在太小了，十四字分两行书写，太局促了，伸展不开。我灵机一动，只取"落霞孤鹜秋水长天"八字书写，将文句的意思隐含其中。我书写了一张，放在镜框里，仔细端详，可惜"长"字墨迹洇了，

我写字的习作

两笔横道挤在一起，看着很别扭。几天后，就重写一张将它换下，这回字迹倒是不洇了，只是"秋"与"落"两字的间隔安排不妥，还是不满意。几天后，只好再写一张把它换下，直到自己比较满意为止。在很长一段时间里，我坚持每天临帖，最近两年因为忙于写文章，挤掉了不少练写毛笔字的时间，但愿以后能妥贴安排、兼而顾之。在历代的文学家中，我很喜欢苏轼的文字，欣赏他的才情，同情他的遭遇，叹服他的胸怀。几年前，我曾临摹过他书写的《赤壁赋》，成绩很不理想，很想再次尝试，即使临摹不成能用楷书恭录此文，制成小卷，那也是一件很快乐的事情，希望在新的一年里，能了此心愿。通过练毛笔字，贯通血脉，强身健体；通过练毛笔字，愉悦身心，以期达到修身养性之目的。如此而已，岂有他哉！

2013年岁末

第四辑 教学之余

略说《侍坐》的二三问题

《子路、曾皙、冉有、公西华侍坐》选自《论语·先进篇》。标题是后人根据原文第一句话加上的,也简称为《侍坐》。这一章记载了孔子及其四个弟子围绕着"言志"这个中心所进行的一次谈话。子路、冉有、公西华三人,尽管说话的口气、表达的方式不同,有的说得直率一些,有的说得委婉一些,然而实质是都希望在政治上发挥自己的才干,有所作为。四人中,只有曾皙的志向与政治无关,他向往那种洒脱自如、无拘无束的生活,在暮春时节,和友人、孩子们结伴同行,"浴乎沂,风乎舞雩,咏而归"。这本来不难理解,人各有志,孔子的本意也不过是引导弟子谈谈各自的志向罢了。但是一向热心从政的孔子,竟然说"吾与点也",就让人难于理解了。这也是《侍坐》一章历来争议较多的一个问题。

"吾与点也",这和孔子一贯的言行主张是有矛盾的。"天下有道，则礼乐征伐自天子出；天下无道，则礼乐征伐自诸侯出……天下有道，则政不在大夫。天下有道，则庶人不议。"（《论语·季氏篇》）可以看出，复兴周道，保持并巩固周天子的权力，这是孔子毕生的政治理想。鲁国的始祖、辅助成王制礼作乐的周公旦，是孔子最崇拜、最敬服的古代圣人之一。孔子本人在鲁国曾官至司寇，失官后又周游列国，目的还是希望得到诸侯的接纳，来实现他的政治理想。尽管他到处碰壁，甚至处境危厄，但是并没有放弃自己的政治理想。在当时人的眼里，他是一个"知其不可而为之"的人。即使在年老力衰的时候，他仍旧念念不忘古圣人周公，发出"甚矣吾衰也，永矣吾不复梦见周公"（《论语·述而篇》）的感叹。孔子的热心从政和曾皙的语不涉政，这之间确实存在着很大的差距，也可以说他们两人的志趣是迥然不同的。那么在《侍坐》里，孔子为什么唯独对曾皙的志向表示赞许呢？

为了弥合这个矛盾，有人对曾皙的回答作了这样的解释：他的回答似乎与政治无关，有点淡泊自得的味道，其实他所描绘的正是"大同社会"的一个缩影，所以深受孔子的赞扬。这样一来，矛盾倒是解决了，因为"大同社会"是古代圣贤（包括孔子在内）所向往、所追求的最理想的境界。如果曾皙有志乎此，那么，比起子路等治理一国一邦的志向，当然高超得多，深远得多；那么，得到孔子的赞许，也在情理之中了。但是细想起来，这种推断又似乎过于武断。在《礼记·礼运篇》里,对儒家所向往的"大同社会"作了比较具体的阐述,"大道之行也,天下为公",在这个社会里,"使老有所终,壮有所用,幼有所长,矜寡孤独废疾者皆有所养",这的确是一个人人各有所得、各有所归的理想社会。曾皙回答中描绘的情景,充满了淡泊自得的味道,但很难从言辞的本身就推断出这就是"大同社会"一个缩影的结论,又缺少旁证材料作进一步的论述。所以,这种解释,恐怕过于牵强。

那么孔子为什么赞成曾皙呢?也有人认为正是因为孔子的政治理想无法实现,所以才赞成曾皙。这种说法也许更接近于事实的本身。虽然在孔子活着的时候,就有人尊奉他为圣人,但是他毕竟是人,他也具有常人所有的喜怒哀乐的情感。当自己的政治主张、理想不能实现的时候,他也会产生矛盾和苦恼,甚至犹豫和动摇。《论语》里记载的楚狂接舆或长沮、桀溺嘲笑孔子的小故事,目的是要用这些人的消极避世来反衬孔子的积极入世的态度。不过从中也可以看出孔子为自己的政治理想而到处奔波的情景;"夫子怃然曰:'鸟兽不可与同群,吾非斯人之徒与而谁与?天下有道,丘不与易也。'"(《论语·微子篇》)从他的言谈中也可以窥见他内心的失望以及无可奈何的心情。当政治主张行不通的时候,孔子也流露过出世做隐者的思想:"道不行,乘桴浮于海。从我者,其由与?"(《论语·公冶长篇》)这样看来,弟子曾皙所追求的恬淡悠闲的生活情景,使失意中的老师产生某种思想共鸣,恐怕也是可以理解的吧!所以"夫子喟然叹曰:'吾与点也!'"。孔子虽然赞成曾皙,但从"喟然"两字中,也多少流露了他的感伤的、无可奈何的心情吧!

《论语》一书,采用了语录体。因为记录的言辞过于简约,容易产生不同的理解。《侍坐》中,这类的情况也有,争论较多的是本章的最后一段文字:"曰:为国以礼,其言不让,是故哂之。唯求则非邦也与?安见方六七十如五六十而非邦也者?唯赤则非邦也与?宗庙会同,非诸侯而何?赤也为之小,孰能为之大?"

"为国以礼,其言不让,是故哂之",是孔子对曾皙提出的"夫子何哂由也"的回答,对此并无争议。问题是在这以后的文字,究竟是孔子的自问自答呢?还是孔子与曾皙的对话?向来有不同的理解;因为理解不同,标点的方法也不相同。到底哪一种更符合原意呢?单纯从字面上看,很难作出判断。因为自问自答,当然行文中间可以不用"曰"字,但是两人对话中,省略"曰"字的情况,在古汉语中也屡见不鲜。现行中学语文教材中,认为这一段文字都是孔子说的话,即在回答了"夫子何哂由也"以后,他又以自问自答的方式,对冉有、公西华的志向作出评论。这种说法,不无道理,从行文看也还能说得通。不过,如果联系本章的上文,结合具体的语言环境,我以为把这段文字看做孔子与曾皙的对话,也许更妥贴一些。

从上文可以看出，曾晳是很想听听孔子对其他三人志向的看法的，所以他故意留后一步。但是孔子只是笼统地回答"亦各言其志也已矣"，并没有作出具体的评论，曾晳就进一步提出"夫子何哂由也"。孔子为什么笑子路呢？是笑他缺少治国的才干，还是笑他的态度太不谦逊呢？还是这两方面的原因都有呢？弄清这一点是很必要的，因为这直接关系到下面的谈话内容。对子路的政治才干，孔子一向是肯定的。这也可从《论语》的其他篇章中得到证实。鲁国的季康子曾问孔子："仲由可使从政也与？"孔子的回答是："由也果于从政乎何有？"（《论语·雍也篇》）孔子还把他的学生按特长分为四类，"德行：颜渊，闵子骞，冉伯牛，仲弓。言语：宰我，子贡。政事：冉有，季路。文学：子游，子夏。"（《论语·先进篇》）也就是说，孔子认为子路和冉求同样具备办理政事的才干。在《侍坐》里，孔子批评子路也侧重在"其言不让"上，笑他说话太轻率、太不谦虚。但是看来曾晳并没有完全理解老师的意思，以为孔子也不赏识子路的治国才干，所以又用反问的方式接连提出："唯求则非邦也与？"、"唯赤则非邦也与？"言外之意就是：您笑子路没有治国的才干，难道冉有讲的不是国家大事吗？难道公西华讲的不是国家大事吗？用这种方式提出问题，也可以说正是曾晳的聪明之处，其实这些问题（包括"夫子何哂由也"在内），都不过是"夫三子者之言何如"的具体化。曾晳一再提问,终于让孔子说出了对子路等三人志向的看法。

《侍坐》一章,从内容上可以分为前后两个部分;前一部分侧重于"言志",后一部是在"评志"。在"言志"时,孔子处在主动的地位,从自身说起,诱导弟子一一说出自己的志向。在"评志"时,孔子却处在被动的地位。他的本意是让弟子们说说自己的志向,并不打算逐个地加以评论,不过到底还是经不住曾晳的一再询问,终于说出了自己的想法。如果这种说法能够成立的话,那么顺理成章,也就很自然地把最后一段文字看做是孔子和曾晳的对话。杨伯峻的《论语译注》,对这段文字的分段和标点,我觉得很恰当,录此仅供参考:

曰:"为国以礼,其言不让,是故哂之。"

"唯求则非邦也与?"

"安见方六七十如五六十而非邦也者?"

"唯赤则非邦也与?"

"宗庙会同,非诸侯而何?赤也为之小,孰能为之大?"

《侍坐》全章不过三百多字。作为语录体的散文,能用这样简洁的文字,把人物的神态、师生言志的热烈场面,生动地记述下来，确实是很难得的。

孔门四弟子有不同的性格。子路直率鲁莽，冉有谦虚谨慎，曾晳沉静洒脱，公西华擅于辞令。在《侍坐》里，通过他们的言语、神态、动作，生动地表现出来了。这四人中，写得最生动的，还是子路。老师的话音刚落，他就急急忙忙地抢着回答，口气又那么大，"由也为之，比及三年，可使有勇，且知方也"，怪不得孔子要笑他呢。子路的鲁莽直爽，在《论语》里记载很多，孔子也常批评他，说"野哉，由也"（《论语·子路篇》），说"由也喭（鲁莽的意思）"（《论语·先进篇》）。但是比较起来，《侍坐》里写得更形象，更生动，"率尔"一词，把他的轻率急切的神态，把他的鲁莽直爽的性格真是写活了。其次，对曾晳安详而沉静的态度，也写作很真切、很自然，"鼓瑟希，铿尔，舍瑟而作"。他一边轻轻地弹瑟，一边静听子路等的谈话，神情是多么地安详、自如。当老师问到他的志向时，他又把瑟放下，直起身子彬彬有礼地回答老师的问话。短短几句描述性的语句，就把曾晳从容不迫的神态、沉静洒脱的性格表现出来了。

作为教育家的孔子的形象，在《侍坐》里也写得很好，他循循善诱，对待弟子很亲切、很平等。他善于抓住时机，在日常生活中趁弟子们陪坐的时候，引导他们谈出各自的志向。他不以长者自居，从自己的想法说起，再问弟子们的志向，师生之间谈话的气氛十分融洽。他对子路的出言不让，并不横加指责,只是以"哂之"来表明自己的态度。发现曾皙有所顾忌、不大想说自己的想法时,他又及时地给以点拨,"何伤乎?亦各言其志也!"这样的亲切,这样的循循善诱,的确表现了一位大教育家的风范。

《侍坐》里对场面的描写也很有特点。这一章完整地生动地描写了他们各自谈论志趣爱好的热烈场面。这种场面描写,仍然体现了语录体散文的特点。因为它是以孔子及其弟子的谈话贯穿起来的,所以人物的富有个性化的语言,是写好这个场面的重要原因。在对话中间穿插了一些描述性的句子,有的是为了交代出场人物以及背景的,如开头的"子路、曾皙、冉有、公西华侍坐";有的是为了描写人物的神情、动作的,如"子路率尔而对曰"、"夫子哂之";有的既为了表现人物性格,又烘托了环境气氛,如"鼓瑟希,铿尔,舍瑟而作";还有的在上下文中起过渡和连接的作用,如"三子者出,曾皙后"。这些描述性的句子,文字简练、生动,安排得又恰到好处,这是这个场面写得好的另一个原因。

《侍坐》中虽然没有正面记载孔子的思想及政治观点,只是记录了他和几个弟子的一次谈话。但是它以生动的人物和场面的描写取胜,成为《论语》里具有较高文学价值的篇章。

(原载《北京师范大学学报》1985年第6期)

《孔雀东南飞》中的疑难试答

来函提要：

刘兰芝是一个在他人看来不守礼节的妇女，虽然她漂亮无双，但为什么那些高门大户的子弟会追慕刘兰芝这样一位出身山野，不迎自归的已婚少妇呢？

（四川广元县宝轮中学赵元文）

对于《孔雀东南飞》中的这个疑点，我想是否可以从两个方面来解释。

第一，和当时的时代有关系。中国封建社会中，妇女的地位比男子低下，那是历来如此。不过对妇女的改嫁，在唐以前是比较通达的，在汉代，则更是如此。至于"好女不嫁二夫"、"饿死事小,失节事大"等,则是宋代理学盛行以后的事情了。《孔雀东南飞》的故事发生在建安年间,和它同时代的一位著名的诗人蔡琰(即蔡文姬)就不止一次地改嫁过。她最初嫁给河东卫仲道,丈夫死后回到母家;战乱中被董卓的部将所掳,流落到南匈奴后归左贤王所有,生有一子一女;后来曹操又用重金将她赎回,再嫁给董祀。从这里也可以看出,妇女改嫁在当时是不成什么问题的。出身名门的蔡文姬尚且可以一再改嫁,那么美丽无双的少妇刘兰芝可以再嫁给太守的儿子,也就并不难理解了。

第二,和民歌中夸张的表现手法有关系。在汉乐府民歌中,使用夸张的手法,这一类的例子还是很多的,如《陌上桑》中,有这样的诗句:"东方千余骑,夫婿居上头……十五府小吏,二十朝大夫,三十侍中郎,四十专城居。为人洁白皙,鬑鬑颇有须。盈盈公府步,冉冉府中趋。坐中数千人,皆言夫婿殊。"写采桑女罗敷极夸其夫婿的地位来拒绝使君的无理要求,用的就是这种手法。《孔雀东南飞》中也多处使用夸张手法,表现女主人公刘兰芝的美丽、贤能。同样,诗中写县令、太守家接踵而来的求婚,以铺叙的笔法极写太守家迎亲时的豪华场面,我认为用的也是同一手法。民歌的作者正是要通过夸张表现兰芝的美丽、贤能是闻名遐迩的,是为众多的人所仰慕的,和她的拒婚、情死等行为联系起来,更突出了她对爱情忠贞不渝的高尚品质,表现了作者对她的赞美和同情。所以,不必拘泥于县令、太守家的求婚是否实有其事,是否门当户对,而应该从民歌独特的表现手法去理解它。

(原载《北京师范大学学报》1985年第1期)

精巧的白话美术文
——朱自清和他的《绿》

（一）

《绿》是《温州的踪迹》中的一篇，属于朱自清先生的早期散文。

从 1920 年毕业于北京大学的哲学系，到 1925 年任教于清华大学，中间整整五年，朱自清一直在江苏浙江当中学教员。这时，他课余从事新诗和散文的创作，是"文学研究会"最早的会员之一。1923 年发表了长诗《毁灭》，在文坛上产生了积极的影响。1923 年春至翌年 8 月，朱自清在温州浙江省立第十中学（兼师范部）任国文教员。《温州的踪迹》中的各篇，就写在这个时期。这组散文最初发表在由他主编的《我们的七月》（1924 年出版）上，后来收在《踪迹》中。

五四运动之后,一场新的革命风暴又在孕育之中。经受过革命洗礼的中国知识分子,正在经历着一次新的分化。他们中的少数先进分子,与逐渐勃兴起来的工农运动相结合,投身到伟大的社会变革中去。但是,尚有不少处于中间状态的知识分子,虽然未被革命的激流所卷入,甚至对革命本身还很不理解,而且一时也难以摆脱封建士绅家庭从思想到生活习俗所给予的种种羁绊;但是他们富有正义感和爱国心,不满于黑暗腐败的现实。在新潮流的冲击下,动荡不定的社会,日益激化的斗争,都促使他们在矛盾、痛苦中不断探求人生的真谛,寻觅正确的生活道路。这是不少老一代知识分子所共有的思想发展历程,我们也可以由此探索朱自清先生思想发展的脉络,窥见其早期思想的一斑。

作为北京大学的学生,朱自清早就参加并经历了"五四"这场伟大的反帝、反封建的爱国运动,受到了它的鼓舞与启示。毕业后五年的中学教员生活,环境多次变迁,生活极不安定,朱自清深以为苦。在探索人生的道路中,被他称之为"刹那主义"或"中和主义"的生活态度,在这时也基本形成。在那首长诗《毁灭》中,他发誓要从此"摆脱掉纠缠,还原了一个平平常常的我!""我要一步步踏在土泥上,打上深深的脚印!"(均见《踪迹》第109—110页,亚东图书馆1924年12月出版)就是说走一条平凡而又坚实的道路,这种希望赋予朱自清的"刹那主义"以积极进取的一面。他说："丢去玄言，专崇实际，这便是我所企图的生活。""我深感时日匆匆底可惜，自觉从前的错误与失败，全在只知远处，大处，却忽略了近处，小处……所以我第一要使生活底各个过程都有它独立之意义和价值。——每一刹那有每一刹那的意义和价值！"（均见《1922年11月7日残信》，《我们的七月》，亚东图书馆1924年7月出版）这种进取的态度，踏实的精神，使他始终严肃认真地对待教育工作，并在新文学的阵地上不断实践、创新。但是，他的"刹那主义"，也有消极避世的一面，他认为生活"不必哲学地去问他的意义与价值"，只要"活得舒服些"，"我的刹那主义，实在即是平凡主义"。（均见《1923年1月13日残信》，《我们的七月》，亚东图书馆1924年7月出版）这种思想的进一步发展，使他走上了一条他自称的"死路"，而且长期不能自拔。

但是，作为一个正直的知识分子，朱自清具有坚定的爱国信念，这使他不可能对现实采取隔绝、冷漠的态度；他崇尚实际，面对人生，这也驱使他必然要对现实中发生的许多问题作出反响。因此，强烈的爱国主义精神，向上的进取态度，在他早期散文中仍然得到了明显的反映。例如，《生命的价格——七毛钱》、《白种人——上帝的骄子》、《执政府大屠杀记》、《哀韦杰三君》等篇，对于帝国主义、军阀统治和黑暗的现实，作者发出了控诉和谴责的声音。就像《绿》

这样一篇短小的记游散文，我们虽然很难从中挖掘出什么"微言大义"。但从作者对梅雨潭生机勃勃、绿意盎然的描绘中，依然可以感受到那种勃然进取的生活态度；于恬淡、宁静之中，却蕴蓄着丰富、奔放的激情，体现了作者对生活的热爱。

朱自清先生早期的散文，当时曾被誉为"白话美术文的模范"（浦江清：《朱自清先生传》，原载《国文月刊》第37期）。用白话写作，这是"五四"新文学的重要标志，朱自清是最早用白话写诗、写散文的作家之一，这正如鲁迅先生所说，写法是"漂亮和缜密的"，的确完成了"对于旧文学的示威"（鲁迅：《小品文的危机》，收到《南腔北调集》中）的任务。他善于像画家那样，用"精镂细刻"的笔触，绘制出一幅幅精美动人、意味隽永的人生画面，的确堪称"白话美术文"的模范。不过，朱自清先生早期散文的感人之处，还在于他将个人的感情、性格、情趣、风味，毫不掩饰地倾泻、渗透在这些画面之中。读其文，如见其人，如闻其声，真是让我们感受到了一个"活脱脱的朱自清"［何以聪：《朱自清早期散文的艺术特色》，收在《笔谈散文》（续编）中］。正如他所表白的："虽只一言一动之微，却包蕴着全个的性格，最要紧的，包蕴着与众不同的趣味。"（朱自清：《"海阔天空"与"古今中外"》，《你我》，商务印书馆1936年初版）唐弢在一则"书话"中说："佩弦先生后期语言比前期更接近口语，但人们还是爱读他的《背影》、《荷塘月色》，这是有原因的，不能够像有些人那样简单地用小资产阶级感情共鸣来解释这个现象。"他把这个原因归结为写得有"情致"，所以，他认为"研究朱自清后期散文的语言，注意朱自清前期散文的情致，我们将会更清楚地了解朱自清的风格"。（晦庵：《朱自清》，《书话》，北京出版社1962年6月出版）这个见解，很中肯、公允，确有见地。所谓情致，就是文章的情趣和风味吧？"精镂细刻"的描绘手法，与那种恣情横溢的情趣、别具一格的风味的和谐统一，正是构成了朱自清早期散文的独特风格。

（二）

《绿》是一篇精巧的白话美术文，它体现了朱自清早期散文的风格。

如果说《荷塘月色》的情趣在于将情景交融在一个"淡"字上（那月光下的淡淡荷塘景色，那偷得片刻消遥的淡淡情调，表现了大革命失败后，作者既不愿群居，又难于独处，既不满于现实，又不能从个人的小天地里突破的傍徨、苦闷心情）；那么，《绿》整篇的韵味和基调，正是集中在这个"绿"字上。

文章不仅取题为《绿》，也用"绿"自然地将全文勾连在一起。它结构小巧,全篇只有四段文字,大约有一千二百字。这不同于一般的记游散文,而是通过梅雨潭的绿绿的潭水,抒写作者之情。所以,第一段只用了一句话,"我第二次到仙岩的时候,我惊诧于梅雨潭的绿了。"起笔突兀,却点了题,使读者对本文抒写的中心一目了然。"梅雨潭是一个瀑布潭",写瀑布的飞流直泻,飞花玉碎般的美景,正是为了映衬梅雨潭奇异、可爱的潭水;写梅雨亭,正是为了过渡到写亭下深深的梅雨潭。这都在为下文着意刻画梅雨潭的"绿"作好铺垫。所以,作者没有详细地描述游览的经过,而只是顺着游历的足迹,对瀑布、对梅雨亭作了简洁而形象的介绍。他像一个熟练的画家,稍事勾勒,那"镶在两条湿湿的黑边儿里的,一带白而发亮的水"也立时呈现在读者面前了。他把梅雨亭比喻为一只"展着翼翅浮在天宇中"的苍鹰,突出了它那踞在"一角的岩石上"的险峻之势,给我们以凌空突起之感。"那溅着的水花,晶莹而多芒;远望去,象一朵朵小小的白梅,微雨似的纷纷落着。"此种景象,真是美不胜收,却又在读者的不知不觉中,一语点破了梅雨潭得名的来历,笔墨十分经济。在描写梅雨亭与瀑布的中间,插入了这样两句话:"这是一个秋季的薄阴的天气。微微的云在我们顶上流着;岩面与草丛都从润湿中透出几分油油的绿意。"既交代了出游的时节,也从那"透出几分油油的绿意"中,扣紧"绿"字,时时与文章要描写的中心相照应。作者就是这样巧妙地一步步把读者引向那"汪汪一碧的潭边"。最后,全文又以"我第二次到仙岩的时候,我不禁惊诧于梅雨潭的绿了"一语骤然刹笔,仍然归结到"绿"字上,与开头相映照。起笔不凡,收束利索。结尾与开头的不同处,只加了"不禁"二字,却是传神之笔。经过作者的一番描绘,连读者也"不禁"要为梅雨潭的绿所惊诧了。

"绿"字不仅在文章的结构上起关联作用,它更是全文情景交融的焦点。作者像一个善调丹青的能手,调动了比喻、拟人、联想等多种手法,从各个角度,波澜起伏地描绘了奇异、可爱、温润、柔和的梅雨潭水,把自己倾慕、欢愉、神往的感情融汇在这一片绿色之中。"梅雨潭闪闪的绿色招引着我们;我们开始追捉她那离合的神光了。""招引"与"追捉"这两个词默契得多么好啊!把梅雨潭的绿对"我"的强烈的吸引,把"我"领略那可爱的绿的急切心理,融为一体,至此,情与景真像水乳那样难分难解了。作者通过比喻不仅描绘了潭水静态的美,"仿佛一张极大极大的荷叶铺着,满是奇异的绿呀",使作者禁不住产生想抱住她的妄想;更形容了她那动态的美,"她松松的皱缬着,象少妇拖着的裙幅;她轻轻的摆弄着,象跳动的初恋的处女的心;她滑滑的明亮着,象涂了'明油'一般……"随着作者的笔触,随着作者感情的波澜,不仅我们的眼前出现了那微微泛起的绿色涟漪,而且我们的指肤间仿佛还能感受到那闪着光亮的绿波的跳动,一种柔和、明快、亲切的感情也会从心头漾起。北京十刹海拂地的绿杨，不能说不可爱；杭州虎跑寺近旁高峻而深密的"绿壁"，不能说不俊美；西湖的波，不能说不明丽；秦淮河的水，不能说不斒旋。但是在作者的眼中，在作者的笔下，它们不是太浓，就是太淡；不是太明，就是太暗，都无法与梅雨潭那明暗适度、浓淡相宜的绿相媲美！至此作者的感情迸发而出，变为直接的呼喊："可爱的，我将什么来比拟你呢？"进而展开了奇异的联想，"那醉人的绿呀！我若能裁你以为带，我将赠给那轻盈的舞女；她必能临风飘举了。我若能挹你以为眼，我将赠给那善歌的盲妹；她必明眸善睐了。"作者甚至把她想象为"如同一个十二三岁的小姑娘"，想拍她、抚她、亲她，别致地把她叫做"女儿绿"，感情柔美到了极点。那明艳多姿的画面，那逸趣横生的情怀，多么和谐地统一在一起了。在这饱含诗情、充满生趣的绿意中，透露出作者对生活的爱，升腾着作者向上的激情。

《绿》与《荷塘月色》，都是朱自清前期的散文，其格调是大体一致的。但如细细品味，依然可以看出它们之间的差别。尽管《绿》的感情过于温情脉脉，但总的基调是明快的，给人以生机勃勃、积极向上的感觉；而《荷塘月色》中，情与景的描写，都仿佛笼罩着一层淡淡的哀愁，感情更为低沉一些。我想，原因就在于《绿》写在1924年，这时，五四运动在作者身上激起的感情波涛还没有完全消失；而《荷塘月色》写在大革命失败后的1927年，现实的黑暗，使作者陷入了彷徨、苦闷之中。所以,我们从《绿》这篇纤细精巧的抒情文字中,不仅可以领略到朱自清早期散文的风韵,而且依然能够约略地感到他早期思想的脉搏。

(原载《中学语文教学》1979年第3期)

备课札记二则

朱自清的心里为什么"颇不宁静"

以情景交融著称的《荷塘月色》,是朱自清散文中的名篇。文章起笔就说:"这几天心里颇不宁静。"在这满月的光里,他漫步去荷塘,正是为了排遣这种不宁静的心情。那么,究竟什么使朱自清的心里这样地不宁静?

过去,我们对这个问题的分析,大多偏重于政治的原因。1927年,蒋介石叛变了革命,中国处在一片黑暗之中。像朱自清这样一个正直、爱国的知识分子,面对黑暗的现实,产生矛盾、苦闷、不宁静的心情,是很可以理解的,而《荷塘月色》正是写于1927年7月。现行中学语文课本的编写者,大致上采用了这种看法。在对本文的"预习提示"中说:"作者在文章里描述了一幅清幽美妙的图画:曲曲折折的荷塘,密密田田的荷叶,星星点点的荷花,淡淡的月色,脉脉的荷花……这一切又交融着作者那隐隐的、却又是深沉的孤独与苦闷的心绪。这正是那个黑暗的时代在作者心灵上的折射。"〔见高中《语文》第一册(必修),人民教育出版社,1990年10月第1版〕

为了证实上述看法的正确,人们也常常喜欢引用朱自清另一篇文章《一封信》中的一些话。如:"这几天似乎有些异样。象一叶扁舟在无边的大海上,象一个猎人在无尽的森林里。走路,说话,都要费很大的力气;还不能如意。心里是一团乱麻,也可以说是一团火。似乎在挣扎着,要明白些什么,但似乎什么也没有明白。"(见《朱自清全集》第一卷,江苏教育出版社,1988年5月第1版)此文写于《荷塘月色》之后,即1927年9月27日。表露了作者在政治风云变幻的"这年头",内心的彷徨与苦闷。这对于《荷塘月色》中"颇不宁静"的心境,的确也是很好的佐证。

对于这些看法和说法,过去我一向赞同,也是这样对学生讲的。两年前,一个偶然的机会,读了一位台湾研究者对《荷塘月色》的分析文章,引起了我的注意和思索。

对于造成朱自清不宁静的心情,这位台湾研究者的分析,则偏重于家庭的原因。他认为:"朱自清写这一篇散文的时候,虽然任清华教授,也把夫人和二、四两个孩子接到了北平,然而却是一生当中最落寞的时候。"因为姨娘的原因,早在来北平之前，他和父亲之间的关系就很紧张。到北平后，虽然把长子和次女仍请母亲带回扬州，但是和扬州的老家几乎断绝了关系。"父亲不欢迎他回去，他除了每月寄钱之外，写信也是得不到回音的"，"这时候，虽然在北平有了小家庭，可是却有两个孩子远在扬州；尤其放不下心的是父亲始终不曾改变态度，一直没有回信，所以心里不能宁静。而暑假开始，自己却不能南下，一方面'宁汉分裂'所造成的混乱局势，再就是不愿意惹父亲生气，那么只好忍受着、压抑着，确是非常痛苦的。"（以上引文见周锦著《朱自清作品评述》，台湾智燕出版社，1978年4月初版）此论及的朱自清的家庭情况及写《荷塘月色》时复杂的家庭背景，这些资料应该说是真实的，行文也是可信的。这种因一夫多妻制造成的家庭内部矛盾，在中国旧式的家庭中并不鲜见。

那么，回过头来看，究竟是什么使朱自清的心里"颇不宁静"，是政治的原因，还是家庭原因？平心而论，恐怕这两者兼而有之。朱自清是进步的、爱国的，政治的黑暗，当然令他不满也不安；而家庭事的纷扰，也使他十分挠头；更何况暑假已至，无论是时局的混乱，还是父亲的固执的态度，都使朱自清想南下而无法南下。试想，在一个活生生的人身上，国事与家事又岂能如此泾渭分明而又不相掺和呢？现实的黑暗，家事的纷扰，无非使朱自清不宁静的心情更加地不宁静罢了。如果我们过分地强调一个方面，而排斥另一个方面,难免会失之偏颇。至于文中写到作者由眼前的荷塘,引起了对采莲的许多美好联想,而那起伏的思绪,终于"令我到底惦着江南了",这一个"惦"字,恐怕更多的还是表达了对故乡亲人的思念之情。如果过多地和当时南方的政局拉扯在一起,恐怕有些过于牵强了。

也许有人会说,这样分析是否降低了《荷塘月色》的思想性。我想关键在于我们依据的事实,是否符合朱自清的实际。思想性不是靠拔高取得的,否则就会失真。朱自清前期散文的特点之一,就在于文中表露了作者鲜明的个性,是一个活脱脱的朱自清。如果我们的分析、理解能更接近朱自清的实际,那么不仅对这篇充满诗情画意的美文的评价,不会有丝毫的影响,而且读起来可能让人感到更加亲切、更加自然。

关于《难老泉》的"游踪"以及"移步换景"的写法

吴伯箫的《难老泉》是一篇很有特色的记游散文。难老泉,是"晋祠三绝"中的一绝。作者游晋祠,并非记写了游历的全过程,而是以难老泉为抒写中心,从远处起笔,熔景物、传说于一炉,在"难老"二字上着意渲染。既突出了活泼泼的难老泉水碧波长流、青春常在的特点,也很自然地抒写了作者对江山不老、人民不老、民族精神不老的感受。这大概就是这篇记游散文的特色所在。

现行中学语文课本对本文的"自读提示"中说:"作者按照自己的游踪组织材料,移步换景,引导读者一步步由远及近、由外入内、由大到小地观赏晋祠和难老泉的绝色佳景。"并在课文后面的"思考和练习"里要求学生按作者游踪的顺序,把作者"欣赏了晋祠那样丰富的文物古迹"一一排列出来(见高中《语文》第1册(必修),人民教育出版社,1990年10月第1版)。在相配套的"教参"中,这个练习的答案是:晋祠圣母殿——齐年柏、长龄柏——难老泉——不系舟——对越坊——智伯渠 [见《高级中学语文第1册(必修)教学参考书》,人民教育出版社,1990年12月第1版]。

按作者的游踪组织材料,移步换景,这种说法,从本文总的布局看,大体上还说得过去。文章的第一部分,从作者踏进山西写起,由山西而至太原,由太原而到晋祠。文章的第三部分写到"我们出'对越坊',沿'智伯渠'往回走",最后离开了晋祠。所以说作者足迹的移动、空间位置的转换,从全文看来还是比较清楚的。其间也涉及一些景物的描写,虽然不是直接描写难老泉的景色,不过从新旧事物的对比中,表现了今日的山西、今日的太原充满了新的活力,这实际上为作者后面抒写对难老泉的观感,作了铺垫。从写法上,说这是"移步换景",还是可以的。但是,如果说本文的第二部分,即主体部分,也是按作者的游踪组织材料,也是采用了"移步换景"的写法，恐怕就不够妥贴了。

所谓"移步换景"的写法，是与"定点观察"相对而言的。这就是说，作者不是立足在一个固定点上去描写景物，而是随着足迹的移动，随着空间位置的转换，来描写所见的景物。所以，以游踪为线索的记游散文，也常常会采用"移步换景"的写法。李健吾的《雨中登泰山》，就是很典型的一例。随着作者游踪的变换，虎山水库、七真祠、一天门、二天门、云步桥、慢十八盘、紧十八盘、天街等泰山多姿多态的景色，就一一展现在读者面前了。在朱自清的《绿》中，我们也可以明显地看出作者立足点的变换。从山边到亭边，从亭边到潭边；而随着立足点的变换，景物描写的对象，或同一对象描写的角度，都随之发生变化。当然，"移步换景"只是写景状物的方法之一，而且是就描写景物的观察点而言的。那么，我们回过头来看看《难老泉》的第二部分，是不是按作者的游踪组织材料，是不是采用了"移步换景"的写法？

这是全文的主体部分，按内容大致可以分为四个层次。从"'难老泉'，听听名字就给人一种年轻的感觉"到"这就是'晋祠'"，为第一层次。它从难老泉名字给人的感受写起，进而介绍难老泉及晋祠的来历。从"晋祠坐西向东"到"三绝就是'难老泉'"，为第二层次。它先写晋祠坐落的位置及历史的沿革，进而介绍了"晋祠三绝"。从"'难老泉'的来历"到"'千家灌禾稼，满目江南田'"，为第三层次。它介绍了难老泉的传说,描写了难老泉泉水"澄清碧绿,像泻玉泼翠一样"的美丽景色。从"从'难老泉'向前走几步"到"这里边有更多的人用水力再创造的力量",为第四个层次。它描写了与难老泉相关连的景点——"不系舟"的景致,介绍了"张郎分水"的动人传说。

从以上对这一部分内容层次的简略分析中可以看出,作者不再以自己的游踪组织材料,而是采用从总体到局部、从一般到特殊的写作顺序,从晋祠到"晋祠三绝",从"晋祠三绝"到其中的"一绝"——难老泉,安排得眉目清楚,主次分明。在写法上也不是采用"移步换景"的方法,而是把景物的描写和故事传说紧密地结合起来。虽然后面行文中提到,作者是从对越坊沿智伯渠往回走的,但是,"晋祠—圣母殿—齐年柏、长龄柏—难老泉—不系舟—对越坊",这既不是作者游览晋祠的路线,也不是本文主体部分的行文线索(附带说一句,"不系舟"实际上可以说是"难老泉"景点的一部分)。所以,如果课后安排这样的练习,让学生误认为这就是作者游踪的顺序,那么,势必会影响他们对这篇文章主体部分的正确理解,也会影响他们对本文中心的把握。

(原载《北京师范大学学报》1992 年第 2 期)

漫话"杂文四则"

一

"杂文四则",是现行高中语文课本第五册的课文,选自《燕山夜话》,作者马南邨。

马南邨,是邓拓的笔名。他是我国著名的新闻工作者和学者,原名子健,福建闽侯人。早在抗日战争初期,他就在晋察冀边区从事新闻工作,任《晋察冀日报》的社长兼总编辑。建国以后,任《人民日报》的社长兼总编辑。1958年起,任中共北京市委文教书记,并兼任北京市委理论刊物《前线》的主编。

1961年3月,邓拓应《北京晚报》编辑的约请,开始为《北京晚报》的《燕山夜话》专栏写稿,首篇就是《生命的三分之一》。此文既是勉励大家要"严肃地对待自己的生命",

"多劳动、多工作、多学习",不要虚度年华;也是开宗明义,说明了作者从事《燕山夜话》专栏写作的目的,"我之所以想利用夜晚的时间,向读者同志们做这样的谈话,目的也不过是要引起大家注意珍惜这三分之一的生命,使大家在整天的劳动、工作以后,以轻松的心情,领略一些古今有用的知识而已"。1962年9月,写了《三十六计》后,因为别的原因,邓拓为此专栏的写作没有继续下去。所以,此文就成了《燕山夜话》的末篇。在此期间,对于已刊出的文章,经邓拓稍加删减、编排后,陆续结集出版。共五集,每集三十篇,共收文一百五十篇。1963年,《燕山夜话》合集出版,邓拓又为此书写了《自序》。这就是《燕山夜话》杂文和杂文集的由来。1961年10月,邓拓还约请吴晗、廖沫沙在他主编的《前线》刊物上开辟了《三家村札记》杂文专栏,共用的笔名是吴南星,即一人出一字,吴晗出"吴"字,邓拓出"南"字(邓的笔名为马南邨),廖沫沙出"星"字(廖当时的笔名是繁星)。这个专栏继续到1964年7月,共刊登杂文六十五篇,其中邓拓写了十八篇。"四人帮"粉碎之后,1979年由人民文学出版社集结成册。这就是《三家村札记》杂文和杂文集的由来。

这些杂文,有的介绍了一些古人读书治学、做人做事、打仗从政方面的经验得失;有的针砭时弊,切中了现实生活中的一些不良作风和倾向;有的赞美了社会主义社会中的新人新事;还有一些属于知识小品,如地方掌故、历史考证等,介绍给人们以各种各样的知识。形式短小、寓意深刻、富有情趣，所以深得群众的欢迎。据当时《北京晚报》的有关编辑回忆，《燕山夜话》文章陆续发表后，几乎每天都能收到读者欢迎这个专栏的信件，有的还积极提建议、甚至出题目，《燕山夜话》中竟有二十八篇是由读者出题目，作者做文章的。许多报刊在当时也开辟了相类似的杂文专栏，如《人民日报》副刊的《长短录》、山东《大众日报》的《历下漫话》、《云南日报》的《滇云漫谭》等。可是，谁能想到一场惊心动魄的文字狱正一步步地向"三家村"的作者——邓拓，吴晗、廖沫沙逼近。

继对《海瑞罢官》的批判之后，经过精心策划，姚文元的黑文《评"三家村"——〈燕山夜话〉〈三家村札记〉的反动本质》，于1966年5月10日在上海《解放日报》和《文汇报》上刊出，并有令要全国报刊予以转载。从此，在全国范围内展开了对《燕山夜话》和《三家村札记》的围攻。为了构筑文字狱，姚文元在文中断章取义、诬陷栽赃、混淆黑白、无限上纲，耍尽了阴险卑劣的手段。例如《欢迎"杂家"》一文，作者是在说明学习知识要注意广博，肯定了具有广博知识的杂家对领导工作和科学研究工作的重要意义。可是，姚文元却在文中偷梁换柱，说"这个'杂家'就是那些没有改造好的资产阶级分子、地主阶级分子及这些阶级的知识分子，就是一撮政治面目不清的人物，就是地主资产阶级'学者'之流的反动人物"；还说"邓拓要我们重视'杂家'对'领导工作'的'重要意义',就是要党向他们开门,让走资本主义道路的'杂家'来夺取'各种领导工作'的领导权。同时抓取'科学研究工作'即学术界、思想界的领导权,为资本主义复辟准备舆论"。何其恶毒!这类例子,在此黑文中俯拾皆是。其实,这桩千古奇冤的制造者,真正的目的是要篡党夺权,他们只不过由此作为突破口,由"三家村"到北京市委,由北京市委到彭、罗、陆、杨,上揪下扫,横扫全国。所以,《评"三家村"》黑文一出笼,也就从此拉开了中国历史前所未有的十年浩劫的序幕,一场血雨腥风的政治大迫害便迅速地遍及了全国。1966年5月18日夜,就在这篇黑文发表后的第八天,五十四岁的邓拓便愤然辞别了人世。

回顾这一段历史,人们的心情是十分沉重的。没有经历过这段生活的当代的中学生,他们对此应该有所了解,并且应该牢牢地记住这惨痛的历史教训。所以,在漫话"杂文四则"的时候,首先就写下了以上这些内容。

二

这四则杂文,即《欢迎"杂家"》、《不要秘诀的秘诀》、《不求甚解》和《学问不可穿凿》。课文编者的编选意图很明确,这四篇文章虽然所取的角度不完全相同,但是所涉及的内容,都是和学习有关系的。

《欢迎"杂家"》论及了专门的学问和广博的知识之间的关系,文章开头就指出:"无论做什么样的领导工作或科学研究工作,既要有专门的学问,又要有广博的知识。前者应以后者为基础。"这个道理本来是很浅显的,但是实行起来并不容易。现实中,就有人"片面地强调专门学问的重要性,而忽视了广博知识的更重要意义",他们以"广博"为"杂乱",甚至对知识比较广博的人,鄙之为"杂家"。对此,作者在文中作了明确的回答:"殊不知,真正具有广博知识的'杂家',却是难能可贵的。如果这就叫做'杂家',那末,我们倒应该对这样的'杂家'表示热烈的欢迎。"内容上具有极强的针对性,这是本文的一大优点。作者没有泛泛地停留在知识的"专门"和"广博"的关系的论述上,而是针对现实中的问题,侧重在说明学习要注意知识的广博,注意知识的累积,充分肯定了"杂家"的广博知识,对于各种领导工作和科研工作的重要意义。

《不要秘诀的秘诀》,侧重谈学习的态度和方法。全文的思路非常清楚。首先批评了有些人"仍然抱着找秘诀的心情,而不肯立志用功"的错误的学习态度。然后引用了古人的四个例子,分别说明了学习的正确态度和方法应该是:要专心致志,切忌"或作或辍,一曝十寒";要"知入知出",要"读活书而不要读死书";要"涵泳"而"不必太滞";

要"用批判的眼光","取其精华,去其糟粕"。最后指出:"我们现在读书的态度和方法,从根本上说,也不过如此。而这些又算得是什么秘诀?!如果一定要说秘诀,那么,不要秘诀也就是秘诀了。"这段话,既小结了全文,也点明了题目的含义。

《不求甚解》和《学问不可穿凿》,其实讲的也是学习的态度和方法,只是不着眼于全面的论说,而是分别从学习态度和方法的一个方面,作更具体、更深入的剖析。《学问不可穿凿》,除了一般的学习之外,更涉及治学的态度问题。

学习要"涵泳",而"不必太滞",这就是所谓"读书不求甚解"的意思,这在《不是秘诀的秘诀》中已经提出。在《不求甚解》一文中,作者结合陶渊明的原话,对此作了更全面、更深刻的阐发,指出"这不求甚解四字的含义,有两层:一是表示虚心,目的在于劝戒学者不要骄傲自负,以为什么书一读就懂,实际上不一定真正体会得了书中的真意,还是老老实实承认自己只是不求甚解为好。二是说明读书的方法,不要固执一点,咬文嚼字,而要前后贯通,了解大意"。这个见解很新颖,也很精辟。

《学问不可穿凿》一文中,作者要大家力戒牵强附会,树立正确的治学态度。他指出"穿凿"是古来学者最容易患的一种毛病,并且分析了它的危害,"有这种毛病的人常常强词夺理,把许多说不通的道理,硬要说通,因而随意穿凿,牵强附会",还以王安石治学中因穿凿附会而大闹笑话的事实为例子,说明"做学问的人,如果患了穿凿的毛病,就将不可救药",那么,什么是正确的治学态度呢?作者在文中也作了回答,那就是"实事求是"四个字,还结合事实作了分析,很有说服力。

三

这四则杂文,不仅内容关系密切,写法也极相似。作者用杂谈、随笔的形式,向读者剖析事理。文章写得很成功,文字颇有特色,于平实中显出文风的纯熟、老到。其特色,可以归纳为以下三点。

第一,长于谈论事理,分析问题。

杂谈、随笔,其实也就是议论性的散文,必须长于剖析事理,把道理向读者讲明白。这一点,看似容易,其实需要有举重若轻的本领,特别是在短短的篇什中,做到此尤为不易。如在《欢迎"杂家"》中,作者着重剖析了获得广博知识的重要性和不容易之处,从而告诉读者:"真正具有广博知识的'杂家',却是难能可贵的。如果这就叫做'杂家',那么,我们倒应该对这样的'杂家'表示热烈的欢迎。"文章这个观点很新鲜,也很有见地。作者就是在剖析事理中,说明了自己的观点；于侃侃议论中，讲明了道理。

这种说理，有时能出新意，而且因为分析得深入，所以虽是标新立异之举，却能具有很强的说服力。比如《不求甚解》一篇，对于"不求甚解"的剖析，既大胆又新鲜。陶渊明在《五柳先生传》中说："好读书，不求甚解；每有会意，便欣然忘食。"这是大家非常熟悉的话，也是往往被读书人所诟病的。"好读书，不求甚解"，这不是极坏的毛病吗！过去我们的老师们，是叫我们"好读书"并且"求甚解"的，要咬文嚼字，要力求读进去。邓拓大胆地做了翻案文章，说陶渊明这是"读书的正确态度"，是极好的读书方法。作者对自己的意思，详加解说，细细剖析，把道理讲得既深且透，很有辩驳力。足见作者议论、说理的本领很高，能够立起新说，加以层层剖析，把意思头头是道地讲明白，看似明白浅显，实则深入事理，显出了论者的水平。

第二，举例说明的好处。

"杂文四则"，都是以理服人的。要把道理说透，举例是绝不可少的。邓拓会说理，也善于举例，特别是古人的例子。邓拓本身就是一位杂家，有广博深厚的基础，因此能够信手拈来，古为今用，化腐朽为神奇。

在《不要秘诀的秘诀》中，作者连举四例，加以评论，来说明问题。援用古人的看法，又用现代的眼光诠释，发挥出"专心致志"、"读活书而不要读死书"、"难懂的地方先放它过去，不要死扣住不放"等见解，说明了正确的学习态度与方法。而读书需要有批判的眼光，对这一点，邓拓没有举出直接说明的恰切例子，便借用了《庄子》中轮扁与桓公的对话，加以引申，说明了读书要取其精华、去其糟粕的道理。这种说理，如不用古人的言词为例，自然也可以，但恐怕用的笔墨多而说理反而无力量。

《学问不可穿凿》中，举出宋朝大政治家王安石为例，援引苏轼《调谑编》和罗点《闻见后录》中的趣闻，说明他的牵强和穿凿。几个例子，都用了夸张的笔墨，与事实或许稍有出入，但那穿凿的特点，却跃然纸上。举例又很生动，也增加了文字的风趣。

议论性文字，总离不开举例。能够要言不烦，恰到好处，也是不容易的。邓拓的这几篇漫谈式杂文，从例子的选择到内容的引叙，都安排得很妥贴。

第三，语言通达，篇幅精当。

邓拓这几篇"夜话"，都用纯熟的普通话写出，没有太多的形容和修饰。表面看来，或许以为都是大白话，文字没有什么特色。实则是通达顺畅的语言，于叙事说理都恰到好处，做到了平实中自成风格、自有特色。徐迟把文采分为华丽和朴实两种，那么邓拓的文字，则是具有朴实的文采了。

我们常说内容与形式要统一、协调，这些漫谈、随笔式的小品，也许更适合这种语言，在质朴自然中，显示它的表现力。说理娓娓动听，平易中达到了剖析事理的目的，虽没有教训的口吻，却具有说理的教育作用。

《燕山夜话》，作为当年《北京晚报》的一个专栏，它要求每则一千字左右，在短短的篇幅中，讲一点大道理或小道理。作者要将一点新意镕铸在一个小品中，是并不容易的。长篇大论不行，废话连篇更不行，正确的做法是篇幅小而容量大，在一千字中集中说明一个问题，告诉读者一点知识。邓拓在《燕山夜话》第五集的《奉告读者》中，曾明确指出，写这种短文，"最重要的一点是要开门见山"。还把那些将一点新东西放在一大套人云亦云的废话中的作者，称为"不智"，说是"他好比把珍珠丢进了沧海，让泥水冲掉了金沙，多么可惜！"邓拓在自己的短文中，充分注意了这一点，要开门见山，要写得精要，文字不长，却容量较大。这是邓拓这几则杂文的特点，也是写这类文字时需要注意的好方法。

（原载《北京师范大学学报》1989年第1期）

《简笔与繁笔》的一处引用错误

在《简笔与繁笔》中,有这样一段话:"顾炎武有云:'文章岂有繁简耶?昔人之论,谓如风行水上,自然成文,若不出于自然,而有意于繁简,则失之矣。'"

这段话,虽然见于《日知录》中,但它不是顾炎武说的,而是刘器之说的。请读《日知录》的原文:

> 刘器之曰:"《新唐书》叙事好简略其辞,故其事多郁而不明,此作史之病也。且文章岂有繁简邪!昔人之论,谓如风行水上,自然成文,若不出于自然,而有意于繁简,则失之矣。当日《进新唐书表》云'其事则增于前,其文则省于旧',《新唐书》所以不及古人者,其病正在此两句也。"

这里《日知录》的文字,转引自范文澜的《文心雕龙注》(人民文学出版社 1960 年版 550 页）。从此处的行文和标点看，《简笔与繁笔》文中引用的话，不是顾炎武说的。也许原作者和读者会说，如果换一种标点法，例如，"……故其事多郁而不明。""明"字后用句号，加引号，下边的不就是顾炎武的话了吗？我也曾这么怀疑过，后来请教了北京师范大学中文系的一位老师，他为我找出了一个有力的旁证，说明那几句话绝不是顾炎武说的。

金代王若虚《滹南遗老集》卷二十二中，有这样一段文字：

> 刘器之尝曰：《新唐书》好简略其辞，故其事多郁而不明。迁、固载相如、文君事几五百字，而读之不觉其繁；使子京记之，必曰"少尝窃卓氏以逃"而已。文章岂有繁简，要当如风行水上，出于自然，不出于自然而有意于繁简，则失之矣。《进唐书表》曰，"其事则增于前，其文则省于旧，"《新唐书》所以不及两汉文章者，正在此两句。而反以为工，何哉？可谓切中其病。（商务印书馆 1937 年版 131 页，标点为笔者所加）

刘器之的原书我没有见到，但从王若虚的书里，可以找到顾炎武引文的全部，这就证明了《日知录》那段话不是顾炎武说的，而是他转引、转述刘器之的话。这也说明范文澜《文心雕龙注》里的标点是正确的，《简笔与繁笔》中"顾炎武有云"等，则是错误的。这是作者的一处误引，应予纠正。

从这里我们可以想到，文章的正确引用，确实重要，而且不容易，需要有考据的工夫。加之本文与同册课本中的《义理、考据和辞章》，组成一个单元，而使用材料的准确性，正是这个单元中的一个重要论题。教材编者在课后的"思考和练习"中也指出："议论文在讲道理时，往往引用经典著作里的话或者古今中外名人的言论作为理论根据。但是，引用的话必须经过严格选择，不能随意滥引。"因此，出现这样的错误，更应该引起重视，及时予以纠正。

（原载《语文教学》1982年第12期）

回顾与尝试

学好语文是学好其他学科的基础。从 1960 年建校起，北京景山学校就重视语文教学的改革。在小学一二年级集中识字的基础上，逐步摸索了一条"以作文为中心安排语文教学"的具体途径。文化大革命中，这项试验中断了。1972 年，曾经打算恢复而未能实现。"四人帮"覆灭后，它才有了继续试验的可能。

十几年来，我沿着学校提出的"以作文为中心"这条路子，作过一些粗浅的尝试。从 1962 年起，我担任一个试验班的语文教学工作。这些学生是 1960 年入学的，当时读小学三年级。学校明确提出语文课是一门工具课，目的在培养学生的读写能力。学校要求通过试验在小学打好记叙文的基础，在初中基本上过语文关，为学生进入高中后学好数、理、化创造条件。因此，从小学三年级起，我们就十分重视学生的作文练习。当时以"模拟作文"（看图写话、复述故事、仿照所学课文写作等）为过渡，重点放在写"放胆文"上。所谓放胆，就是使学生不受条条框框的限制，直接从现实生活中选取写作素材，然后放手写作。教师要引导他们注意观察周围的生活，大至国家大事、重大的阶级斗争事件，小到一堂课、一张纸、一粒米，或是儿童生活中的琐碎小事，只要是生活中实有其事、自己真有感受，都可以进入学生的视野，成为写作的材料。教师要多加鼓励，以引起学生写作的兴趣。每周除写一次大作文外，还采用"小练笔"或"日记"的形式，养成学生天天练笔的习惯。这样试验的结果，学生确实感到有东西可写，而且有写作的兴趣，随之出现了一批充满着儿童生活情趣的好作文。记得有一篇小练笔，题为《今年的白薯大又甜》，全文只有二百多字，把全家人吃着热气腾腾、又香又甜的大白薯的情景，写得十分逼真。小练笔常常有积累素材的作用，教师可选择基础好的，指导学生改写成大作文，二者若能相互配合，于量中求质、粗中求细，坚持下去，对提高学生的写作能力很有好处。

在教学实践中，我们感到在"读"与"写"这对矛盾中，写是矛盾的主要方面。学生会读，却不一定会写；会写的人，则一般阅读能力都比较强。学生普遍怕写作文，提高写作能力，远比提高阅读能力难得多，因为这是一种思想与文字的综合训练。写好一篇作文，不仅涉及学生语言文字的表达能力，还与他们的政治思想水平、观察生活的能力和知识的丰富程度相关联；有些方面，语文课本身也难以培养和训练。但是，语文教学的各个方面，如写字、读书、基础知识、口头表达能力等，都和作文密切相关，并为作文服务；而学生掌握这些能力的熟练程度，也往往在作文中反映出来。所以，作文是衡量一个学生语文水平的重要尺度。那么，能不能抓住这个主要矛盾，来带动语文教学的其他环节呢？"以作文为中心安排语文教学"这条途径，正是基于这种想法，并在教学实践中逐步形成的。

所谓"中心"，是指起主导作用而言。也就是围绕着"写"来组织、安排语文教学的各个环节，而不是排斥、否定其他的教学环节。尤其是阅读，乃是写作的基础，更是不容忽视的。把"以作文为中心"理解为不要阅读，那是一种误解。我们强调读要配合写，为写服务，阅读教材体系的安排要与作文训练的各个阶段相适应。所以，我们认为，为了写，要读得更多、更好。例如那个试验班，在三年级时，我们除了讲一些浅近的文言文外，曾以学校自编的《儿童学现代文》为主要教材，其中选入了鲁迅、茅盾、朱自清、冰心、老舍等一些名家的作品。到四、五年级时，还曾用整本的名家作品为教材，纳入课堂来学习。如孙犁的《白洋淀纪事》、赵树理的《李有才板话》、杨朔的《东风第一枝》等，以及周立波编选的《散文特写选》。我们教师选讲其中的几篇，其余要学生课外阅读，把精读与博览结合起来。在教学方法上，除了继承多读多背的传统方法外，还要把重点讲解与作文相结合，鼓励学生学了就用、大胆模仿。这样做，不仅读促进了写；写反过来也促进了读，使读写很好地结合。这些名作做课文，难度比较大，小学生很难完全理解，也不应该要求他们完全理解。但是，孩子们的记忆力强，模仿力强，吸收语言的能力也强，这些文章可以先"吃进来"，再慢慢消化。在名家名作的熏陶下，学生们从小养成了运用祖国语言文字的良好习惯。

按照这条路子走下去，能不能在初中基本上过写作关呢？因为试验被迫中断了，所以难以得出完全肯定的结沦。但我们还是见到了一些成效。

近两年来，随着学校工作重点的转移，"以作文为中心安排语文教学"也被重新提出，并在小学恢复实验。两年前我教高二年级。这届学生基础很差，语文水平很低。全年级十一个班中，能写通记叙文的为数极少，相当一部分学生的语文程度还不如我当年那实验班的小学生。在最后一年里，能否在读写能力上有所提高呢？虽然不能全面地"以作文为中心安排语文教学"，但能不能采取某些做法，作些局部的改革呢？经过研究，我们决定要加强作文教学。要求学生写真实的事情、真实的感情，清除"帮风"的影响。每周作文一次，先练写记叙文（约有一个学期），后来又集中两个月时间练写说明文，重视定时、定题的训练，把片断练习和整体作文结合起来。如写了两次人物素描后，以"我的××"为题，写一篇以写人为主的记叙文。同时对现有教材作了增删，加大阅读的分量，强调扩大学生的视野，读为写服务。我们又针对课时少、内容多的矛盾，在教学方法上作了一些改进。以学生自学为主，教师可就一篇文章的特点或学生作文的实际情况，深入讲一两个问题，而不面面俱到。如《茶花赋》，侧重讲作者的构思，《白杨礼赞》着重讲情与景的交融。实验的结果表明，学生的写作能力，特别是写记叙文的能力确有提高。但是，毕竟基础太差，不良的语言习惯难于在短期内改变，加以客观上数理化的课业负担较重，所以效果并不明显。

在点点滴滴、断断续续的尝试中，我感到"以作文为中心安排语文教学"尽管还仅仅停留在粗线条的试验阶段，还没有取得足够的经验，但是这条路子是对头的，它试图抓住与解决语文教学中的主要矛盾，把阅读与写作更密切地结合起来，把教学重点放在培养学生的读写能力，特别是语言文字的书面表达能力上。

我还感到，要打好语文基础，关键是在小学和初中阶段，应该争取在升入高中之前帮助学生通过语文关。实践证明，到高中再来抓语文确实太迟了，学生也不可能在语文学习上花费更多的工夫。当然鉴于目前学生的语文水平，在一段时间内高中语文课还不能给其他学科"让路",因为不提高语文水平,其他学科的学习也难于提高。

语文教学改革是一个较为复杂的问题。在目的、任务一致的前提下,通过什么途径来实现这个改革,则应当允许有多种试验;尤其在教学方法上,更要提倡百花齐放。我们试验的"以作文为中心"这条路子,仅仅是其中的一种,而不是唯一的途径。

(原载《语文学习》1979年第3期)

语文教学初步试验

作文是学生读写能力的集中反映。它是语文教学的重点和难点，又是衡量学生语文水平高低的重要尺度。因此我试图抓住作文这个关键，组织、带动语文教学的其他环节，进一步探索读写训练相结合的教学方法。

鉴于高中学生作文基础差、水平低，我在上届高二和本届高一教学中，进行了"以作文为中心安排语文教学"的尝试，改变作文教学中无目的、无计划的状态。我的主要做法是：

一、要有明确的训练重点。根据教学大纲的要求，结合学生实际水平，我把培养记叙能力作为高一整个学年的重点。上学期从写人、写事、写景分项练起，逐步在叙事中穿插写景和议论；下学期向夹叙夹议过渡，并练习写一点说明文和简单的议论文。

二、要有数量与质量的保证。数量体现在多写上，每周作文一次（大、小结合），课外提倡写读报、读书笔记。质量体现在修改提高上，除了经常个别指导修改外，一学期中，进行一两次全班性的修改。如在进行了一个阶段的写人、写事、写景的分项训练后，期中以《秋日记事》为考题，着重检验学生在叙事中穿插写景的能力，发现普遍存在两个毛病：事情写得不充分，内容比较单薄；叙事与写景，油、水分家。讲评中着重启发学生开掘题材，扩大视野，又以一份叙事与写景结合较好的试卷为例，指导学生处理好二者的关系，然后要求学生在原作的基础上修改，收到了较好的效果。

三、训练方式要多样。大作文（两课时）与小作文（一课时）相结合，片断练习与综合训练相结合。如练习写几次人物素描后，较完整地写一篇记人为主的作文。又如在写《秋日记事》以前，做过两次有关秋景的片断练习。课内训练以定时、定题（或定范围）为主，着重于提高学生审题、构思等方面的能力，养成良好的写作习惯。当然出题要结合学生实际，使学生感到有话可说。如本学期写的《在新的班集体里》、《市场一角》、《我的××》等题，都有意识地引导学生观察周围生活，从现实生活中选取题材。课外提倡学生自由练笔。在文章修改上，强调精雕细刻，反复修改。

四、改进批改作文的方法。作文很多，不全批、全改，要选取类型批改。共同的问题，向全班讲评；特殊的问题，个别指导。抓住每次训练中的主要问题，及时解决。

以上办法，不一定科学。就主观愿望讲，是想通过有计划的训练，使学生逐步学会写记叙文、说明文和议论文，培养一般文体的写作能力。当然在作文教学中，除了要解决"怎样写"的问题外，更要解决"写什么"的问题。在这一点上，我十分赞同一定要让学生说真话、写真事，要有真情实感。所以，引导学生观察生活，扩大视野，不断地解决题源问题，就成为作文教学中的经常性任务。

"以作文为中心安排语文教学"，目的是要通过作文，把语文教学的全局带动起来。有人以为这样一来，语文课会变成写作课，老师不用讲、学生不用读了。这种理解，未免失真。阅读，是语文教学的重要环节，占用了大量的课时，就提高一个人的语文水平来说，读与写本是相辅相成，难排主次、难分高下的。但是，在浩如烟海的文章中，究竟让学生读什么，怎样读，读与写又如何结合，总得按照一定的原则、方法，把它们组织、编排起来。正是在这一点上，我们主张"以作文为中心安排语文教学"，其实也就是以写来带动读，强调读与写的结合，读为写服务。所以阅读教材的选取，单元的组织，体系的安排，都要与作文教学相一致起来。说到底，这是一种教学方法的具体安排，而不是探讨读与写谁主谁次的问题，更不是取消阅读教学。采取这种方法，从长远说，应该逐步编写相应的教材。目前，我在试验中，只对现行的教材作了一些调整与补充。

为了集中培养学生写记叙文的能力,全部保留了课本中的记叙文,又补充了《落花生》、《田寡妇看瓜》,《加尔东尼市场》、《背影》、《小桔灯》、《春》、《济南的冬天》等文章,分别组成写人、写事、写景等单元,与作文训练相配合。这些文章对学生的影响是多方面的,有直接的模仿,有题材上的启示,有写作方法上的借鉴。如《加尔东尼市场》一文,写法上,采用由远及近,既概括又具体的叙事方法,把作者在加尔东尼市场的所见所闻,如实地描写出来,读者有身临其境之感。学生在仿写《市场一角》时,通过实地观察,扩大了视野,国营商店、自由市场、代营食堂、食品商亭、胡同内的小铺……都成了描写的对象,真是别开生面,写得很生动。当然读写结合,也不能简单地生搬硬套,如读了《荷塘月色》后,很难要求学生也写一篇抒情散文,我只要求学生作片断的写景练习,在叙事中穿插一点景物的描写。

后半学期集中学习文言文,除了培养阅读文言文的能力外,也要与作文教学结合。如学了《廉颇蔺相如列传》后,写了一篇故事新编;学了屈原的《国殇》,把它改写为散文;学了《赤壁之战》后,作了场面的改写练习。重点仍然放在叙事能力的培养上。期末作文考试,我选了《晋平公问学》、《枭东徙》、《和氏献璧》三段古文,要求学生任选一段,可引用原文章,并联系现实,写一篇中心思想较明确的短文。写法上仍以记叙为主,适当穿插议论。既检查了写作能力,也检查了阅读能力。

全学期共讲读了现代文十六篇,文言文十二篇。从阅读的数量上看没有减少。那么,质量如何呢?没有一个太合适的标准来衡量它。不过我想,学生带着比较明确的写作目的学习课文,总比无目的地阅读课文,效果会好一点。文章的内容是通过语言表现出来的,要读懂一篇文章,怎么可能脱离开语言形式呢?要从中汲取写作上的养料,也必然要引导学生从字、词、句、篇章入手,这与阅读教学原没有什么矛盾。为了加强基础知识的训练,我还结合课文编写了练习。如学习《药》时,通过词语填空练习,学生既掌握了一些词语,也从鲁迅先生善于准确刻画人物的言语、行动中,受到写作上的启示。学生不仅从范文中汲取了养料,还有机会通过习作进一步去运用。其结果,是加强了阅读教学,而不是削弱了阅读教学。

当然,在试验中面临的矛盾还很多。高中学生重理轻文,数理化课程的负担确又很重。作为语文教师,既要教育学生正确对待语文课,处理好各科之间的关系,也要努力改进教法,充分发挥课时之内的作用,不要过多占用学生的课外时间。"以作文为中心安排语文教学",既然是一项教学实验,成功与否,实难预料。但我还是愿意试验下去,以待实践的检验。

(原载《北京教育》1980年第3期)

对八二年高考语文试题的一点看法

教育部决定"今后高等院校招生考试以中学各科教学大纲和通用教材为依据(各科选学内容除外)"。这个决定,是从1981年开始实行的,它把高校招生考试和中学各科教学更紧密地衔接起来。近年来,高考语文的命题,应该说是符合上述要求的。依据中学语文教学大纲和统编教材,着重从阅读和写作两个方面考查学生;既注重了基础知识,也考查了学生的综合运用能力。这对于指导中学语文教学,纠正忽视课本、忽视作文综合训练的倾向,起到了良好的作用。

八二年的高考语文试题,与八一年的高考语文试题相比较,无论就考查的内容,还是试题中的类型,都有许多相似之处。当然也有许多不同之处。例如,八二年试题兼顾了文学、语言两方面的因素,考查得更全面了;基础知识部分,除了单项练习外,还作了一点分析层次结构的尝试;采用了命题作文等。除此外,还有一个明显的变化。八一年语文试题中,基础知识部分,课内题的分数几乎占了一半,今年则减少了。除了文学常识(8分)、文言文中一道分析层次的小题(6分)以外,都是课外题。附加题中,出自课内的也只有一道语体文的小答题(5分)。这样做,是不是远离了课本,是不是与教育部的决定相违背?这样做的结果,会不会使中学语文教学中重新出现忽视课本的倾向?这是许多从事中学语文教学工作的同志所关心的问题。作为一个中学语文教师,作为八二届高考语文命题组的成员,我愿意就这个问题,谈谈自己的粗浅看法。

要弄清这个问题,关键还在对"依据"两字的理解上。命题中怎样才算依据了教学大纲,依据了教材?我个人认为,在高考语文试题中,适量地出一些课内题,是允许的,也是有好处的,但是不宜过多。因为我们使用的课本,只是给学生提供了学习语文的范本、范例,教学中要引导他们灵活地掌握和运用课内所学到的知识,从而举一反三,达到大纲所提出的基本的读写要求。如果在语文试题中过多地强调出课内题,就像数学中考例题一样,很容易把语文教学引向死记硬背的歧途。所以,以教学大纲和通用教材为依据,不等于命题要直接照搬教材,恐怕更不能用课内题量的多少作标准,去衡量一份试题是否依据了教学大纲和通用教材。所谓对教学大纲和教材的依据,我想应该是指试题考核的内容不要超出大纲的要求，不要超越课本所涉及的知识范围。至于考查的方式，则必须灵活多样，要努力避免照搬课文，这样才有利于检验考生灵活掌握和运用知识的能力。

八二年高考语文试题减少课内题，是否超越了大纲，脱离了课本？要弄清这一点，还是结合试题本身，作些具体分析。不妨以三、四两题为例，它们都不是直接出自于课本的。但是，不难看出，第三题中所填写的字，如挫折、气馁、懈怠、弄巧成拙、吞并、优柔寡断、熟视无睹等，那是极常用的词语，都是统编教材中出现过的，有的还不止一次出现过。和八一年试题中选自课内《秋色赋》的一段填字相比，考查的方式更灵活，考生不能光凭记忆，而必须根据上下文的含义选取最恰当的字来填写。第四题采用了八一年试题中的办法，选取两段文字，在具体的语言环境中解释词义。供解释的词语，如"矜持"、"耿直"、"迁就"、"佐证"等，也大部分是课内学过的。当然，具体的语言环境变了，考生就不能死背条条，而必须联系上下文，准确地辨别词义。如"佐证"一词，也作"左证"，包含了"证据"、"证人"或"证实"等意思。《狱中杂记》（高中第二册）中用了这个词，"其骈死，皆轻系及牵连佐证法所不及者"，取的是"作证人"的意思，而试题中出现的"佐证"，从上下文看，应取"证据"的意思，而不能解释为"证人"。又如"矜持"，《清贫》（初中第一册）中用这个词取的是褒义，"而矜持不苟，舍己为公，却是每个共产党员具备的美德"，有"庄重严谨"的意思，而在试题里，"矜持"则略含贬义，有"拘谨"、"拘束"的意思。这些细微的差别，从词的本身是无法分辨的，必须在具体的语言环境中才能体现。所以，第四题中摘引的两段文字，虽然考生过去没有学过，但是，要答好这道题，需要调动他们过去在课内学到的一些知识，也检验了他们运用课内知识的灵活程度。在语言环境中辨别词义，实际上也是对考生阅读能力的一种考查。它既不脱离课本的知识范围，也符合大纲的要求，只不过是采用了一种更灵活的考查方式罢了。

当然，这两道题中，也有一些词语，课本中没有出现过，但有的经常出现在报刊上，如"敦促"，这是外交上常用的词语；"养痈遗患"，虽然稍难些，但今年的报纸上出现过多次。其他如"持之有故，言之成理"、"仁者见仁，智者见智"等，也还是大家日常工作、生活中容易接触到的语汇。中学语文教学大纲规定，高中二年级的学生，在现代文上，要能够比较熟练地阅读一般的政治、科技读物和文艺读物。用这个要求来衡量，高考语文试题涉及一点报刊杂志、日常生活工作中的词语，恐怕也很难说是"超纲"吧！八二年语文试题中，文言文的考核，也减少了课内题，注重考查学生阅读浅近文言文的实际能力，这里就不再赘述了。当然，八二年高考语文试题，会存在许多不足的地方，但是就减少课内题，试图改进考题的灵活性上，不失为一种有益的尝试。

我觉得，一份再高明的试题，也不可能把考生几年内学到的知识，作出面面俱到的考核。譬如说语文试题中的作文，每年出题只能选取一种方式，采用一种文体。八〇年写的是读后感，去年考的是有限制的命题作文，今年采用了直接命题的办法，明年还可能会换一种新的样式。所以，我们不必盲目追随它，去猜题、押题，应该踏踏实实，按照教学大纲的要求，对学生进行各种文体的训练。但是今年考题中减少了课内题，加强了灵活运用的考查，这一点则是应该引起重视的。这并不意味着我们可以忽视课本，恰恰相反，这是对中学语文教学提出了更高的要求。目前，在中学语文教学中，不重视启发引导、强调死记硬背的情况还是比较严重的。我们既要引导学生学好课本，发挥范文的作用；还要注意课内外的结合，注意知识之间的相互联系，要融会贯通，不要死记硬背。

以上纯属个人的一点想法，有错误之处，欢迎批评指正。

（原载《中学语文教学》1982年第9期）

语文学习方法杂谈

中学生怎样学好语文?这是一个众说纷纭而又长期没有得到很好解决的问题。作为中国人,学习自己的母语,本该是比较容易的。但是,实际情况却并非如此。前几年,有的专家就指出,我们在语文这门课上花费的课时最多,但是效果却很不好。近几年来,经各方努力,特别是处在教学第一线的广大中学语文教师的努力探索,情况有所改变。但是学生语文水平的提高,进展仍较缓慢。北京市一所重点中学的一个高一班,全班学生数、理、化的成绩都很好,而语文成绩好的学生,为数寥寥。少部分学生对语文根本不感兴趣。多数学生逐步认识到学好语文的重要,有学好语文的要求,但是办法不多,心中无数。那么,中学生到底怎样才能学好语文?虽然我几乎一辈子从事中学语文教学工作,不过要回答这个问题仍然不容易,要开出一个"对症"的药方,就更不容易了。这里，只能就我所认识到和感受到的，谈一些看法，提供一点办法，供同学们参考。

在涉及具体的做法之前，还是先谈点认识问题。也许这是老生常谈，不过对于当前中学语文教学中某些理论和实践中的认识问题，恐怕仍有明确之必要。

首先，要弄清语文学习的目的。学习任何一门学科，都应该了解为什么要学它，语文当然也不例外。对此，《全日制中学语文教学大纲》中作了规定，其中主要的目的是"使学生热爱祖国语言，能够正确理解和运用祖国的语言文字，具有现代语文的阅读能力、写作能力和听说能力，具有阅读浅易文言文的能力"。简单说，就是"听说读写"的能力，尤以"读写"能力为主。读写能力的培养，为学生学习其他学科提供了可能条件和基本条件，所以，它是学习其他学科必须掌握的基础工具。

其次，要学好语文，必须了解语文学科的特点。中学语文教材，每一册可以说是个大拼盘，各类文章都有一点，缺少严密的体系和序列。作文教学更是如此，有很大的随意性。造成这种情况的主要原因，可能有两个方面：一是语文是一门传统的学科，受旧的传统教法的影响很深，突破起来不大容易；二是语文是一门比较特殊的工具课，它要教会学生运用祖国的语言文字表情达意，交流思想，识字、写字、读书、作文，它包含的内容又是那么丰富，要寻找这门学科的规律，建立这门学科的体系,和数、理、化等学科相比,难度要大得多。所以,我们的语文教材,目前基本上没有超出范文读本的范围。而范文,就像数、理、化教科书中的例题一样,只是提供了一些例子。这些例子当然是很重要的,教师凭借它们使学生逐步学会举一而反三,练成阅读和作文的熟练技能。但是仅仅着眼在这些例子上,不在实践中举一反三地锻炼自己的阅读和写作能力,那么要学好语文,也是很难实现的。各科学习中都有课内外结合的问题,针对语文这门学科的特殊性,注意课内与课外的结合,这一点对于学好语文更是十分必要的。

再次,要学好语文,必须注意排除各级升学考试的干扰。从理论上讲,升学考试和我们平时的学习应该是一致的,不应该发生矛盾。因为我们是按照语文教学大纲和教材的要求进行学习的,升学考试的试题,当然也不能超出语文教学大纲和教材的要求范围,而且通过升学考试,也检测了我们语文教学的成绩和质量。但是,从实际上看来,两者之间仍然存在着许多矛盾。因为一份最精萃、最圆满的试题,也不可能覆盖语文学科的全部知识、全部能力,所以每年各类升学考试的语文试题都不尽相同,各有特点、各有侧重。更何况语文的教材只是一些例子,那么语文试题更是例子的例子了,题型也常变、常换。如果我们围绕着考试的指挥棒转,今年作文考缩写,我们就大量地练习缩写;明年考题中文言文的分量加重了，我们就多学文言文；高考试题中选了一篇科技说明文作为现代文阅读的试题，于是高中生又大量学起科技说明文来……这样做舍本而逐末，势必把语文的教和学都引向歧途。加上近年来，各类应考的复习资料和练习应运而生，其势有增无减。如果我们不加选择，陷在题海战中，把宝贵的课外时间大量消耗在繁复的应考练习之中，那该是一件十分可悲的事情。作为语文教师，有责任对学生进行引导、指点。作为中学生自己，更应该有意识地去排除这种干扰，把工夫用在加强语文的基础上面，在可能的条件下多读多写。这样做，即使对升学考试，也是一种"以不变应万变"的好办法。

我认为要学好语文，简单地说，就是要把握住"死"和"活"两个方面。所谓"死"，就是属于语文基本功方面的内容，必须砸死，不能含糊。譬如写字，我们不能要求中学生个个都是书法家，但是字必须写得规范、整齐、干净，让人一目了然。平时不注意训练，没有一点毅力，要做到这一点也不容易。譬如课文中涉及的词语、成语典故、文学常识等，要注意累积，注意记忆；如果课外学习中也能注意到这方面的累积，就更好了。又譬如背诵，现在的中学生讨厌背诵，这是通病，其实背诵是学好语文必不可少的一种方法。无论是语体文还是文言文，至少对其中的精彩段落，要做到熟读成诵。总之，语文的基础越扎实，有关的知识累积得越多、越巩固，就对学好语文越有利。所谓"活"，是指对语文各种能力的运用和掌握，应该越灵活越好。譬如说，对各种文体的分析能力，对文学作品的赏析能力，对泛读、精读、速读、跳读等多种阅读方法的运用能力等，都应该在学习课文的过程中揣摩、切磋、体会，把握它们的规律、特点和方法，逐步变为自己的能力。在这个过程中，要灵活运用，切忌死记硬背。而作文，则是语文基础知识和各种能力的集中体现，也可以说是"死"和"活"两方面的紧密结合。该砸死的必须砸死，即使像标点符号这样的小学问，运用不当也会影响文章意思的表达；该灵活的必须灵活，例如各种文体的不同特点和写法，各种不同的表达方式的选择，都要学会比较灵活地运用。

目前，不少同学的做法恰恰与此相反。他们在学习语文时，应该砸死的知识不砸死，应该灵活运用的又活不起来。对于应该掌握的知识，平时不注意记忆，考试的时候又忙于应付。有一位同学曾这样总结自己的教训："我平时不注意积累知识，结果漏洞就很多。考试之前，发现了这些漏洞，只好突击，只好用块胶布临时补上它们。当然就算这样也不能把它们全补完，这样考试时那些漏洞就该大显身手了。考试后有些后悔，但过后也就忘了。就这样漏洞越学越多。"这话说得很中肯，也很生动。就这样周而复始、恶性循环，的确是很难把语文学好的。同样，对于应该培养的能力，平时不注意培养，不会灵活运用，结果考试时花费许多力气去背去记中心思想、段落层次、写作特点等，当然还是吃力不讨好。用这种做法，也是很难把语文学好的。出现上述情况的原因很多，恐怕也有一些认识问题在作怪。有些同学在记忆和死记硬背之间划等号，在反对死记硬背时，把应该记忆、应该累积的知识也放弃了。也有的同学把知识和能力对立起来，其实它们之间是相互制约、相互促进的，应该处理好它们之间的关系。当然，该砸死的要砸死，该灵活的要灵活，这话从道理上好说，要实行起来并不很容易。希望同学们能够结合自己的情况，去理解，去实践。

下面，分别从课内、课外两方面，提出一些学习语文的具体建议和做法。

课内，当然就是指语文课上的学习。这也是学生学习阅读、写作知识以及培养阅读、写作能力的主要途径。在一般人的观念里，上课，那是老师的事情。语文老师教得好，学生就学得好；语文老师教得不好，学生也就学得不好。这种看法，容易把学生放在完全被动的地位。诚然，我们不能否定老师在课堂教学中的主导地位；但是，一个完整的教学过程中，必然包含教与学两个方面。所以，要学好语文，学生必须学会以积极、主动的态度上好语文课。这种积极性和主动性，大致表现在以下几个方面。

其一，要熟悉老师的讲课特点和方法，了解他的长处和短处。语文课的教法，本来就灵活、多样。语文老师的特点和爱好，更是各式各样的。有的老师喜欢讲得多一点，发挥得多一点；有的老师讲得不多，却很注重学生的练习。有的老师喜欢用串讲法，也有的老师喜欢用评点法或者谈话法。有的老师很擅长指导学生写作；有的老师喜爱文学，很注意培养学生的赏析能力。有的老师知识渊博，讲起课来广征博引，海阔天空；有的老师则喜欢紧扣课文，一板一眼。总之，他们各有特点，各有所长，各有所短。作为语文老师，要努力地熟悉自己的教学对象，对症下药，改进教法。作为学生，也要努力地熟悉自己的语文老师，取其所长，对于不足之处，可以提出改进意见，并在自己的学习中注意弥补。师生之间相互适应，力求做到配合默契。

其二，要充分利用课内的时间，提高效率，增加课内的容量和密度。每节课应该掌握的知识，要争取大部分在课内解决。老师应该这样做，学生也应该这样做。多数学生会有这种感觉：听数理化的课，精力比较集中，因为不听讲就不懂，落下的课补起来也很费劲；反之，听语文课，有时精力容易松散，因为不听讲似乎也能明白，落下几节课关系也不大。出现这种情况，和语文学科的特点有一定关系。从知识的系统性、连贯性来看，它的确不如理科严密。但是语文学科的潜移默化作用，也是不容忽视的。长时期在语文课上松松散散，不认真听讲，这恐怕是造成许多同学语文水平低下的重要原因。所以，我们更应该针对语文学科的特点，学会听讲，学会把握老师讲课的要点，学会利用课堂的空隙时间。譬如，学习《崇高的理想》这篇课文，通过老师的讲解，已经理清了全文的思路，把握住分论点和总论点之间的关系，如果课上还有时间、还有精力，就可以精读一些重点段落。如本文在论述理想的社会性、阶级性时，既列举了历史上的许多正面人物，也列举了一些反面人物，两相对照。归类列举法和正反对比法运用得都比较好，我们就应该主动深入下去，加深理解。另外，这篇文章语言上也有特点，用了许多成语典故，我们也可以利用空隙，及时复习巩固。又譬如，老师要求背诵的课文，只要课上有可利用的时间，都应该争取在课内基本背会。总之，凡是课内有时间、有可能解决的问题，都不要留到课外去解决。围绕着老师讲解的课文去生发，去联系，去加深，去巩固，努力提高课内时间的利用率。

其三，要在课内主动赢得学习语文知识和锻炼语文运用能力的各种机会。提问、朗读、背诵、辩论、讲演、黑板前演示、作文评讲中的例子（无论是好的还是差的）等，只要有机会，就要积极参与。这对于提高语文水平、特别是口头表达能力，是很有好处的。现在我们每班人数，一般不会少于四五十人。所以，这种机会，轮到我们每个人的名下，覆盖率不是很高的。自己主动一些，这种锻炼机会就可能多一点。

其四，在课内学习中，必须发挥独立思考的精神。选入课本的文章，当然是范文；但是范文也并不是十全十美的。

如有的同学指出《在马克思墓前的讲话》的第三段里,"从而"一词翻译得不够准确;还有的同学认为《雄关赋》里,用小伙子和青年女作家戎装照相表现"怀古爱国的激情",似乎不真实,有点做作。这些意见,都有一定的道理。这些同学的思考精神,也是值得提倡的。同样,语文老师的分析、讲解,对我们来说,当然起了示范的作用;但也并非是十全十美的。在听讲中,要有独立思考的精神。有不同看法,可以大胆、主动地提出。做语文练习时,要独立完成,要认真思考,力戒"抄风"的泛滥。不要抄袭同学的作业,也不要照搬"教参"上的答案。

以上四点,都是属于在课内学习中发挥学生自己的积极性、主动性方面的问题。此外,在课内必须养成阅读和写作的良好习惯,这也是学好语文的重要条件。这些良好的习惯表现在许多方面,最基本、最主要的有以下几点。

一是使用字典、词典等工具书的习惯。在阅读课文时,遇到生字难词、成语典故,都不要轻轻放过。可以向老师请教,但是又不能依赖老师。最好的办法,就是养成查阅字典、词典的良好习惯。如"削"这个字,有两个读音,《新华字典》注明,在"削铅笔"、"把梨皮削掉"等处读"xiāo"用于一些复合词的时候读 xuē,如"削除"、"削减"、"削弱"、"剥削"等。一般来说,对这个字的读音已经解释得很清楚了。但是,阅读文言文时,又会出现新的情况。例如《简笔与繁笔》一课中引用刘勰的话："句有可削，足见其疏"。在这里，"削"并不是复合词，那么该念"xiāo"还是"xuē"呢？通过查阅《辞海》我们就会弄清楚，正确的读法是"xuē"，而不是"xiāo"。又如"墨守成规"这个成语，形容思想保守，按老规矩办事，不求改进。如果追问一下，什么是"墨守"呢？我们查阅《汉语成语词典》就会明白，原来这个词义和战国时的墨翟有关系，因为他以善于守城著名，所以后来称善守者为"墨守"。字典、词典，都是不说话的老师，我们在阅读时遇到词语方面的疑难问题，随时求教，将会受益不浅。

二是养成逐字逐句阅读课文的良好习惯。可能有人会说："阅读的方法很多，为什么单单强调逐字逐句地读呢？一目十行不是更好吗？"一目十行当然好，但是没有逐字逐句阅读课文的良好习惯，要真正做到一目十行，恐怕也不大容易。语文课上，当老师要求同学自己阅读课文的时候，总有那么一些同学，粗粗地读完一遍之后，就觉得无事可做，这很影响他们对课文的深入理解和掌握。所以，要学会读书，必须先耐下性来，逐字逐句地读。既要认真地读课文，也要认真地读与课文有关的提示、注解、思考练习等方面的内容。对于阅读中的重点或疑难之处，也可用笔随处批批划划。在这个基础上，再进一步学会精读、速读、跳读等多种阅读方法。

三是养成随堂巩固、随课复习、随单元小结的良好习惯。在巩固、复习、小结时，属于基础知识方面的内容，如语音、词义、文学常识，课文背诵等，必须砸死。属于课文分析方面的内容，注意归纳和理解，不必死记硬背。平时注意养成这方面的习惯，不仅知识学得扎实，也避免了考试之前临时突击的弊病。

四是养成定时、定题完成课内作文的良好习惯。要提高写作水平，必须两条腿走路，即把课内作文和课外练笔结合起来。这两者，各有各的特点，各有各的作用。课内作文的主要作用在于培养审题能力，并能迅速按照题目要求构思成篇，敷衍成文。当然，各种常用文体，如记叙文、议论文和说明文以及总结、书信、读书笔记等应用文，都要有所涉及。它的特点是，一般都由老师命题，而且必须定时完成。这对于训练我们的思维和语言表达能力，都很有好处。所以，必须养成定时、定题完成的良好习惯。下笔前，按要求用最快的速度打好腹稿，或者列出简要的提纲，慢慢习惯于一次写成，不再抄写誊清，这样做可以节省很多时间。要避免前松后紧的毛病，两节课的作文，有的学生第一节课不抓紧，要按时完成，当然就很困难。如果实在不能按时完成，那么事后要及时总结，找出问题，以求下次改正。

五是养成及时检查作业、及时改正作业错误的良好习惯。教师批阅后的作业，属于明显能改正的错误，及时在作业本上更正，如错字、别字，选择、判断题等；属于文字表述比较多的练习，如问答题、文言文翻译等，找出错误的原因，对照原文，认真想一想。对教师批阅后的作文，一般除改正错别字、病句之外，结合评语，认真读一两遍，了解自己作文的优点和毛病。一学期中，能有一两次修改作文的练习，对提高作文水平，更有好处。

以上所说的，都是属于语文课内学习方面的建议和做法。如果说，课内学习不可避免地要受到老师的制约；那么，课外学习的主动权则完全掌握在学生自己的手中了。语文的课外学习天地，真是太广阔了。我们的生活、工作和学习中，无处不渗透着语文，每天听广播、看报纸、看电视、逛公园等，都可以学到许多语文方面的知识，提供许多练笔的素材。关键要做有心人。

语文界的老前辈叶圣陶先生说过："阅读是'吸收'的事情，从阅读，咱们可以领受人家的经验，接触人家的心情；写作是'发表'的事情，从写作，咱们可以显示自己的经验，吐露自己的心情。"（《叶圣陶语文教育论集·略谈学习国文》）所以，说到中学生的课外语文学习，恐怕还是从多吸收，也就是多阅读做起。那么，读什么呢？鲁迅先生有这么一句名言："必须如蜜蜂一样，采过许多花，这才能酿出蜜来，倘若叮在一处，所得就非常有限、枯燥了。"（《给颜黎民的信》）他告诫大家，要广泛地阅读，所谓不要"叮在一处"，既是指不要只看一个人的著作，也是指不要只看一方面的著作。除文学外，数学、理化、史地、生物学等著作都应该读，还特别提出可以看看世界旅行记这类书，借此可以知道各处的人情风俗和物产。这句名言，对于我们当代中学生，仍有很深刻的指导意义。

具体读什么，应该根据每个人的不同情况，根据每个人的精力、时间和所能承受的负担，有所选择。一般说中学生应该养成读报的习惯，例如《中国青年报》、《北京青年报》等，形式和内容都比较接近中学生的特点，应该经常阅读，对于我们了解社会、扩大知识，都很有好处。一些比较好的杂志，如《读者文摘》、《新观察》、《世界博览》、《读书》、《中学生》等，有条件的也可以经常浏览。对于名家名作或当代新作，选择有代表性的读一点，或者读一些好的选本。如吴泰昌编的《十年散文选》，可以说入选的都是近十年来的散文佳作。其他像《唐诗鉴赏辞典》、《宋词鉴赏辞典》等，有兴趣，也可以读一点。前一些时候，中学生中流行过"琼瑶热"、"三毛热"、"武侠小说热"。这类作品读一点也是可以的，但是读多了就不大好了，甚至会影响学生的正常学习。在阅读时，如果能与课外笔练结合起来，做一些摘录，写一点读书心得笔记，那么，收效会更大些。

有了"吸收"，当然还要"发表"。课内作文有其不可取代的作用。但是，仅仅靠课内作文，次数太少，对于提高写作水平、养成写作习惯还是有许多局限性的。所以，必须与课外练笔结合起来。课外练笔的形式很多，如日记、札记、读书笔记、随感录等，可以根据自己的兴趣爱好，任选一种形式。搞好课外练笔，最重要的是要坚持，要持之以恒。三天打鱼，两天晒网，那是不行的。起初甚至要强迫自己写，经过一个阶段的努力，就会产生兴趣，养成习惯。练笔中题材尽量广泛一些，要说真话、写真事，不要瞎编，文章的体裁也要多样化。有的同学喜欢抒情，有的同学长于说理，轻车熟道，练笔时有所侧重，这很自然。但是尽可能做到全面一些。练笔时还要注意及时总结，写了一阶段后，回过头来自己读一读。那是一件很有意思的事情，既是回顾自己生活的足印，也是对自己的写作情况作个调查和了解，以利于改进和提高。

除了广泛阅读、勤于练笔之外，还要创造条件，把学习语文和实际应用结合起来。例如办报，就是一种很好的方式。黑板报、墙报、班级以至于校级的油印小报，都是我们运用语文知识、锻炼语文能力的极好阵地。我国当代著名的老编辑、出版家赵家璧，30年代他在上海良友图书公司担任文艺编辑期间，曾主编了一套规模较大的书，那就是《中国新文学大系》（共十集）。在中国现代文学史上，这套书也曾产生过很大的影响。可是，谁能想到，他的编辑生涯的起点竟是在中学时代。当时他就读于光华大学附中高中一年级，被推为校刊《晨曦》的四个编辑之一。"眼看手写的文稿，一旦排成铅字，顿时变了样；再印在白纸上，加上一个漂亮的封面,钉成本本,送到众人手中,就被赋予了一种独立的生命,在社会上起着它自己的作用。这个奇妙的过程,大大地吸引了我这个中学生;感到我的一股劲,从此有了使处了。直到今天,我的书柜里还保藏着两卷合订本《晨曦》,想不到它已成为我漫长的编辑生涯的起脚点,更增加我对这一纪念物的爱抚和珍惜。"(《编辑忆旧》,赵家璧著)他的这段回忆文字,不也对我们有许多启示吗?除了办报之外,参加各种语文知识或作文竞赛,搞小型的社会调查,向报刊投稿等,都可以锻炼我们的语文运用能力,提高我们的语文水平。有志于学文的同学,更应该这样做。

在就要结束本文的时候,我还想对文言文的学习问题,简单地说几句。中学生要不要学习文言文?对这个问题,社会上有不同看法,中学生自身也有不同看法。有不少人认为学了没用,尤其是一些准备学理的同学。那么,学习文言文到底有没有用呢?我个人的回答是肯定的。我认为中学生学文言文,至少有四个方面的作用:第一,对于准备学文科和中医科的学生,直接提供了查找和阅读古籍资料的初步能力;第二,从语言的继承性看,学习文言文有助于我们提高现代文的阅读能力,有助于我们养成准确、精炼地使用祖国语言文字的能力和习惯;第三,选作教材的文言文,大多是古代的名家名作,文质兼美,这对提高我们的写作水平有借鉴作用;第四,通过学文言文,了解和继承古代的优秀文化传统,可以扩大我们的知识面，提高我们的文化素养。所以，我建议大家应该学好文言文，最低限度也应该把课内的文言文学好。对有志于学理或从事其他工作的同学，我想也不能例外。

（原载《和中学生谈谈学习方法》，
教育科学出版社 1990 年 6 月出版）

后　记

今年2月下旬，当我写完本书中最后一篇文章《难忘的一段大学生活》的时候，尽管此刻京城正笼罩在浓重的雾霾里，我却感到格外地舒畅，几年来的努力，终于可以告一段落了。

在此，我要感谢国医大师王绵之老先生和他的哲嗣王煦主任医师。1994年秋，我在重病中，"文革"前的学生曹立亚女士热心地陪同我去王门求医。王老为我治病五年，后因身体不适，便由王煦大夫接着为我治疗，直至今日，从未间断。没有两代名医的精心医治和调养，恐怕连我自身都难以存世，哪里还会有这本小书的面世呢？

也要感谢我老伴朱金顺当年的研究生。2011年4月，其中一位读了《金秋情未了》一书中我的几篇文章后，随即打来电话，表示要为我编一本散文集。当时我的写作刚刚起步，与集结成书相距甚遥。对于我，这是支持，也是推动。说实话，没有这种支持和推动，也很难有这本小书的问世。待稿子集结后，他和他的夫人又为本书的编辑、出版，付出了辛勤的劳动。另外几位也为本书策划、联系出版社、题写书名、校读文稿等出了力。在此谨向这几位年轻的朋友表示诚挚的感谢。中央编译出版社社长刘明清先生盛情接受书稿，予以出版，本书责任编辑薛迎春女士精心核校全稿。我也向他们表示真诚的谢意。

如今出书，请名人作序，这是常事。我曾有此想法，斟酌再三，还是作罢。并非请不到作序的名人，只想在读者面前呈现一个不加修饰更加真实的"自己"。如果说还有什么遗憾，那就是曾经设想过的一些篇目，如《拉练去平谷》、《难圆钢琴梦》、《一件小事——怀念郭预衡先生》等，最终未能成文，只好俟诸异日了。

2014 年 7 月于北京寓所

图书在版编目（CIP）数据

跋涉与徜徉/龚肇兰著. —北京:中央编译出版社, 2015.1

ISBN 978-7-5117-2415-1

Ⅰ.①跋… Ⅱ.①龚… Ⅲ.①随笔-作品集-中国-当代
Ⅳ.①I267.1

中国版本图书馆CIP数据核字（2014）第288880号

跋涉与徜徉

出 版 人：	刘明清
责任编辑：	薛迎春
责任印制：	尹　珺
出版发行：	中央编译出版社
地　　址：	北京西城区车公庄大街乙5号鸿儒大厦B座（100044）
电　　话：	（010）52612345（总编室）　（010）52612336（编辑室） （010）52612316（发行部）　（010）52612317（网络销售） （010）52612346（馆配部）　（010）66509618（读者服务部）
传　　真：	（010）66515838
经　　销：	全国新华书店
印　　刷：	北京时捷印刷有限公司
开　　本：	889毫米×1194毫米　1/32
字　　数：	175千字
印　　张：	10
版　　次：	2015年1月第1版第1次印刷
定　　价：	30.00元
网　　址：	www.cctphome.com　邮　箱：cctp@cctphome.com
新浪微博：	@中央编译出版社　微　信：中央编译出版社（ID：cctphome）
淘宝店铺：	中央编译出版社直销店（http://shop108367160.taobao.com）

本社常年法律顾问：北京市吴栾赵阎律师事务所律师　　闫军　　梁勤
凡有印装质量问题，本社负责调换。电话：010-66509618